大方
sight

野生作家访谈录

我们在写作现场

界面文化 著

中信出版集团 | 北京

图书在版编目(CIP)数据

野生作家访谈录：我们在写作现场 / 界面文化著. --北京：中信出版社，2019.7
ISBN 978-7-5217-0230-9

Ⅰ.①野… Ⅱ.①界… Ⅲ.①中国文学一当代文学一文学研究 Ⅳ.①I206.7

中国版本图书馆 CIP 数据核字(2019)第 045070 号

野生作家访谈录：我们在写作现场

著　　者：界面文化
出版发行：中信出版集团股份有限公司
(北京市朝阳区惠新东街甲 4 号富盛大厦 2 座　邮编　100029)
(CITIC Publishing Group)
承 印 者：上海盛通时代印刷有限公司

开　　本：880 mm×1230 mm　1/32　印　　张：14.75　字　　数：213 千字
版　　次：2019 年 7 月第 1 版　印　　次：2019 年 7 月第 1 次印刷
广告经营许可证：京朝工商广字第 8087 号
书　　号：ISBN 978-7-5217-0230-9
定　　价：58.00 元

序言

区分作家的方式有很多种，比如可以用他们擅长的文体加以区分；比如可以用世代进行分隔；但还可以有一种区分方式，促成了我们接下来要涉猎的这样一群作家——

中国当代的作家基本有两种存在形态，一种是“专业的”，他们享有专业作家的身份和工资福利待遇。还有一种，他们更像是一个个“单打独斗”的个体。在日常生活中，他们大都还有一个别的身份来养活自己，甚至是养活自己的写作。他们很多人的文学创作要在晚上或者周末的时间里进行，他们生活的样貌千姿百态，若论共同点，大概只有一直默默地持续写作这件事。我们就暂且称他们为“野生作家”。

其实，无论中外，以全职写作为生都是不容易的，很多人们耳熟能详的大作家也都并非是全职写作：美国诗人 T.S.艾略特是银行的评估员，卡夫卡是公务员，捷克作家赫拉巴尔年过半百时才专职写作，此前他做过列车调度员、废纸收购员和舞台布景工，而他们的“兼职”写作身份完全无损于作品的伟大。

回到中国，当代的“野生”作家们的写作形态是怎样的？他们对自己的写作和环境有着怎么样的期待和认知？他们的写作圈子又是怎样的？他们是否期待全职写作？我们将目光投向这些“野生”、自在生长出来的作家，就是想以他们的生存和写作姿态还原出中国文坛另类、多元又充满生机的景象。

目录

01 赵松：人生是很容易乏味的，写作可以带来戏剧性

采写 董子琪

1972年生于辽宁抚顺，作家、诗人，出版小说集《空隙》《抚顺故事集》《积木书》，散文集《细听鬼唱诗》《最好的旅行》等。

“你相信吗？我这么多年像个苍蝇一样，又回来了。”说完这句话，赵松拍手大笑。像他自己说的，他并不习惯站到自己的作品前面，他把写作当成是恋爱一样私密的事，谈起自己在跟谁“恋爱”时，带着羞涩和自我调侃。

我们见面的这家书店没有门牌，隐匿在上海绍兴路一幢居民楼最靠里的门洞里。书店叫做Mephisto，典故来自《浮士德》中的魔鬼“梅菲斯特”，他让人们将灵魂抵押给自己，而阅读又何尝不是如此。店主鲁毅是赵松的朋友，他们都很喜欢法国新小说作家罗伯-格里耶，将其亲切地称为“老头”。

按门铃，稍后鲁毅来开门，如果再加上暗号的话，我们的接头方式或许和旧式情报人员有一拼。走进大门，里面别有洞天。宽敞明亮的大厅被书架环绕，书架上都是二手书，其中不乏大部头，像是*The Engravings of Eric Gill*（《埃里克·吉尔的版画》)，还有《汉画像卷》。书柜边贴着张海报，上面写着“起来，饥寒交迫的奴隶”。

大厅正中央有张大方桌子，铺着红白条桌布，桌子正靠着敞亮的木质窗户，窗外就是几家报社和出版社驻扎的绍兴路。和赵松的第一次叙聊，正是在这张方桌上进行的。

除了作家，赵松另一个更世俗的身份是上海证大喜玛拉雅中心(中心包括喜玛拉雅美术馆、大观舞台和商场)的办公室主任，负责人事和行政，写公文和写报告组成了他的日常工作，忙碌且琐碎。他是这样形容工作状态里的自己的——“坐地日行八万里，每天像坐过山车。”

说到这里，或许就可以和赵松的那句将自己比作苍蝇，多年后又回来了的话接上了头。写公文和写报告的工作，赵松早在二十年前还没离开故乡抚顺时，就是一把好手了。十四年前，他南下奔向上海时，曾下定决心要寻找新出路。结果兜兜转转，绕了一圈，他还在写着公文和文案。“有时候不得不说，这是注定的一个圈。”赵松感慨道。

国企里写着公文的文艺青年

20 世纪 90 年代，赵松是中国石化抚顺分公司厂办调研组的一员，他的工作主要是为工厂写报告，为领导写公文。

以撰写年度报告为例，写作调研组得先去十几个车间收集好材料和数据，由调研室主任来拟写作大纲及标题，并分配写作任务，有人写总结，有人写规划，之后大家再将所有文章汇总。不管是写报告还是写公文，有一个要求必须得遵守——“不能有一丁点的个人色彩”，或者说“不像是人写的”，赵松调侃道。

为了达到这个标准，写作小组要接受严格的写作和思维训练。“我们每天上班的第一件事就是读《人民日报》，看人家是怎么写国务院报告和领导讲话的，要学习如何严丝合缝、没有一句废话地表达。”赵松停顿了一下，说：“当然你也可以说，全是废话。”

进入厂办做文秘，在别人和当年的赵松看来，都属于“美梦成真”，是来之不易的机会。进厂第一年，他是操作工，分配在分厂实习，三班倒，一人守住一条生产线，他要盯着催化剂和仪表，等着

“催化剂像蒸包子一样一锅一锅地出来”，再把面糊状的催化剂搅拌了，放到框架里，变成“颗粒状药片”。这个工作机械单调，人的动作也随着变得很机械，“就像是机器的延伸”。

值夜班的时候睡不了觉，有时候赵松困得不行了，就歪在一旁的推车上打个盹。好不容易挨到实习期结束，他转回自己的本行，成了一名仪表维修工。他的工作是在厂里一个五层废弃装置的顶层里，跟着师傅学修器械，这个工种比起操作工，已经是既轻松又清闲的了，还能受到其他工友的尊重。只要早上8点上班时去看一圈仪表，晚上5点下班前再看一遍，就没事儿了，其他空闲时间，都可以拿来看书。

不过维修工并不是赵松的职业追求，他还想走得更远一点，比如说，成为机关干部。他很快意识到，当时的文秘系统属于干部培养职位，为此他去自考了中文系，读了两年半，修了十几门课，拿到了专科学位。如果说这两年半的时间有什么实际收获的话，那应该就是学会了古代汉语，让他阅读古文毫无障碍。随后，在厂里举办的“青年知识分子七项才能大赛”中，赵松凭借着他撰写的“建厂三十周年的领导讲话”，获得了第二名，这才和第一名一起借调进了厂里的文秘系统。

但是，在比赛上给领导写讲话能拿到第二名，跟轻松应对日常公文写作可不是一回事儿，“一点不轻松，太分裂了。”赵松回忆做文秘的头几年，他痛苦不堪，这与他在书本里看到的小说、散文和诗歌都距离太远了，当时他还跃跃欲试地给厂刊投稿，都是散文和诗歌，但一碰到公文，就觉得整个人都不知所措了。

有像赵松这样觉得写公文分裂的人，可也有乐在其中的人。就在赵松为公文写作苦恼的时候，一位从部队转业来的书记出现了。这位书记写公文写了十几年，几乎到了一种迷恋的程度，他整天琢磨着写公文的技巧，每篇文章不拘长短都要改上十几遍，不仅如此，他还保留了十几年间所有自己经手的各种公文，用牛皮纸做封面装订好整整齐齐地放在文件柜里。在赵松的《抚顺故事集》里，他将这位书记称为“进入这个行当以来，第一个前辈加半个老师”。

“这太变态了，竟然有人写公文写出了快感，而且他的快感能够传染给你。”“公文书记”特意找赵松谈话，颇为推心置腹地说，他也喜欢文学，但因为写公文，放弃了曾经的文学梦。“写这个很简单，不需要多么才华横溢、文笔斐然。”书记还把自己的一身“绝技”传授给了赵松：首先，写公文必须心静，不能想东想西；其次，要把所有材料读透消化，像淘米一样把无用的东西筛掉；最后，捞出干净的干货，分类归到不同的标签下，再放齐整，要做到随时找什么内容都能找得到。“公文书记”还帮赵松改公文、改标题，去掉他认为无用的形容词，在这个过程里，赵松发现自己开窍了。

“我终于不愁这个事儿了，我可以请假五天回家，前四天看小说，最后一天写出整个的报告。”开窍后的赵松长舒一口气。甚至他还发觉，公文写作上的严苛训练、追求客观，磨掉了他在写作中过度蔓延的自我意识，也逐渐使他脱离了自我迷恋式的写作状态，让他的“文青”的气质——神经质、敏感、强烈的自我意识等等都淡去了。

岁月流逝，赵松发现，身边的“文青”两三年一拨两三年一拨地渐渐消失了。最初，厂里组织了一个通讯员培训班，让喜爱写作的年轻人们暂时脱离各自工作岗位，一块儿到抚顺大伙房水库区待一周，大家联欢、漫步、吃海鲜，还一起听厂里专门邀请的作协作家和厂报编辑讲授的课程，“听得懂听不懂，大家还各自写点东西互相点评”。“1997 年的时候，在我们那群文学青年里，至少有一半人已经不写了。等到了 2002 年时，还在写的，只有三四个人了。到现在，算上我，还有两个人。”

虽说已经过去很多年了，但赵松还记得其中几个人的名字：安志、王飞……以及他们的样子，“每个人的样子都是朦朦胧胧的，想起来就像梦里的人”。尤其是王飞，赵松觉得，她是那些人中最有天赋的，写得一手好文字，后来机缘巧合嫁给了一个犹太工程师，去了美国，现在是两个女孩的妈妈了，已多年不再写作。“文字与生命个体的触碰、黏附、交织与剥离，我对这个过程有着太多的感触了，是一种类似于梦去星散、天地苍茫的感觉。”

“他们都去哪儿了？”“他们都在生活呢。”赵松自问自答着。

拜罗伯-格里耶为师

赵松的母亲是中学物理教师，父亲是铝厂技术员，在他的印象中，儿时的家中没什么可看的书，“除了袖珍本的《毛泽东选集》《赤脚医生手册》《新婚知识》……就是《鲁迅杂文选》、司各特的《爱丁堡监狱》和《艾凡赫》了。”可以算作文学书的，或许是父亲从图书馆借来的那本《斯巴达克斯》的下册吧，上册被别的人借走了，赵松只能直接开始看后半本，印象最深刻的是“角斗士和看台上那些高级妓女裸露的洁白如大理石的肩膀”。

初中毕业后，赵松进了技校学仪表维修，每个月还有十五块钱的补贴，扣除生活费用剩下的钱他就用来买书。

20 世纪 80 年代后期，市面上涌现了大量翻译著作，赵松也摸索着买些来读，曾经花两块多买了本《博尔赫斯短篇小说集》（王央乐译），当时他并不知道这个阿根廷老头是谁，只是觉得封面设计得干净雅致，读了一遍以后，发现字都认识，却没有一篇能看懂。“看不懂太正常了，我之前看的是什么？是巴尔扎克、巴金、高尔基。”看不懂，他就把《博尔赫斯短篇小说集》放到书架的最里面。

偶然购得海明威的《尼克 · 亚当斯故事集》，让赵松迷恋上那种私人化的、不顾读者的描述方式。看完了那本书，他灵感大发，把书柜里的《博尔赫斯短篇小说集》重新翻出来，蹲在地上一口气读完，读到腿麻了站不起来，这一次，他读懂了。

“这太可怕了，他怎么能这么讲故事，每句话都能让人琢磨半天，我的小心脏啊就给镇住了！”聊起博尔赫斯，赵松突然冒出了一句特别“东北味”的形容，好像不这样就不足以形容他内心的震撼。赵松也读些国内的文学作品，在某个阴冷的冬天下午，他拿着姥爷给的七十六块钱买了一套《鲁迅全集》。他抱着它们，挤坐在小公共汽车的尾部，随意抽出一本，闻闻书的味道，这场景他到今天依然记忆深刻。

鲁迅是赵松最为钦佩的作家之一，为了更好地了解鲁迅是怎么写作的，他还曾经在上班的闲暇时光里，把《野草》找出来手抄了一遍。“这都是一个写作者起步时做的事情，只有做多了，你才知道你做的不是什么新鲜事儿。”

在《读书》杂志的一个角落，赵松发现了远在广州昌兴街的博尔赫斯书店的存在，“那个南方城市深处的书店，那么的不具体，而又神秘，像个不可思议的斑点”。他用杂志上提供的地址和电话订购书籍，那时一本书从广东寄到抚顺走挂号信需要一个多月的时间，有时甚至更久，在书没到来的日子里，他会在脑海里猜想书已经到了哪一站，并勾勒着它的内容和轮廓，“反正那时候有的是时间，期待会令空间本身自然膨胀起来。”

重要的时刻出现在1996年的冬天，赵松正在水池边洗脸，水很冰，整个办公楼里空荡荡的，除了收发室的老头，只有他一人。他听见收发室有人扯着嗓子喊道：“你的书到了！”

赵松从包裹里取出的书是《重现的镜子》，封底是作者罗伯-格里耶的照片，还附有一段介绍文字——“不是小说，也不是自传，是一幅由一个个片断组成的大胆的编织物”。在开启这本书的阅读之旅之前，赵松还试图阅读过罗伯-格里耶的《橡皮》和《去年在马里安巴》，但是他没有看懂。

《橡皮》是罗伯-格里耶发表的第一部作品，讲述的是一个发生在24小时以内的枪击凶杀故事，出版后少人问津，但到了20世纪60年代在全世界的发行量却突破了一百万册，还改编成了电影；《去年在马里安巴》，讲述的是一个少妇与一个陌生男子相遇，男子自称去年在马里安巴曾约定与她在今年一起私奔，少妇却说自己从未去过这个地方，但最终被说服。使赵松惊讶的，不只是“自传还可以这样写？”还有因此而开放的全新叙事空间，“这里只有过程和可能，而没有确定无疑的答案”。

赵松决定拜罗伯-格里耶为师，虽然罗伯-格里耶自己也不知道多了这个徒弟(十五年后赵松在上海接待罗伯-格里耶的遗孀卡特琳娜·罗伯-格里耶，与她讨论新小说还有罗伯-格里耶对于性和电影的观念，则像是一次缘分的回顾，不过这是后话了)。闲着没事儿的时候，赵松给自己出各式各样的题目，比如用文字描述窗花的不同状态；描写一个杯子的样子，但不是说明文，而需要读者有阅读愉悦感。“即使你离开了这个位子，我仍然可以通过空间来透露你的一切，你的位置，你面前台布的褶皱还是能留下你的痕迹。你要问这样写的意义是什么？不一定要表达意义，而是似是而非的，营造一种始终存在的感觉。我要捕捉到某些场景，相关的、不相关的，再折叠拼贴起来。就如一个美丽的织物。”赵松说话的时候喜欢自己设问再自己给出答案。

1997年，赵松有了台属于自己的电脑，到了2000年左右，他可以借助古怪的滴滴声拨号上网了，也开始混迹于网络文学论坛上。网络，把他的生命彻底打开。

一方面，因为对彼时的他而言，在文学杂志上发表作品，辽宁的《鸭绿江》《芒种》杂志不太可能对他张开臂膀，他当然更不敢想象《收获》这样级别的文学期刊；另一方面也是因为他不想让自己写的东西在家自生自灭，“至少你上传了文章，被两个从来不知道的人回复，你知道有人在看。”

那时赵松也兴致十足地逛过很多国内的知名文学论坛，但发现几乎没有例外的都是山头作派，老大作风，最后他跑到了当时人气还比较冷清的“黑蓝文学网”。“我一看，那里都是没什么人搭理的人，论坛很冷清。”当时黑蓝正在组建阶段，创始人是赵松的同龄人陈卫，只有两三页的帖子，以论坛和网刊的形式发表，但这里“高手如云”。

“最初那几年，黑蓝论坛上聚集了国内最好的一批写小说、写诗、写文学和电影评论的年轻作者，像陈卫、王敖、二十月、驴头狼（石可）、顾湘、陈梦雅、王宇光、凌丁（常立）、生铁、曾园、陈舸、流马(何鸣)、柴柴等等。当时论坛上发作品、点评作品的气氛之热烈，在今天是很难想象的。他们对于发在黑蓝论坛上的所有作品所进行的点评与批评的态度都非常严肃，很多时候甚至可以说是严厉尖锐的。其中最为激烈的讨论战场，就是小说版。”

也是在2004年，陈卫试图出版一套“黑蓝文丛”，将论坛里的帖子变为正式出版物，书稿编好了，但都没有结果，直到黑蓝迁至上海与上海文景出版社合作才成功出版了第一辑，总共五本。赵松的第一本小说集《空隙》，就是“黑蓝文丛”第一辑的五本作品之一。

《空隙》可以算是赵松在黑蓝时期的写作总结。这本书中，他“把所有对于西方小说的理解都加进去了”，故意切断各种线索和逻辑性，打破传统中读者自以为可以抓住的叙事条理，简单说，非常难懂。小说出版以后，赵松送了一本给后来他搬到上海后经常路过的多伦路的“世界名著书店”老板，书店老板看完以后却不想留下，想要还给赵松，因为这本书对他来说有点难懂。最后这本书还是留在了书店里，为的是让它有机会与喜欢它的人相遇。

儿子问他“为什么你要写没人看的小说？”

在国企日复一日的上班下班中，赵松也尝试过“突破现实”，他和朋友一起开过一家书店。开店的钱是从老妈那里借的。因为准备以后在卖书的同时，还要卖进口古典音乐磁带，所以书店取名为“巴赫”。店面很小，只有“阳台那么大”，如果顾客有三个人，身为店主的他就得在店外面待着。

这书店还是从上一个书店老板那里接手的。赵松和朋友轮流从厂里跑出来看店，后来没时间了，只好让老爸老妈来照看。还没等到把上一个老板的“遗物”清卖完毕，书店就已经支撑不下去了，挣到的钱，只够付租金。作为出资人的老妈说，关了吧，他也只能关了。

后来找到了接盘的人，赵松却觉得自己“像个骗子一样”，把书和店都转了出去，只剩下大摞没卖掉的磁带。各种物款结清的那一天，赵松一个人抱着那箱他几个月前从中国图书音像进出口总公司进的古典音乐磁带，走在回家的路上，他看见“阳光透过那些高大的杨树树冠，风一吹过，就会有很多耀眼夺目的阳光碎片奔涌而来”。他还在街边碰到了自己的合伙人，那人因为极度的失望和挫败感，在路边摊上剃了个光头，面无表情，连看都没有看他一眼，后来那人卖了在铝厂的工作(对，那时的工作是可以卖的)，带着钱在沈阳的写字楼里“重拾旧业”开了另一家书店。

这次开书店的尝试当然不算成功，不过随后几年，赵松在工作上倒是很顺利，升迁在望，人生好像逐渐步入了正轨。然而到28岁那年，新生的孩子，却成为了压在他身上的最后一根稻草。

白天赵松上班很早，晚上回去孩子又整夜哭闹，“感觉24小时都在上班”，一年都没睡好觉，整个人像个幽灵一样；也是同一年，他一共写了十四万字的报告，破天荒地把厂里的所有荣誉——先进生产者、优秀党员都拿完了。因为表现优秀，他的前途显得非常光明——他会像所有前辈一样，被提为办公室副主任，再是办公室主任，然后是分厂车间的党委书记。但是他自己却觉得，所有的适应在一瞬间都坍塌了。

“太没意思了。”他跟厂报做编辑的朋友说，“不行了，我要走了。”朋友问：“你去哪儿？”他说：“不知道，管不了那么多了。”连黄河以南都没去过的赵松，决定走出东北看看外面的世界，他用带薪休假的机会，攒了十天假，一个人来到了南京。

就在这次南行中，赵松结识了正要筹办上海多伦现代美术馆的馆长沈其斌。不知道是因为自己的侃侃而谈，还是国企里写公文的背景，总之他给沈其斌留下了印象。回到抚顺后，沈其斌的电话也到了，问他要不要去上海做馆长助理，沈其斌提出了馆长助理的三个要求：能写，能管理，对艺术不外行。他都符合。

“这么快吗？想什么就来什么。”正想让自己人生有所改变的赵松，在短短几个月的时间，选择再次南下。年假已经用完，他干脆请了长期的病假，孤身一人来了上海。多伦现代美术馆帮他在上海租好了房子，开出了还算不错的薪水条件，赵松如愿以偿地过上了跟国企完全不同，“更加刺激，更有节奏”的生活。

就这样过了半年，为了给渐渐起疑的领导一个交代，赵松索性回到抚顺辞职了——于是，他成为了这个大型国企里最早辞职的少数人之一。这个举动让领导也颇感意外，“当时我的位置都已经安排好了，下一步就是提拔副主任。但是实话实说，我对抚顺这个城市已经没有什么想象力了，有到此为止的感觉。”

一方面终于脱离了日复一日重复麻木的生活，另一方面，赵松又深刻地体会到了“漂浮”与“不安定”的感觉。和祖辈扎根到东北，面临人口稀少、机会众多的新兴城市不同，2003 年，赵松来到的上海是“人口和建筑稠密到让人窒息的大型都市”，像一次无目的的“抛掷”。

初到多伦现代美术馆的时候，赵松坐在带着一米挡板的办公桌里，这里没有窗户，只有门，灯管发着刺眼的白光，他怀疑现在遇到的人好像跟原来的那些人并没有区别。晚上他给家里打电话，听到儿子的声音，还有家里别的人的说话声，母亲，妹妹，还有妻子，只觉得离他们都非常遥远，而“自己似乎不是在另外一个城市里，而是在另一个世界里，只能通过这一段声音才能保持一种必需的联系”。

十几年过去了，赵松早就把家人接到了身边安顿，上海俨然成为了他的另一个故乡。他也从多伦现代美术馆调到证大现代艺术(喜玛拉雅美术馆的前身)，后又调到了喜玛拉雅中心总部。而上海的房价从刚开始的 8 000 元一平方米，变成现在的遥不可及。

起初，赵松不需要为住处担忧，馆里先是给他租了房子，后来杨浦五维创意园区也提供了5年多宽敞舒适的免费住处。就是因为当时生活得太过安逸，赵松并没有想过要买房，如今，却是想买也买不起了。后来，五维园区出于安全的理由，收回了大部分工作室，赵松也搬了出来，在浦东进才中学附近租了一套公寓，以便于儿子读书。这样的变迁，让赵松感觉在这个城市里，无论如何打拼，都只能“一如既往地浮在表面，像是一个偶然的气泡”，永远无法扎根。

没有自己的房子这件事，也成了家人的困扰。十几岁的儿子问赵松，“爸，我们什么时候回去呢？”“为什么我们不买房子？”“为什么你要写没人看的小说？要一直看书？”“难道你不渴望成功吗？”他无言以对，他不能说他们已经回不去了，正是他的选择让儿子也变成了“无家可归”的人。儿子对他太重要了，但是父子关系因为他执着的写作生涯变得复杂，他曾想给儿子写一本书，但是后来跟儿子聊过几次，都觉得还是不写的好。他把写给儿子的文章都收录在最近出版的《最好的旅行》

里，看见儿子把书放在床头，但每每想和儿子聊聊书里的内容，他又都欲言又止。

“如果我在上海有房子，我肯定会辞职写作了，毕竟房租还是有压力的。”赵松有些羡慕塞林格可以在乡间租房子写作，他憧憬着自己也有一天也能这样做，搬到上海的周边租个小房子，别太远就行。这憧憬，似乎就像他当年在抚顺，憧憬着生活里的某一次大改变一样。

但房子也不是唯一让赵松无法下决心全职写作的因素，他衡量过这样做的代价，得出的结论是——现行稿费条件下，如果要保证现在的生活，“我会把自己写死。如果我的书也能卖到十万册，我也愿意不上班慢慢写，但那是不太可能的，卡夫卡一辈子也是上班。”塞林格、卡夫卡的名字常常从赵松的口中蹦出，他们影响的不仅仅是他的文学观，似乎还有他看待世界和思考问题的方式与方法。

所以，去上班也不失为一种办法。赵松说到这里，拍手大笑，他说自己兜兜转转了一圈，又转回到办公室，和二十年前一样，又开始为中心的董事会写报告了。“你能相信吗？我像是苍蝇飞了一圈又飞回来了，除非我不干了。”

用文字制造一个属于自己的空间

《空隙》出版后，赵松在黑蓝上写了一年专栏，没有稿费，要求是按月交稿。当时他正在看鲁迅的《故事新编》和《朝花夕拾》，便想能不能从对西方小说的理解退一步，用貌似很传统的方式来写好像是真实然而并不是很真实的故事，这个系列就是之后出版的《抚顺故事集》，以抚顺老家为背景，他写工厂师傅、金姐、诗人和许多来往的人物故事。

当初离开抚顺不是已经“到此为止”了？为何现在却能写出关于它的故事？赵松说，这是因为在他远离故乡之后，对这座城市的想象力也以另外一种方式重新涌起了，他将这个回忆写作的过程比喻为“锻造钢铁”。“我在抚顺完成熔炼，而在上海淬火、塑造成型，后者更加复杂和漫长”。

表面上，这些抚顺往事可以与父母、朋友的记忆形成“一种小型的公共的家庭记忆”，但实际上，它们是赵松经过了大量阅读启发后的观察，经历了牛羊反刍般的过程，是属于他自己的个人体验，以此重述过去，反而具有似是而非、以假乱真的魔力。“我妈也以为我写的高昆就是她的学生，她还问我，她怎么不记得那人发生过那个事儿了，因为这个事儿是我虚构的。”

“我要讲的，不是大家都知道的事，而是属于我个人的体验，要有一种似是而非的距离感。”赵松并不要求怎样的共鸣，他只想要借用文字制造一个属于自己的空间，如同“一个虚拟的容器”去承载他的个人经验。“信息泛滥的时代导致大量公共经验产生，通常是聊了一件事儿，你知道我也知道，这时候个人经验就变得更重要，因为我的体验和趣味跟你不一样，我的信息组合跟你也不一样。”与此相关，他所写的并不会体现出与本地亲密、“接地气”的联系。

“《空隙》也好，《抚顺》也好，我的写法不会强调方言、风俗，或者说很像东北的风格。在写地方时，我们的写法也应该更加高级，而不是紧紧地抓住地面，不要刻意地土里土气。拉美的胡安·鲁尔福，也没有写成很土气。”也不与时代背景有什么必然共鸣，在描写石油工厂时，赵松并没有掺入情怀、历史和遭遇，在刻画人物时，也未触及大变迁、下岗潮。“人们很容易制造出一个假象，好像自己跟时代有这么多关系，而事实上，没有你想象的这样，很多人只是安静地在一旁经历着生与死、爱与恨。我所写的跟路内的糖厂不同，路内的工厂是服务于他的故事，是一个意象。”

赵松将自己的写作比喻为自己种菜、自己浇水、自己营造的园地，而读者呢？他不知道应该如何评论读者。“他们也许存在，也许不存在，我发现在豆瓣上自己觉得不咋地的文章很多人推荐，而我觉得挺好的，却没什么人反应。这让我有警惕，很多人推荐的时候，这篇文章是有问题的，说明它不够高，适合普通层面，让大家有共鸣。我的要求是更高级点儿，高是说的某种境界。”

即使如此，当赵松听到很多人对《抚顺故事集》的反馈类似“挺有意思的”“没想到你也能写好懂的小说”时，也会心中窃喜，因为他明白，这只是他的另外一种玩法——用看似安全可靠的故事和第一人称，用“文字本身重构的能力”，让人们掉入真实与虚构的旋涡里。

在这个意义上，赵松觉得现在流行的非虚构的说法挺无聊的。“虚构与非虚构怎么区分，只有你自己知道，你觉得是写实，我觉得是虚构，文字层面不存在虚构与非虚构。如果根据现实素材写作的可以称为非虚构，那只是对当下而言，多少年以后再看，人们会觉得非虚构和小说没有区别。杜鲁门·卡波特的《冷血》是被当成小说看的。”

《抚顺故事集》之后，赵松今年出版了新书《积木书》，而他自己都犹豫是否应该将之称为“小说集”。这些篇章选自他从2010年左右开始在网络上发表的文章，它们将故事与片段的区分彻底打破，每一篇的开头都是省略号，之后是大段的铺排，读者甚至不能区分篇章与篇章之间是否存在连续的故事和人物，所以可以任意改变阅读路线。

比如说，对于傍晚途中的描述：

……那些蝼蚁般的车辆在暮色里缓慢拥上引桥的时候，可以发现左右远近的楼宇就像枯树逢春一般在薄雾深处吐露出诡异的嫩芽，它们毛茸茸的淡漠边缘闪烁着微明的光芒，悠然浮动着，对应着那些簇拥桥上炭火般的虹膜，它们眨动之间闪出黑暗的深隙，很多星辰就坠落到那里……

还有，对于陌生人面庞的书写：

……陌生人，可是都有熟悉的面孔，就像你从出租车里钻出，在那些陌生的高大建筑下茫然四顾时忽然闻到空气弥漫的麻椒香味。被时间过度催熟的脸，没了原形，也没有新的定形，但你又不能称之为过渡中的脸……

也有没头没尾的故事，一个表妹突然来到了家中，妻子越来越怀疑她与丈夫有染，表妹又消失了。一个浑身都坏掉的人，喜欢说话，对一个年轻人复述了一遍自己讲座的内容等等。

人物是闪烁的，而不是连续的，没有连续的动作和持续的情感，这与时下流行的“回归讲故事传统”，例如莫言在2012年瑞典文学院的讲话《讲故事的人》的提法有着巨大差异。在赵松看来，与其模糊暧昧地“回归讲故事”，不如正视写作时必将面对的“庞大的系统”，毕竟，格林童话和安徒生的故事不是一个传统，而乔伊斯、卡夫卡又是另外一种讲法，他自觉接续的写作传统则是中国笔记体小说。

“中国小说大体有两个传统，一个是话本小说，一个是志怪笔记。话本的高峰是《红楼梦》，志怪笔记的巅峰则是蒲松龄的《聊斋志异》和纪晓岚的《阅微草堂笔记》，之后还有俞樾的《右台仙馆笔记》也不错；孙犁晚期的《耕堂劫后十种》里的小说也有笔记体的线索，我也属于后面这条线索，而这种写法并不算主流。”

所以《积木书》里无名的人、断裂的故事，也提示着更多阅读的可能性，如同不确定的现实中的闪烁瞬间。“小说里无名的人突然出现又突然消失，我不会告诉你在另一篇里还是他还是另外的人，他们在闪烁，就像走在路边的人突然被灯光打亮，他的影子出现了；光灭了，影子就不存在了，但是他还在走。”

现在，赵松每天会创作到凌晨，他不会失眠，常常看书看着就睡着了，第二天早上再起来骂自己，“真他妈没出息，总是睡不够。”他也越来越明白，他在做一件谁也帮不上忙的事情，但是他特别乐意，因为能在其中体会到乏味人生中的戏剧性。

“写不出来的时候，很烦恼，写出来，啊，那感觉，太舒坦了。”当然，也有时候写完挺高兴，第二天一看，什么玩意儿？只能再改。“人生是很容易乏味的，写作可以带来戏剧性。”

同题问答

界面文化：你最欣赏的外国作家是谁？

赵松：夏目漱石，因为他是水瓶座，我也是水瓶座。正经说，他可以用最朴素最普通的方式，用很小的人物，不写什么大事儿，做成艺术品。

界面文化：你最欣赏的中国作家是谁？

赵松：老舍，因为我跟他一天生日——开个玩笑。其实是鲁迅、废名、萧红、孙犁。鲁迅是中国现代最早的成熟小说家。废名是过去一百年独一份儿，没有第二个人跟他相似。萧红是天才，萧红的写作方式太特别了，她不守规矩。孙犁是一个熬出来的典型。他是革命老区成长起来的左派作家，不够现代，我们通常说的都是他的“白洋淀”系列，但是他大器晚成、呕心沥血的那种写法，经历得多了就看明白了。

界面文化：你的社交圈里是否有许多作家朋友，或者是否认为写作应该进入某个圈子？

赵松：我还真没有圈子里的朋友，我也已经不在黑蓝文学网了。我朋友里有一部分写作的人，但都是边缘化的，不是很在“文学”的圈子里的。至于作协的、期刊的、出版的，好像还真不多，我的朋友都不怎么在期刊发东西。我说的这些写作的朋友里，有鲁毅、金特、王宇光。王宇光还翻译了那部厚厚的《维特根斯坦传》。

界面文化：你写作的习惯是什么？是否会在固定时间写作？

赵松：每天晚上十点以后开始写作，写到深夜。

界面文化：除了写作和阅读，你还有什么爱好？

赵松：看艺术品展览。最近我去看龙美术馆西岸馆詹姆斯·特瑞尔的个展，展览给我最大的启发是可以从不同的角度看事情。有时我去做讲座，听到有人说当代艺术展览看不懂，我就会问，你能看懂的是什么？通过一个人描述他所能看懂的东西，就可以知道这个人的判断力和标准。如果你看懂了，就知道你判断事情的方式。就像你总是吃猪肉，吃羊肉吃不惯很正常，但不代表羊肉不好。在你味觉都不具备的时候，是没有办法一蹴而就的。

界面文化：你如何看待影视和文学的关系？

赵松：影视跟文学还是各论各的吧，写作就是写作，不要试图把作品改编成脚本。偏叙事的作品都好改电影，但是拍出来跟没拍也没区别。电影是另一种类型的艺术，是镜头组组成的，是一帧帧画面。你用电影讲小说讲过的故事，构不成电影艺术。《人民的名义》我觉得很差，周梅森有这么多料可用，写成这样真的很烂。这个剧就像《大决战》，有宏大的画面、脸谱化的人物，加上生活细节。他太想塑造正面的形象了，但都是一套一套的。年轻人喜欢，大概是没看过主旋律的东西。

界面文化：我们谈论一部小说，会说到语言、结构、节奏、故事等等，对你来说，你最在意小说的哪个环节或部分？

赵松：语言、节奏、故事都建立在结构上，结构的方式决定语言的状态，没有结构的存在，就没有语言；语言会根据结构变化，没有一成不变的语言。鲁迅的《在酒楼上》《孤独者》很相似，但其实是两个语言状态，正是因为结构不同，所以气氛、节奏都不一样。区分一个作家对于小说认知的分界点，在于对结构的认识。国内承认对结构没有认识的小说家前有巴金，后有王朔，他们看过外国作家，觉得自己结构不行，总是写哪儿算哪儿。结构最好的是废名的《桥》，篇章内部的配置非常讲究，细微到要去品才能品出来。

界面文化：写作的时候你会想着读者吗？

赵松：写作的时候，我不想着读者，但我知道读者存在。豆瓣上超过 10 个人推荐我的作品，我就会关闭回复，时间长了，人家就不回复了，有人问我是不是讨厌别人回复，我不知道怎么回答。我认为作者没那么重要，不要老走到作品前面，讲自己的作品多少会有些尴尬，像讲自己孩子一样，有点别扭。

界面文化：作家是否要关注政治和公共性话题？并且有义务将这种关注反映到作品里？

赵松：一个作家很难隔绝现实，卡夫卡好像很封闭，但是他也关心一战、帝国解体。作家是比周围人更敏感地感知到时代所有东西的人，对于金钱、财富、权力应该都更敏感。

但要不要反映到作品中，要看作品的取舍，有的作家关注，有的作家不关注。你关注整个世界都没问题，但不需要对任何事情都做出反应。信息转化成写作，需要很长阶段，而且会有不确定的形态。比如如果东京被轰炸，在这个人写作里的体现可能是一条狗的丢失。

比如我们曾经听到很强烈的音乐，但什么时候用，不知道，但某一天可能就会在写作上留下影响。反应太快，那是时事评论，不是小说。福楼拜的《包法利夫人》的灵感也是来自小镇女子服毒自杀的新闻，余华的《第七天》也是新闻，为什么一个是经典，一个不成功？这就是以写作艺术还是以反应为目的不同。小说可以提供原事件没有的感受、体验和冲击力，否则调查也看了，新闻也看了，为什么还要看作品？

界面文化：你觉得未来小说读者是更多还是更少？

赵松：西方十八九世纪是长篇小说最多的时代，有很多很多读者，家庭妇女没事儿干就看书。20世纪，全世界都在发行小说，但读小说的人好像少了很多。其实网络上读的人很多，比如玄幻小说的读者群巨大。我认识一个60后，他跟一个玄幻小说跟了一百多集。写玄幻的作者何止是能赚钱，是赚很多钱。我在季风书店做略萨小说的活动，一个四十多岁的中年女性问："老师我们为什么要读这种书？下班以后就读一些轻松的鸡汤小清新。"我说，"这没有任何问题，没有人应该读什么。作品会去找读者，略萨会找到属于他的读者。"越好的作品越有独特的体验，而不是读完了，一交流，我俩感觉一样。所有的好书都是不断地能把你从一群人中拉出来，回头一看你不一样了，而不是把你扔回去。有的作品满足的是移情的需要，而经典的作品给你的是完全陌生的体验。

界面文化：你是否认为作家与评论家应该保持距离？

赵松：我生活中认识的评论家很少，我也读评论，比如瓦莱里写的《文艺杂谈》。我不喜欢过于理论化的、好像期刊里面的评论——上来一个长镜头，20 世纪云云，一千字以后，终于绕到你了。评论家应该让作者有兴趣找到这本书，而不是告诉别人你知道这本书多么牛。你难道还能取代这本书吗？评论家对于读者和作者肯定有干扰。圣伯夫同时代的作家，希望请他评论，又怕他评论。很多评论都是过度解读，美国的新批评把细读推向极致，五行字能解读出五万字。评论本来只想让人看这本书，最后越俎代庖让人不想看这本书了。写得最好的文学史会提示作家的写作风格、渊源以及发生过什么事儿，而我都是从作家的访谈、书信、传记里提到的观念知道作家的想法的，作家比评论家要更直观；作家在现场，评论家是间接的旁观者。艺术评论对于策展很重要，但也有过度理论化的问题，好像不谈福柯之类的当代哲学名家的理论就丢份儿了。我也写评论，我会避免引用太多理论，只传达我的观察，这是最好的。

界面文化：你在写作这条路上对自己的未来期许是什么？

赵松：完整地写一个长篇。长篇对作者结构把控的要求更高。长篇和短篇，就像马拉松和百米，马拉松全面展现过程，百米要求力量冲刺。我最长写过七万多字，发现还是有难度的，长度不是一个简单的物理量，要求在结构上有特别多的能量，经常写着写着就写不动了。莫言太猛了，40 天写 40 万字，惊若天人。

塞林格在乡下买个房子，然后闷头写作，这对我是有诱惑力的。我觉得这是作家应该有的状态，对作家来说，生活不应该太丰富，个人状态要弱化。菲茨杰拉德的生活多么丰富，最后“崩溃”了，我常常因为自己生活丰富而有负罪感。作家跟运动员一样，要保持一定的运动量，老不动就不想动了。所以最重要的，是要保持对一件事的乐趣，并且享受这个过程。业余作者的好处，是我不为了稿费而写作，出版了书，就自然有文学期刊开始关注，约我写短篇。我觉得没有理想的状态和作品，只要你还想干，还干得动，还能在过程中感受到乐趣就可以了。

02 朱岳：

写小说和哲学对我来说，都有一种解开谜题的心态

采写 武靖雅

1977年生于北京，A型血，射手座。毕业后先做律师，后转行从事编辑。曾出版短篇小说集《蒙着眼睛的旅行者》《睡觉大师》《说部之乱》等。

朱岳的采访被他安排在上班时间，因为下班后和双休日他都要看小孩，他翘了两个小时的班，找了他所在出版社的一个会议室聊天。其间照例，摄影师要给采访对象拍照，这对朱岳来说可能过于正经。

朱岳被指挥到窗前，一本正经地看向窗外，手有点不知道往哪儿放，先抱在胸前，又垂下来，一手搭在另一只胳膊上。摄影师“咔嚓咔嚓”，朱岳突然浑身一耷拉，笑了：“我绷不住了。”“放松，放松。”摄影师说。朱岳继续摆好姿势，又偷偷说了一句：“跟打针似的。”照片定格，朱岳表情有点僵硬，一手抱着胳膊，后移的发际线显得额头很亮，面前窗台上有一盆绿植，朱岳看着前方，不知是在思考植物，还是在思考窗外的远方。

哲学家：我怎么能证明我死以后世界还依然存在？

在写小说之前，朱岳的志向是写一本哲学著作。

朱岳十一二岁的时候，有一天在自己家楼下的小花园散步，突然被一个念头慑住了："这个世界的一切是不是只是我自己的感觉？我怎么能证明我死以后，世界还依然存在？"那时的朱岳甚至还表达不清，那是一种很朦胧的唯我论的思考，但这个问题从此没有离开过他的脑子。"我想，随便一个哲学问题也够我消磨掉余生的时间，实在是茫无头绪的一团乱麻。"

十几岁的朱岳有些早熟。"在十岁或十岁之前我就是个小老头儿了，"朱岳在豆瓣日记上这样写，"童年乃至学生时代对我一点吸引力也没有，这大概是因为那时候我就经历了一些残酷的事"。

小学的时候，朱岳总是受到一位语文老师的嘲讽，这位老师还引导全班同学嘲笑他，每次语文老师叫朱岳起来回答问题，总能逗得全班同学大笑不止。"我想这和我说话没有重音有关，但无论我怎么注意，总是无法获得重音。”

初中时，朱岳上的是一个校园暴力比较严重的学校。而他跑步和做操的姿势还有些滑稽，他在初中画过一个系列漫画，叫“罗圈腿与肚脐眼”，故事的主人公是他和一个外号“肚脐眼”的同学。后来他才知道，跑步滑稽是因为小时候打青霉素打出来一种叫做“臀大肌挛缩”的毛病。

上大学的时候，朱岳对人生还没有什么规划，父亲觉得读法律对未来的出路应该是个不错的选择，于是朱岳读了政法系。不过大学期间他开始“不务正业”，把时间都花在了读哲学书和思考哲学问题上。毕业时，朱岳面临着两个选择，去学校当政治老师或者做一名律师。“实在是不想教政治。”于是朱岳去尝试考取律师资格证，第一次没考上，他回家专门复习了一年，第二次，考上了。

朱岳所做的律师称为“包律师”，什么五花八门的案件都做。这段经历给朱岳的感觉跟卡夫卡笔下的世界简直一样。“就会觉得卡夫卡那些小说是非常写实的，你觉得很荒诞或者光怪陆离，但其实那些就是处理具体案子过程中直接的体验。”他去接待信访，觉得自己仿佛就是《城堡》里的人物。律师的工作让朱岳很烦，很焦虑，“没有一件事是高兴的”。后来他就不再接活儿，想来律师事务所也已经把他的职务注销了。

在卡夫卡式的现实中，朱岳对哲学的欲望有增无减。2002 年，25 岁的朱岳经亲戚介绍，揣着自己一份类似哲学论文的作品去拜访社科院的一位老师。这位老师是国内分析哲学的前沿人物，而分析哲学是朱岳最感兴趣的哲学领域。见到朱岳后，这位老师就说：“我已经不带研究生了，如果你想考研究生，我可以给你推荐几个老师。”朱岳说：“我没打算考研究生，就是想跟您讨论来了。”朱岳在老师家与他争论了一个上午的哲学问题，老师工作繁忙，身体也不太好，最后给朱岳建议，“你可以到网上去跟人讨论”。

求教无门，朱岳只好去网上寻找，他在网上搜各种哲学论坛，上面的内容大多是正儿八经的“民哲”。“这方面爱好的人很多都是半疯似的，自己自创体系，然后就发现了一堆特别古怪的理论”，朱岳倍感失望，但还是在一个叫“哲学人生”的论坛里发帖，问有没有人懂分析哲学。有人回帖说，“黑蓝文学网”有个“辨析版”，那儿有人懂分析哲学。黑蓝其实是个文学论坛，里面大部分是写小说和写诗的人，只是专门开出了一个小的版块讨论哲学，朱岳在那里遇到了几位同样对哲学认真而充满热忱的朋友，他们在讨论中动辄争得面红耳赤，但也乐在其中。

黑蓝文学毕竟还是搞文艺的，朱岳和几个朋友觉得还是和那里的文艺青年区别开来为好，于是他们自己成立了一个叫做“哲学合作社”的论坛。论坛一开始本着兼容并包的原则，但做着做着，分析哲学就成了主要内容。朱岳说，这是因为分析哲学更强调论证、逻辑技巧和思想的清晰，拒斥胡言乱语、故弄玄虚。“根据我长期观察，在网上(且仅在网上)讨论哲学的人里，推崇分析哲学的人中头脑混乱、容易激动的较少；推崇欧陆哲学或中国哲学的人中头脑混乱、容易激动的较多。”朱岳曾在文章里写道。

不久，论坛里的帖子被中山大学、武汉大学等不少高校哲学系的教授注意到，哲学合作社的讨论有了质的提升。朱岳自己的探索也取得了进展，他完成了一篇长论文《哲学随想录》，被收入了由首都师范大学哲学系主办，程广云、夏年喜主编的学术丛刊《多元 · 2010 分析哲学卷》里。

但在这之后，朱岳放弃了写哲学著作的理想。“写完《哲学随想录》，感觉自己想说的话差不多说完了，没有继续写下去的想法了。”“而且像我这种没有什么理论背景，也不是学术性的，完全是个人爱好的人很少，你写的基本没人看，能看懂的人可能不会去看，因为他们都是学术路子的人嘛，会看到的人可能也看不懂。”2004 年，朱岳转而写起了小说。

小说家：在经世与娱乐之外，还有一种单纯为了审美的文学

朱岳开始写小说“主要是觉得好玩”，在黑蓝文学上，朱岳认识了不少写小说的朋友。放弃写哲学著作后，朱岳“集中起的脑力就像一支失去目标的大军无处发泄”，于是转移到了小说上。“小说和哲学对我来说，都有一种解开谜题的心态，这个谜题有时候令我十分不安，就像有时候人忽然意识到

自己将死亡时产生的那种不安。”

在和朱岳有关的营销语中，他常常被称为“中国的博尔赫斯”，博尔赫斯的确直接刺激了他写小说。刚上大学时，朱岳跟着一个总给他讲文学和哲学的“奇怪”的高中同学去买了一套博尔赫斯全集，刚读到博尔赫斯时，朱岳惊讶极了，“分不清博尔赫斯写的哪些是真的，哪些是假的”。他觉得可以从博尔赫斯那里学习的东西很多，包括“不说废话，不迷信，直接的现实主义，以及打破文本的界限：写的好像是说明文，实际上是个故事，写的诗可能是小说，写的小说也可能是诗”。

朱岳正式写的第一篇小说是《垒技》，灵感来源于一种寻找平衡点的微妙感觉。小说介绍“垒技”这一技艺，使用了百科全书词条式的文体，结构上模仿了库恩的《科学革命的结构》。现在在网上搜“垒技”，你会发现它已经成为百度百科的一个词条：“垒技是一种专门的技巧，它既不是杂技，也不是魔术。一般人几乎无法理解它的意义，但人们对它并不十分陌生。在没事的时候，常有人把扑克牌、硬币、小酒杯这类物件搭起来，这其实就是垒技的民间形态。”这是朱岳的原话，在这条定义下面，有技艺特色、历史沿革、理论与实践现状、垒技的精神主旨几部分，内容就相当于把朱岳的这篇小说拆解。“垒技”的历史被当作真实存在过，大多数人不知道这只是一个小说家的虚构。后来朱岳又用类似的文体写了《睡觉大师》《迷宫制造大师》等小说，介绍了睡觉、迷宫制造等种种技艺，以及一些并没有存在过的人物的生平和历史。

离开律师事务所后，朱岳去了《博览群书》杂志面试，杂志社要求交几篇能证明自己文字能力的东西，朱岳就交了几篇自己写的小说上去。编辑部主任一看到就很喜欢，于是朱岳进入杂志社成了一名编辑。《博览群书》是 20 世纪 80 年代影响较大的读书刊物，但在朱岳到来的时候，国内的读书类杂志已经普遍变得不景气，销量很低。杂志没有市场，只靠主编拉赞助维持。体会了两年纸质杂志的艰难，朱岳再次选择了离开。

杂志社的工作不用坐班，朱岳每天就一个人在家里对着电脑看稿，总觉得阴气重重。可能因为长期一个人在家宅着，身体变虚，精神也会衰弱，朱岳变得疑神疑鬼的，好像老觉得周围有许多阴魂飘荡。朱岳一跟别人说起这个，对方就会给他讲鬼故事，听越多鬼故事，他就越是疑神疑鬼。后来他坚信，只有特别自律、勤奋的人才适合不坐班的工作，但纯文学作者通常不属于此类。

朱岳理想中的工作，首先得适合社交恐惧症患者，不用跟太多人打交道，也不用太操心；其次还得有强制性，让人能过上规律的生活；另外它还应该跟书有关，图书编辑或许是最符合条件的工作。从杂志社出来，朱岳就去图书公司做了编辑，先去启真馆，然后又到新经典，到楚尘文化，到当当，然后是后浪。朱岳辗转了一家又一家图书公司，但工作性质到现在几乎都没有变。

另外一个始终没有变的是，朱岳依然在执着地思考着终极问题，尽管他知道也许永远不会找到答案，但他还是忍不住要想。“就像机器人下棋已经超越了人类，但是人类还是要下棋；就像一篇叫《银河系漫游指南》的科幻小说，告诉你终极答案是42，但你还是要思考为什么是42。最后我觉得我是不由自主地想，可能就是为了消磨时间，想这种问题的时候时间过得特别快，跟玩游戏一样。”朱岳有一段时间想出了强迫症，门上锁后他得反复检查，听到别人随便说一句话，他一定要把这句话想成有开头有结尾、逻辑完全通顺的一句话，遇到各种与逻辑有关的问题他都会陷进去不停地琢磨，后来强迫症是通过跑步治好的。

朱岳在小说里展现了惊人的脑洞，用他的词来说，每一篇都是一只“怪异生物”。他管自己的小说叫“文学幻想小说”，在这里，文学之于小说，就好像“科学幻想小说”里科学之于小说。他用了维特根斯坦“生活形式”这个概念，“你如果篡改一下生活形式，这个世界就是另外一个样子了”。朱岳的小说几乎每一篇都会设定一个新的有些怪异的世界，比如《原路追踪》，在这个世界里只有一种植物——仙人掌，只有两种动物——灰熊和兔子，而你是一个刀客，唯一让你战斗力变强的方法，就是阅读文学作品。在《说部之乱》中，一种叫做“罗曼司症”的病席卷了世界，患者的意识被不同的小说入侵，陷入梦游状态。而在《星际远征》中，几个地球人去远征某颗星球，抵达后发现那儿是某个星球设的老年人活动站，老外星人把星球让给地球人接管，唯一的请求是逢年过节给埋在那里的老外星人烧点纸……

朱岳的小说往往会违背惯常的叙述规则，往往在传统小说该高潮的地方，什么也没有发生，该情节转折的地方，没有转折。在《蒙着眼睛的旅行者》中有一篇《后记》，讲到朱岳偶然在一家小书店看到一本名为《虚构与生活形式》的书，其中作者总结了33个公式，并且声称任何短篇小说都可以根据这些公式构造出来，朱岳买下这本书，从一开始就想超越这些公式。当然这本书是朱岳虚构的，《后记》也许只是一篇叫《后记》的小说。不过朱岳确实试图超越叙述规则："我反正特别不喜欢那种套路式的桥段，如果你都是按照已经总结好了的各种规律写，也没有什么意思。"

在几年前的一个采访中，朱岳曾经说过，自己写作"是为了摆脱绝望"。在一些小说中，确实弥漫着一种绝望和悲剧氛围。有一篇《我可怜的女朋友》，"我"去探望病房里的女朋友，女朋友"还剩下23根头发"，"手指被切除了，医生给她安上了10根面条"，"我搂住她枯柴般的身子，请求她不要激动，否则，连接她上下肢体的曲别针会变形的"，"我"和女朋友的蚯蚓被卖了，蛾子飞走了，最后"我"走出病房去为女朋友摘一朵玫瑰，只找到狗尾巴草。朱岳说，这篇小说他写得痛哭流涕，尽管

“这些情感表达得挺怪异”。

2006年，朱岳28岁，出版了自己的第一本短篇小说集《蒙着眼睛的旅行者》，在个人简介中，他是“一个像他书中大多数人物那样在现实世界中磕磕绊绊，成天在床上靠编造私人纸牌故事打发不快心情的人”。2010年，他出版了第二本短篇小说集《睡觉大师》，作家苗炜在一篇文章里讲道，出版社的编辑曾找两位著名小说家为这本书写推荐语，得到的答复都是拒绝，其中一个问，这个叫“朱岳”的是不是神经不太正常？

2015年出版的《说部之乱》显得更加精简、准确，朱岳觉得，“在语言上它自觉度更高，已经有点章法了”。他在后记里给自己的小说做了一些附注，也作为给比他年轻的写作者的一些建议，其中包括：“在经世与娱乐之外，还有一种单纯为了审美的文学，它比娱乐文学严肃，但不像经世文学那样有着特别的目的性。”“写诗是制造一个语言里的诗性事件，小说却是对诗性事件的模拟。”“无缘由的世界是神秘的，因其神秘而耐人寻味。”以及“写作的最重要的方法之一就是等，这一方法运用起来有相当的难度。”

朱岳这三本短篇小说集，加起来不到三十万字，花了十年的时间，他似乎的确是个低产的作家。但是他付出了高强度的脑力劳动，“从来没停止过，就是一直在想一直在想”，他的脑子里不断冒出各种新的想法，等到某个想法成型，就坐下开始动笔。但是朱岳写小说是越写越少，一篇小说可能一开始写了五万字，最后改成了五千字，开始五千字，最后可能只剩下了五百字。“你看到的那么一小段话，觉得不知道是什么意思，其实我是下了很大功夫的，很奇怪，最后我可能觉得那个最随意最短暂的形式是最好的。”

除了出版，朱岳的书在豆瓣阅读上也有售，有时豆瓣阅读会给他发通知：“亲爱的朱岳，你的作品正在豆瓣阅读出售。从 12 月 1 日到 12 月 31 日，作品总共销售 8.00 元……税后收益为 7.56 元……”“这似乎是一笔不错的稳定收益。”朱岳说。不过他还是收获了不少粉丝，在《蒙着眼睛的旅行者》再版序言中他对读者写道：“感谢你们以一种善意的眼光看待这些不成熟的、多少有些古怪的作品，是你们使我不再是一个孤独、可悲、一无是处的人。”

编辑：如果我有一大笔钱，就成立一个“纯文学作者职业介绍所”

朱岳两三个月前来到后浪图书公司工作，之前他是后浪的作者。后浪的办公地点在南锣鼓巷对面一个小胡同里，车不怎么进得来，人也很少。那栋楼挂的牌子是“北京市冶金设备自动化研究所”，不知道为什么后浪没有做一个自己的标识。朱岳在一个大办公室里一个挨一个的座位中间有一个自己的工位，每天在这里看稿、联系作者、签合同。

跟和朱岳同在文学部的同事聊起朱岳，同事管他叫“会长”。“什么会长？”“秃顶会呀！”因为朱岳在豆瓣上成立了一个叫“秃顶会”的小组，自称“秃顶会圆首”，广发豆邮邀请已经秃了或者未来将秃的亲朋好友加入。“秃顶会”的宗旨是“照亮世界，最重要的是秃顶们开开心心”，目前有3 027名成员。前几天朱岳穿着一件自己画的秃顶会会服来上班，同事们纷纷要求团购，不过朱岳还在犹豫。

“除了秃顶，还能讲点儿关于朱岳的别的么……比如，他真的有社交恐惧症么……”“我觉得他不社交恐惧啊。”这位同事表示，“平时我们部门有一半话都是他说的。”在同事看来，平时，朱岳就是一个脑洞特别多的人，随时会把脑子里奇奇怪怪的事儿说出来，比如他会用《推背图》来解说当今天下局势；拿同事的属相研究三合局；在维特根斯坦生日那天，朱岳提议大家一起去吃烤鸭庆祝。

不过朱岳在工作上很能发挥优势。“他的效率应该比我们高，看稿子刷刷刷就看完了。”一天会有好几单当当亚马逊的快递送到办公室，都是朱岳买的书，“我买的书够看好几辈子了”。朱岳知道一些奇奇怪怪的书，在豆瓣上还成立了一个小组叫“零想读”，专门推荐“想读”为零或几乎为零的书。工作时提到一些冷门的20世纪八九十年代出的书，很多朱岳都知道。一个漫画部的同事讲，当她们要做的漫画书涉及到文学的内容，一般会去问朱岳。“他会提供一些不是资深文学粉想不到的资讯，比方说我们出了一本杰克·伦敦的原著改编的漫画《生活》，就问他怎么给这本书宣传，然后他就说村上春树和那个谁谁谁、谁谁谁，曾经在自己的小说里引用过《生活》。”

在后浪的一间小会客室里采访时，朱岳并没有表现出他在同事口中话多的一面。他比较端正地两腿叉开坐在沙发上，双手放在腿上。“我不能翘二郎腿，臀大肌挛缩。”他笑着说。他讲自己的时候说得比较简练，但一不小心涉及到哲学，就突然收不住闸：

“维特根斯坦，我刚才不是说做过他的传吗……就像一个人说这个世界是怎么回事其实都是他想象的，其实谁也不知道这个世界，并不是你有经验才去解释，而是你已经有了一个解释，才能有一个经验的东西……其实人是没有一个纯粹感觉的，你看到一个东西已经在解读它了，你看到这个杯子的时候已经在看见一个杯子……胡塞尔……他太那个了，绕来绕去，我觉得他一个基本点可能就不太对……胡塞尔又影响了海德格尔，海德格尔又影响了萨特，还有一个叫科耶夫的，然后巴塔耶，拉康……这是欧陆传统……英美它是另外一个传统，就是分析哲学传统……”

最近朱岳对死亡的问题十分着迷，“可能天天都在想，昨天晚上还在想”。他眼神游离地讲起来：“我现在对佛教的断灭相特别特别着迷，可能要坠入邪道了，我每天都在想断灭相，就是人一没了，什么都没有，你会觉得这个世界真是和你没什么太大关系，虽然你活着时候好像很有主人公的感觉。”

如今朱岳有了一个一岁多的孩子，有了小孩之后他基本上没什么时间写东西了，他每天坐地铁上下班，在地铁上看书，回家陪小孩玩。他写小说是很慢的，一个几千字的小说，他要写两个月。“有没有希望能不干别的，把时间都用来写作？”“有时有过，不过这也属于要不断舍弃的。”

《说部之乱》后记里朱岳写道：“在我看来，重要的是通过写作能舍弃什么，而非得到些什么。”“舍弃什么呢？”“舍弃一些妄念吧。”以前他曾经希望用写作来治疗绝望，但后来他发现绝望不是最糟糕的，“妄念”才是最糟糕的。“一开始写作的时候你会希望得到什么，你肯定希望要得到肯定，你想得到意义，你想得到价值，想摆脱绝望，但是后来觉得，这些其实都是很虚妄的东西。”

朱岳最近也在策划一套挖掘主流视野外的独立作家的书。“我还是想多做点什么的。”朱岳喝了一口水，很认真地说。他曾经写过一份模拟的自我采访，其中有一个问题，提问者问，如果你意外发现了古代海盗藏匿的宝藏，有了大笔金钱，你想为中国文学做点什么吗？

朱岳回答："作为一个图书编辑，我知道在我们这个文明国度，纯文学的处境比较艰难。我们的社会大概有三种主要力量，体制、市场和圈子。而纯文学，从它的"纯"来看，总是要相对独立于这三者。我不相信现代社会中一个作者还可以绝对独立于它们，但仍有可能不完全依附于它们。这种独立性的代价就是吃不开、出不了头等等。那么既然我已经有了大把金钱，是不是该帮助一下纯文学作家们呢？我想如果我直接给他们打钱，他们就会依附于我，讨好那些我所雇用的评审委员。

"我能想到的最好方法就是让作者们不必靠写作为生，他们可以找一个工作，利用业余时间写作。所以我会投资创办一个'纯文学作者职业介绍所'，向他们介绍一些不是太忙、不用加班、不用担负太大责任的工作，工作地点最好在家附近，收入中等。我可能还会给聘用纯文学作者的企业一笔补贴，奖励它们为文学事业所做的贡献。"

"是的，作家就应该做一些晃晃悠悠的工作。"提起这件事的时候朱岳笑着说。

同题问答

界面文化：你最欣赏的外国作家是谁?

朱岳：卡夫卡，我觉得他肯定是第一，一般现代文学中这没有什么争议。我喜欢卡夫卡的现代性，一是对他那种想象的力量很佩服，二是因为我和他有共同的法律背景，我很能理解他写的东西。

界面文化：你最欣赏的中国作家是谁?

朱岳：孙甘露吧。他写的小说其实不多，就是短篇小说也是很有限的，还有一个不算太厚的长篇小说，他后来好像又写过两三篇小说，但是都不是早期的那种风格，没有那种强度。首先他的语言我觉得比同时期的那些人好。我没读过余华，但是我觉得孙甘露比马原和格非的语言要纯净，而且他的想象也很自由，也没有多余的东西。他后来不写了，也挺牛的，他可能写不出更好的东西也就不写了，能做到这一点也不容易。

界面文化：你的社交圈里是否有许多作家朋友，或者是否认为写作应该进入某个圈子？

朱岳：我可能只和少数的一些朋友有很松散的联系，但是大部分都是我作为编辑，人家作为作者的那么一种方式。以前可能有过，讨论讨论怎么写，但现在没有了。我觉得有些圈里的人成天都在一起泡酒馆，好像生活都在一起，我觉得这样太容易导致这些人相似。维特根斯坦有个概念，叫“家族相似性”，这些人就有点家族相似性。

界面文化：你写作的习惯是什么？是否会在固定时间写作？

朱岳：我现在没时间写作了，因为现在小孩特小，才一岁，回家就带孩子，然后上班还要坐班，所以基本没时间了，等小孩大点的时候再说。以前基本就是周末写得最多，或者节假日能给我点时间。当律师的时候是挺有时间的，也不用坐班，但是那时候没有有意识地去一篇一篇写，完全是写着玩。坐班以后基本就没有什么时间了，下班之后精疲力尽，我也不是熬夜的那种人。

我还是挺有规律的，但是这是一个内在规律，比如几个月能得到大概五六个想法，我就有五六个、五六个的这种小的想法在脑子里，然后我就看那个想法能不能慢慢形成一个小说，有的时候可能我觉得形成了要写了，但一下笔，发现不是那么回事，就放弃了，然后再换一个，可能就写出来了。

界面文化：除了写作和阅读，你还有什么爱好？

朱岳：没有任何爱好，上豆瓣吧。上豆瓣、买书。

界面文化：你如何看待影视和文学的关系？

朱岳：我觉得好的电影有叙事，那种叙事感和小说很接近。不过现在小说它也有很独立的东西，小说是一个人的意志，和一群人的集体意志不太一样。我也做过编剧，特别痛苦，就是你提一个想法，人家给你否定了，你提想法越多最后你变成活靶子了，被一群人否定。

界面文化：我们谈论一部小说，会说到语言、结构、节奏、故事等等，对你来说，你最在意小说的哪个环节或部分？

朱岳：故事。我觉得故事就是一个矿石或者是一个玉石，其他的都是在雕琢这个东西，叙事和语言最后都是由故事来决定的，而且只要故事好，语言叙事再怎么差，只要别太乌七八糟的，就基本不会把这个故事给讲坏了，即使只用三句话五句话讲这个故事，它也照样是一个故事。

界面文化：写作的时候你会想着读者吗？

朱岳：好像不会，因为我写的时候很紧张，浑身抽搐跟半身不遂似的，基本想不到其他的事，周围有人说话都会非常愤怒。后来我老婆经常故意在我写作的时候惹我，把我给练好了。

我主要的忧虑不是读者接受不接受，我最焦虑的是以前有人写过类似的东西，或者是我的朋友有类似的想法，但是还没写。他告诉我“朱岳我要写一个什么东西”，我一看正好写过这么一篇，我就不想要这个了，就是这种焦虑。

界面文化：作家是否要关注政治和公共性话题？并且有义务将这种关注反映到作品里？

朱岳：我觉得没有义务而且不应该。我只是作为一个老百姓去关注而不是作为一个作者去关注。但是这个问题也是很有争议的，有人说你不关注政治，政治肯定是会来关注你的，写作之所以要关注政治，就是为了让政治不关注你，因为你不去管它，它都会来给你加各种东西。这个也有道理，所以我也不是那么绝对，只是我自己起码现在没有。我觉得应该尽可能纯粹一点，因为中国人最大问题就是各种事不往纯粹里搞，该弄这个的人他想那个，拍电影的人不想电影，想好多经济的事，写小说的人不好好写，想好多社会问题，搞政治的人去想怎么赚钱。如果大家都想自己该想的弄自己该弄的，那其实就是一个很好的状态，维特根斯坦说提高自己是提高社会的唯一手段，大概就是这意思。一群龌龊的人成天批判这个骂那个的，其实自己就是那样的一群人。

界面文化：你觉得未来小说读者是更多还是更少？

朱岳：我觉得看类型，读我这种小说的人真是很难增加，但是说减少我也不知道，可能还是会增加，因为我觉得现在90后的素质还是挺高的，我接触过的90后很多是很有想法的。

界面文化：你是否认为作家与评论家应该保持距离？

朱岳：应该保持距离，最好是作者别自己评论自己。因为现在当假理论家非常容易，谁都能说出一套一套的，但是如果从分析哲学上讲都是胡说八道。分析哲学首先分析什么是“美”，它是不是有一个标准，你说一幅画真美，就是一个感叹，美并不是直接对应着一幅画上的一个性质，但是它又不是完全没标准的，不是随便一个什么东西都可以说美，当然这个标准确实又不是一个很固定的标准，如果有一个固定的标准，比如什么黄金比例，这样其实就僵化了，看任何画你都不先说美不美，而是先看是不是符合黄金比例，这也脱离了美的实际用法。所以这在分析哲学里也是一个很复杂的问题，我觉得这些最基本的问题可能很多评论家都没有想过，然后就上来开始说，套一堆理论，拉康怎么说，德里达怎么说，福柯怎么说，那些理论已经是很玄乎的东西，他们的研究肯定也是有限的，然后说一大堆，虽然有时候也有启发性。

我很少看评论家的评论，因为我自己要写的话，我可能比他们写得好，这真的不是吹牛。但是我觉得写小说的人最好别写评论，写评论很容易变成自我辩护，我有一个朋友也是搞哲学的，也写小说，他的小说谁都不接受，写得太怪了，然后他就有自己的一套评论方式，他的评论写得非常好，但是我老觉得那样你就等于自己屏蔽了好多东西。

界面文化：你在写作这条路上对自己的未来期许是什么？

朱岳：我还是希望能有变化，因为我现在写的东西就是尽量摆脱套路化的东西，想写点有另外一种感觉的东西，首先就是放弃以前的很多东西，感觉以前写过这类的就尽量不去想，所以会越来越困难了。

无缘由的世界是神秘的，因其神秘而耐人寻味。

03

刘天昭：

我怀疑自己投入社会生活之初，就是为了安心离开它

采写 武靖雅

1977年生于吉林省乾安县，毕业于清华大学建筑系，曾从事媒体工作多年。现居北京，自由作家。已出版个人随笔集《出神》《毫无必要的热情》。

见到刘天昭的时候，她看起来气色很好，心情也不错。她穿一条蓝色连衣裙，举止爽落，很符合一个东北女孩的性情。在她的书里和她的微博上的几张照片，她的表情都是目光忧郁嘴角下垂，但现实中看到她，她说话都是带笑的，有时说着说着自己就笑着停不下来。

就在前两天，刘天昭刚刚修改完她写了四年的一部长篇小说，可能这也是她这么爽快地答应采访的一个原因——度过了一段太与世隔绝的生活，终于大功告成，想出来呼吸呼吸空气，打打鸡血，然后试着走向热闹一点的生活。

刘天昭是那种说起履历有很多人会羡慕的“才女”——清华大学建筑系毕业，曾经是《南方都市报》社论主笔，现在是自由写作者。但她的生活一直围绕着一个疑问，“如何生活才算正当，尤其是在中国，我以为这是一切的前提，许多时候兴高采烈岔开了，可是没法忘记”。对于时代，她走进去又走出来，但是文学，始终和她融在一起。

一个一个往回盯着自己看，快要活成幻觉

“最初写的时候，我一个人住，没有工作，有时三天不出家门，一个礼拜见不到知道名字的人。出现很多层意识，套娃式地往外长，一个一个往回盯着自己看，快要活成幻觉。在那个状态里，一切都是有意味的。手电筒照到哪里，哪里就生成了语言。”

二十四五岁的时候，刘天昭从英国伦敦留学回来，一个人住在北京，没有工作，也没有目标。在她《出神》一书中收录的2004年的博客中可以看到，她跟姐姐在电话里说：“我要挂电话整理人生去了。”所谓“整理人生”，就是在床上瞪眼睛干躺，然后思考自己在宇宙中的位置，自己的合理性，以及自己要做的事情的合理性……她想不明白很多问题，以至于没有办法像别人一样开始生活。

在外界看来，刘天昭的生活是很令人羡慕的。她和两个姐姐刘天时、刘天昀，分别毕业于清华大学建筑系、中国人民大学新闻系和北京大学生物化

学系，之后又分别留学于英国伦敦大学、美国加州伯克利大学和华盛顿大学。刘天昭的成绩从小学开始就是第一名，高考那年，她以683.5分的成绩成为当年吉林省高考理科第二名。《长春晚报》曾经有一期专门采访了刘天昭的母亲，用半个版面分享了她的教育经验，报纸上有一张母亲拿着与三个女儿的合影自豪地笑着的照片。

刘天昭觉得自己会考试可能仅仅是一种天赋，这和会打球是一样的，她不觉得这是多了不起的天赋。她上高中的时候，就开始想“那个问题”：“就是你该怎么过，你总觉得活得不是那么理直气壮。”对她来说，这个问题就像是女孩到了一定年龄来月经一样，有一天突然自我启蒙了，它就来了。那时大姐刘天时已经读了人大新闻系，是那种“大学文学社里的女文学青年”，她会带诸如《五人诗选》这样的文学书回家看，刘天昭不能完全看懂，但也模模糊糊有点懂。刘天昭有时还会给两个姐姐写信谈自己思考的问题，用复写纸，一人一份寄出去。在两个姐姐眼里，那时的刘天昭不过是一个小孩，想这种问题是“挺逗的”一件事，但刘天昭是很严肃的，同时可能还带点儿虚荣，“你看我都想这种问题了，特得意”。

高考填志愿的时候，刘天昭报了清华大学建筑系，因为清华大学建筑系每年在省里只招一个学生，向来是全省成绩最好的人报这个专业。“我觉得大学其实学什么都差不多，你自己有很多问题没想明白，你学什么都不妨碍你，还是想想那个问题。”她就这样填了专业，进了多少人羡慕的清华大学建筑系。

在大学里，刘天昭开始陷入了一种类似抑郁的状态，她读不进去书，词语从眼前划过，“看什么都跟听新闻联播似的”，很多事情她也做不了。“我从开始有自我意识，就开始自己观看自己，自己观看自己这件事是上瘾的，当你所有的能量都在目光里，你就什么都看不到了，你又去看自己的目光，这是一个无止境的事儿，特别耗能，所以就没有能力再去干什么了。”她没有考虑过职业规划，因为清华大学建筑系毕业，从来不用发愁工作。她只知道自己做不了建筑，“建筑是需要自我特别强的人来做的，因为建筑设计是一个不断做决定的过程，它对自我的消耗很大，我年轻的时候是个空心人，不能做决定的”。

毕业后刘天昭到英国伦敦大学读了一年硕士，

读建筑史。回国后她没有找工作，因为“不管选择什么样的生活都说服不了自己”。她给杂志写娱乐专栏，“象征性地挣一点钱”，跟大姐一起做过一个农民调查，又跟清华大学建筑系的老师做过古建筑保护的调研，还考过 GRE，但没有被哪所美国大学录取。她陷在了不断的自我观看中，又不满足于感受像水一样流过，她想用语言把这些感觉拉出来展示，否则就觉得它们只是个影子。博客对于她来说，也是一种“试图理解人生、感知自我、赋予生活以意义的方式”。

针对现实她做的一些尝试都以失败告终，做农民调查是在 2002 年，刘天昭与大姐一起，与一份杂志合作，调查农民工的精神生活：“他们是什么样的人，他们看什么电视剧？”但那段调查留下的回忆并不是美好，而是一种复杂而焦灼的状态，最后杂志没有回音，调查就中途放弃了。“幸好我们没有成功，我觉得如释重负。”回忆起来，刘天昭觉得那段经历更多的是一种刻奇，一种“文艺青年的自我感动”。她从中得到的收获是一种教训：“我后来看到大家特有道义的样子的时候，就永远对这种行为有所保留，因为我知道自己当时的动机，我永远不可能被这种人征服，我永远觉得这个人的行为里有一些沽名钓誉的成分。”

做古建筑保护也是没多久就退出了，刘天昭跟着公司出过两次差去做调研，去古村落里测量建筑。那看起来是个不错的工作，很多年轻人在一起，像是大学生活的延续，也像是旅游，但是刘天昭不喜欢出差，尤其是不喜欢跟别人一起乘坐交通工具，这让她觉得很累。

三四年的时间这么晃晃荡荡就过去了，而忧郁的状态，从读大学开始持续了八九年，终于，刘天昭觉得，把所有事都想明白才开始生活是不可能的，可能也是“青春期过了，荷尔蒙下来了”，那个问题在头脑中被反复地复习，“一直练习，一直练习，非常熟悉它之后，它在你心里就变小了，然后你就有空档可以干点别的了”。正好在这时候，刘天昭得到了一个工作的机会。

我是下了决心要活得“外在”一些

“后来突然就去广州写社论。我是下了决心要活得‘外在’一些，可是并不打算没有保留。只想增加另一个自己，不想彻底换成另外一个人。最害怕的就是陷入无意识的生活。继续写博客，继续那个调调，就有了一点防御和挽救的意味。”

那时姐姐刘天时在《南方周末》工作时的一位同事，正在《南方都市报》组建评论部，来北京面试评论员。工作之余这位同事和刘天时吃饭，讲起招人的困难，刘天时回答说：“我妹妹可以写。”刘天昭很奇怪为什么姐姐觉得她能写，更奇怪的是为什么对方就同意让她来写，当时她只写过娱乐专栏，对政治所知甚少，“连立法机构是人大我都不知道”，可能是《南方都市报》的评论员采用稿费制，起薪800，写不好就没有稿费，报社也没有什么成本。刘天昭决定试一试，2005年元旦，她去了广州。

“不能活得理直气壮”这个问题，在思考时或多或少会牵扯到社会因素，“不完全警惕的话，”刘天昭说，“你其实很容易把这个外化成一种比如说对制度的愤怒”。写社论这种紧跟着时政，直接指向现实发言的工作，很适合作为一个始终在思考价值问题的人的一种探索。在当时的南方系，有那样一群年轻人聚集在某种价值的旗帜下，刘天昭觉得他们很可爱："你到一个地方工作，你觉得这些人都不错，你挺喜欢他们的，你写得好，他们都夸你，你也享受社会生活中大家喜欢你这种感觉。"她能获得一种熟人社会的成就感，一种与喜欢的人一起工作的快乐。

用了半年的时间，刘天昭就从一个门外汉进入了状态，成为了《南方都市报》的社论主笔之一。她的工作状态忙碌而充实，每天下午三点上班，开选题会，选题会上定选题，也定下哪位评论员来写。报社最多的时候有三位评论员，有些选题也会请外面的人来写。晚饭后开始找资料、动笔，一篇稿子大概 1 500 字，晚上十一点半之前交给编辑。刘天昭大概每个月要写十篇左右的社论，最多能达到 16 篇，同时她也在写娱乐评论和街谈，有时一个月加起来会写 30 多篇稿子。

在后来的一篇文章里，刘天昭回忆那段生涯："没办法对任何集体有强烈认同，不过跟报社确实有感情。可能是在那里有过一段把自己舍出去的生活，简直是激扬的。"她需要每天关注这个社会发生着什么，迅速确定立场，臧否时事。她会抗争稿子的删改，会跟人吵架，会晚上气得睡不着。印象最深的是2009年的番禺垃圾焚烧事件，她和另一位同事写了十几篇社论，成为了当时反对垃圾焚烧运动的一个非常重要的力量，“可能没有我们评论部，那些上街抗议和撤销垃圾焚烧厂都不存在，挺来劲的，就觉得你真的参与了，改变了一件事。”

私下里，刘天昭依然在写博客，但是从她那一时期的博客里，完全看不出那个激昂文字的评论员的影子。博客可能正是对日常生活的抵御，生活得越投入，就越需要这样一个空间。“写博客，就像做护肤一样。”刘天昭说，“那时过得挺热闹的，天天去上班，穿高跟鞋，画挺浓的妆，写博客就觉得是把自己保护一下，别被生活卷走了。”在刘天昭的博客里，有时只有两三行，有时有一两千字，内容随心所欲，可以是心中的一个断念，路上观察的某个行人，街边的树木，或者是家人向自己念叨的一些邻里琐事。但她对文字的要求是严苛的，甚至会专门登录上去修改一个用词或者一个标点。

2006年罗永浩创立了一个博客网站“牛博网”，一度聚集了梁文道、韩寒、连岳、柴静等一批“名家”，有朋友向牛博网推荐了刘天昭，罗永浩请刘天昭把博客搬到了牛博网。这可能也是工作客观上给刘天昭写作生涯的一个帮助，“我觉得写社论是一个跟我自己的文学生活没什么关系的事儿，但如果我不是在南都写社论，牛博网可能也不会要我的博客，如果牛博网没要我的博客，我后来可能也出不了书。”

刘天昭在牛博网上的博客有不少人关注，上海三联书店的编辑也因此找到了她，要给她的博客出一本书。刘天昭觉得这肯定是赔钱的，但编辑还是决意做了这本书，书中按从新到旧的顺序，选录了刘天昭从 2004 年到 2010 年写的博客，还有发表在杂志专栏上的一些文章，书名叫《出神》，黑白封面上一个小孩子独自蹲在地板上，出神地看着前方。

刘天昭觉得博客出书这件事有点难为情，但她还是在书中后记里这样写道：“不是心念读者以求交流，也不是严苛自律文字创作。只是我自己喜欢看陌生人的博客，尤其是讲生活和感受的那种，内容未必多新鲜，见解也未必有启发，但是那讲述本身带有迷人的庄重。”她尽量把附加在文学之上的东西剥除，在书中，她谈到自己的文学观：“不觉得文学意在表达和交流。”后来她还说过：“追问一部作品的时代意义和追问它挣不挣钱没什么区别，都是提问者的想当然。”

或许一些媒体界的朋友给这本书写的评论能反映出刘天昭的文字给人的观感。“天昭的文字画面感极强，她迷恋细节，她简直就是通过对细节的缓慢描画来转移人们的注意力，使他们听不到她轰鸣的才华。”刘瑜写道。

而连岳则说：“在《南方都市报》写社论的刘天昭，大学是在清华学建筑的，刚知道这点，为她的跨界之大而吃惊，而社论写得风生水起之后，她又辞职去国外读书了，仿佛她的生活是由不同的材料构成的，她博客里的文字又是另一种形态：细腻、暖和、自得其乐，还有一点寻觅之中的恍惚，像雪地里的一只狐狸。”

是的，社论写得风生水起之后，她又辞职去国外读书了。

我想跳下这动荡繁华的时代列车

“我想藏起来。我想跳下这动荡繁华的时代列车。我怀疑自己投入社会生活之初，就是为了否定它，为了安心地离开它。”

南方的冬天没有雪，而夏天，却是要“把人化成夏天的一部分”，人无论在哪里，都找不到自己和世界之间的距离。在广州，刘天昭有时候九月就开始想念北方的冬天，盼望落叶，盼望大雪。五年之后，她回到东北，又走在了雪中的树林里。

工作到后来，刘天昭已经很难找到乐趣了。工作越来越只成为了工作，变得太过简单。有一天算稿费，编辑问刘天昭一篇稿子是不是她写的，刘天昭看了好半天也看不出来，她回去查自己的电脑，才发现那真是自己写的。“我觉得这是浪费生命，你会产生一种工作不过如此的感觉。”

刘天昭逐渐变得像来广州之前一样，只想尽可能少地跟人打交道，只不过心里比以前踏实了，“大概自以为也算是体验过社会生活了，更重要的是，经过这番体验，承认了自己真的不善于社会生活，在那里面觉得不舒坦”。因为男朋友要去美国，刘天昭也申请了一个访学项目，然后辞了职。她先回东北待了半年，陪伴生病的父亲，然后打点行装，去了美国密歇根大学。

刘天昭申请的方向是社会运动理论，部分原因是刚刚参与过的反对垃圾焚烧运动让她产生了研究社会运动理论的兴趣。导师问她访学的理由，她说是因为想看看美国。出于愤怒和渴望，她对美国有很多想象，需要证实或证伪。其实她知道这不过是一种说辞或是一厢情愿，最后看见的可能只是自己的意愿和成见。更内里的原因是什么？“为什么来美国，想从这里得到什么？也许只是为了脱轨、失重，最好是生活的真空。”她租住在小城安阿伯的一间公寓里，大部分时间一个人在屋里待着，小城非常安静，冬天外面经常在下雪。

但是刘天昭对自己所学的东西很失望，那些发表在美国顶级学术期刊上的论文，“写得像屎一样。”“那些论文能够发表，就是因为作者是那个领域的权威，而且你觉得他们很多论文不是以追求真理为目的，而是以怎样才能发表为目的，学院机制就是这样，但是一个好的大学或者一个顶级期刊发表了一个结论，对大众来说就是真理。”刘天昭对学院派的社会科学丧失信心，她觉得上课一无所获，还没有与身边的人聊天收获多。

刘天昭在美国待了四个月，这段时间像是悬浮在空中，与之前之后都没有什么关系，确实像是一段真空。从美国回来，她和男友又在广州待了几个月，然后来到北京，安定了下来。2013 年她在《人物》杂志写了一年专栏，就叫“在安阿伯”，写在美国的这四个月生活。后来，她将专栏文章、这几年的日记，还有一些诗，合起来出了一本文集，叫《毫无必要的热情》。书的封面是俯拍的森林，郁郁葱葱的绿色。一首叫做《绿箩》的诗里面有句子点了题：“到处堆叠无用的旧物/碰一碰就要起灰/碰一碰就要碎掉/等这屋子住老了/等生活老了/我要记得此刻/念念挂一盆绿萝的心情/毫无必要的热情/生活过”。

来到北京后，刘天昭就一直投入地在写一本书，这是一本半自传性质的小说。“写我有一个事始终没想明白，一直没想明白，就一直想，就这样一个故事。”这本书写了三四年，刘天昭把这段生活形容为“像在监狱里一样”，一开始是很散漫地写，不知道要写成什么样，写着写着写了很多年逐渐知道了方向，就决定上强度，像工作一样每天规律地写。小说刚刚修改完，她还没想好该拿它怎么办。“我觉得可能都出版不了，也没什么人看。我是个特别娇气的人，就是谁说一句不好都不行的那种。”可能也会出版，也有可能她会自己印一些，送给喜欢的朋友。

刘天昭用家里的钱买了点股票，她有一个亲戚研究股票，她就跟着买，挣的钱比上班还要多。她没什么太高的物质需求，也没什么生存压力。买股票对她来说是与现实的一种联系，“用钱结算嘛，跟这个世界发生关系，把钱的事情搞定了，你就愿意有关系就有关系，不愿意有关系就没关系”。至于对时代和社会，那五年的报社生活过后，她已经“服役期满了”。社会关怀可以解决人生的虚无吗？刘天昭摇摇头，“我特别想用时代的意义来拯救人生的虚无，但是我认为这事，本身对时代非常的不地道。”

至于那个一直想不通的问题，“不能活得那么理直气壮”，刘天昭试图用了几种说法去描述它，它是“你不是很接受自己，不接受自己对他人和世界有所求”，也可以说是“你不想从无穷的可能性中坍塌为一种真实，真实是不自由的”。这个她在小说里花了几十万字来讲的问题，很难用一句两句话来讲清楚。这个问题现在怎么样了？“它变小了，在心里搁着呢，但是它不会消失，我把它写出来了，它就更不会消失了，然后就可以把它放在一边了，”刘天昭说，“就是把它写死在这儿了。”

问题问答

界面文化：你最欣赏的外国作家是谁？为什么？

刘天昭：托尔斯泰。我觉得这个人非常强大，非常的“大”，心脏功率比你大。他那些细小的地方都无比准确，而且我特别喜欢托尔斯泰一点，陀思妥耶夫斯基也是一样的，就是他们那个年代的人，笔下的人物，全都在思考那些想不明白的问题，他的主人公全是这样的。

界面文化：你最欣赏的中国作家是谁？为什么？

刘天昭：《金瓶梅》的作者，兰陵笑笑生。我非常非常喜欢《金瓶梅》，《金瓶梅》是在一个中国人还不怎么会写小说的情况下，直接上手就是这样了。我在书里写了一大篇关于《金瓶梅》的文字，我不可能说得比那个再清楚了。(《毫无必要的热情》:“最繁华鼎盛与最苦痛悲哀,都是观感。流水上轻轻扶过,不带风,不惹乱波纹,这真是可见不可求的境界。”“作者浑然无我,不爱不憎,全知全觉,无知无觉,无处不在,了无痕迹。”)以前外国人说如果上帝会写小说,就是写成托尔斯泰那样的,我觉得如果佛祖会写小说,就写成《金瓶梅》那样。它是那种你想认为是悲悯就是悲悯,你想认为是残酷就是残酷的特别难以达到的中间境界,因为一旦作者动了感情,写的东西就不是那个样子了。

界面文化:你的社交圈里是否有许多作家朋友,或者是否认为写作应该进入某个圈子?

刘天昭:肯定不能有圈子,写作是一个非常孤独的事。作家那圈子实际上也是个生活圈子吧,我觉得不可能说大家天天坐一块写吧。我没有圈子,我不知道他们有圈子的人是怎么互相帮助的,但我没觉得我有这个需要。我不知道你怎么定义圈子,我有非常好的朋友,其实见得也不多。可能我工作的时候，因为那时候大家都年轻，也确实经常一起吃饭什么的，但我也不觉得那是个圈子吧，反正就大家都单身，都年轻，又都上夜班，就经常要一起吃饭嘛，挺亲密的。我有过那样的生活，但是圈子确实没有。

界面文化：你写作的习惯是什么？是否会在固定时间写作？

刘天昭：我只有过去这段我说的“监狱生活”是晚饭之后不写，要不然会失眠。每天的时间表就是睡到自然醒，非常放松地吃早饭，大概可能得吃一个小时，一般都同时看电视、看 NBA，然后大概在十点来钟开始工作，工作到 11 点半或者 12 点就做午饭，吃午饭，下午两点钟开始工作，到六点，然后就关电脑做饭，晚上看电视，有时候玩手机。

原来写博客没有固定时间，但反正不是在亢奋的情况下写，而是在平静的心情下写的，我特别反感写得爽的东西，不能在情绪下写。

界面文化：除了写作和阅读，你还有什么爱好？

刘天昭：看NBA。因为我们家那个男同学（老公）他喜欢看，我就被带着看，看着看着就看进去了。其实挺多体育节目我都挺喜欢的，也挺喜欢看网球的，看网球的时候，你可以看到人在高压下的状态，其实是非常好看的，那确实是特别高级的戏剧，因为它完全是真的，没有剧本。我觉得NBA也是一样，因为NBA人多嘛，所以它就有了一种被讲述的故事性了，跳槽啊，谁踅了谁一脚啊，谁使个坏啊，有些恩怨情仇，而且NBA它视觉上特别好看，就是动作好看。

界面文化：你如何看待影视和文学的关系？

刘天昭：我觉得严肃文学，它有非常多影视替代不了的东西，但是文艺电影也有特别多文字达到不了的东西，它确实是两个艺术门类，可能有重叠，但我觉得还是各自有各自的价值，应该都是不能互相代替的吧。

界面文化：我们谈论一部小说，会说到语言、结构、节奏、故事等等，对你来说，你最在意小说的哪个环节或部分？

刘天昭：我觉得我都是在想写书的那个人可不可爱，我能在多大程度上认识这个作者。我觉得你说的那些都是非常自然就会发生的事，一旦你安排它，你就会对你的语言有点要求，然后你无论如何最后还是会有一个结构，它就是技术嘛。我觉得我是非常老派的那种人，所以我认为很多所谓文学根本就不是文学，我认为它们的精神核心不是严肃的。我心里的文学，还是一个人试图接近真理的这样一个东西，通过文学的方式去感受也好，思考也好，它是要带着人的生命本身一样的热情和情感的。我对这件事是非常严肃的，对它的精神性要求是非常高的，好的技术，有的时候会让你感叹，觉得这个人技术太厉害了，但是我觉得那永远是次要的。

界面文化：写作的时候你会想着读者吗？

刘天昭：怎么可能！太奇怪了，当然不会，我想他们干嘛呀。不是你认为我不能想着读者，然后就不去想，而是完全不会想。很久以前，我曾经带着非常吃惊的态度，意识到有的人是想着读者写作的，但是我觉得有些事情真的完全是本能。

界面文化：作家是否要关注政治和公共性话题？并且有义务将这种关注反映到作品里？

刘天昭：这是个人随便吧，你想就想，不想就不想。我完全没有这个压力，不觉得自己要介入现实，我不会有意识地去关注，它有就有，没有就没有，但我不会以此为目标。我有一个非写不可的东西，我把它写了，我就高兴了，完全是自由意志的产物，我没有产生过非要当个作家这种欲望。

界面文化：你觉得未来文学作品的读者是更多还是更少？

刘天昭：我觉得严肃文学在任何时代读者都非常少，没什么差别。从概率上讲，喜欢这种文学的人永远就那么多，永远不会多、不会少，我不觉得时代和时代有那么大的差别。

界面文化：你是否认为作家与评论家应该保持距离？

刘天昭：随自己便吧，你想保持就保持，你想跟他们好那么就好吧。我不认识专业评论家，他夸我我觉得挺好，但是不会主动跟他们有什么关系。我写的时候也没想过文学批评家，你不能想这个，不想读者也不能想文学批评家，也不能想文学史，写完了可能会想，这个无法阻止，但是写的时候真的都不能想。

界面文化：你在写作这条路上对自己的未来期许是什么？

刘天昭：没有，想写就写，不想写就歇着了。我礼拜天才写完上一部，之前的生活就集中在那上面，以后还没有想过。因为我太寂寞了，可能会去过一段非常热闹的生活，去做那种天天都能见到人的工作。我有的时候连续十天没有见到第三个人，微信也不响，前一段我快要弄完的时候，就强烈地想要来点鸡血和红尘的感觉，觉得得出来。我现在过得太干枯了，再往后就不知道了。

04 于是：

文字裂变成两种，一种为了生存，一种为了存在

采写 董子琪

作者、译者。生于1976年，上海人。著有小说《查无此人》《同居笔记》《六翼天使》《自恋时段》，散文集《夜在窗外》《慌城孤读》等。

“喝什么茶？”问这话的时候，于是顺手在桌子上放下一包香烟。她用一条浅色的头巾箍住了额发，戴着副黑框眼镜。那包烟很快就派上了用场，在我们见面的4个小时里，她一共溜出去抽了两回烟，每次五分钟。抽烟的时候，她笑吟吟地站在院子里，面对盛夏时茂密的花草。

这些年来，比起写作，于是的翻译更为人所知，她是珍妮特·温特森《橘子不是唯一的水果》《时间之间》的译者，她是斯蒂芬·金《黑暗之塔》《穿过锁孔的风》的译者；她也是保罗·奥斯特《穷途，墨路》的译者。

如果打开于是豆瓣上的小站，会发现她是这么介绍自己的——“作者。译者。在上海。”是的，于是不仅仅是一位译者，或许，在她心目中，作者的身份更为重要。

于是是于滢的笔名，如今却已经没多少人知道她的本名了。这个笔名来自初中时的闺蜜团，她们在放学后、寒暑假里喜欢互相写信，还给彼此安上笔名，闺蜜说："你姓于，就叫你于是吧。"最早给《新民晚报》投稿时，于是想，用笔名反正也没人知道，结果一投就被刊登了，这个笔名就一直沿用至今。

作为作者，她最近出版的书是散文集《慌城孤读》，小说则要追溯到十几年前的那本《同居笔记》和《六翼天使》了，两本书都是两个系列丛书中的一本。最近，她的小说《查无此人》即将出版，这本书取材自她照顾身患阿尔兹海默症的父亲的经历，开始只是她在照顾父亲时记录的一些词句和片段，在父亲去世后她才决定写出来——因为这是她能为父亲做的最后一件事。写作前后花了七八年的时间，找出版社也屡屡遭到拒绝，"于是不是做翻译的吗？写小说是玩儿票吧？""没有人想看一个生病老头的故事。"也有人跟她说，"请你一句话概括这本书。"这样的寻找足足花了两年时间，才定下了现在的出版机构。

大学毕业一年后，于是就选择了成为一名SOHO（在家工作）族，除了必须出门的时候，她大部分时间都宅在家里，客厅就是她的工作室。每天醒来已是中午，工作前，她要喝点咖啡，先翻译一段文字或者看一会儿书进入状态，下午再做一些需要和人打交道的事情，例如约稿、采访等等，夜里她要在床上看电影至三四点，这一天才算结束。

翻译与写作的收入并不够她的生活开支，她还得依靠给杂志写稿子过活："我想写小说，而我所赖以为生的可能都是没什么人看的稿件。"在《同居笔记》里，于是写道："文字裂变成两种，一种是没有'我'的，一种只有'我'的，一种为了生存，一种为了存在。前者是满登登的空虚，后者是压抑着找到出口的充实。""我的人生可能是个悖论。"于是说。从年少时做着各种"模仿坏孩子"的叛逆实验，到毕业五六年后写出了几本书，却意识到与社会的脱节，再到因为父亲的重病，曾经不愿意跟人多说话的文艺青年从云端坠落到现实，她走过了一段长长的路。

拿青春实验：辞职、网聊、泡吧、成为自由撰稿人

"我不知道自己想要的是什么。所以进行着各

种各样的实验。”就像于是说的，她上大学就是一次实验的结果，她是被同学拉着一同报考了“提前直升”的学校。她只报了华东师范大学的对外汉语系专业，却不知道这个专业是做什么的，只是因为“感觉又有汉语又有英文应该不错”。

大学里，于是开始接触网络，那时候 MSN 和 QQ 还没有出现，她用 ICQ 跟外国人聊天，跟 eBay 卖家聊天，还经常去泡“橄榄树”论坛。“橄榄树”1995 年成立于海外，比另一个著名的文学论坛“榕树下”的创立早了两年，是互联网上最早的文学网站。

于是每天在“橄榄树”论坛上读着来自世界各地的文学爱好者们的小说和诗歌，同时也开始尝试写作。她以自己的感情生活为底本，把片段式的记录即时发表在论坛上，等着看网友们的回应。

几年后，有个私人书商约她把这些片段联结起来写成一本书，书商将这本名为《同居笔记：e 时代的另类爱情》的书与安妮宝贝和小意的书放在一个系列里出版了。这是于是的第一本书，书中的人物还用 ICQ 交流，阅读着压缩成文件的聊天记录，生活散发着浓浓互联网初始萌生的气息。

不妙的是，书商只给了几位作者首印版税，之后就消息全无——这套书系盗印的情况非常猖獗，却没人出面处理或者赔偿。安妮宝贝因为销量最好，所以第一个收回了版权。这让于是意识到，作为一个“野生作者”，你需要非常有头脑，利益才能不受侵犯。

大学快毕业时，她找了一家房地产广告公司实习，创始人和其他同事都是从4A公司出来的“边缘人物”，因为“文革”的关系，并没有高等学历，做过很多不同的事，“路子很野”。选择去这里实习，是因为于是觉得“总该做点跟文字相关的吧”，她选择了创意文案。这份工作总体看来似乎挺好的，早上不用八点上班打卡，同事人际关系也很愉快，每天吃夜宵都能到凌晨三点。可最大的问题是，她的工作一塌糊涂。

有一个案子是推销大厨房户型，她想了很多漂亮的、描述厨房的词句都被“枪毙”了，直到销售总管抛出一句“太太的办公室——厨房”，文案才迅速获得通过。“‘太太的办公室’，这样的文案我肯定是想不出来的。”这次实习经历，让于是第一次系统地知道社会是怎么运转的，“创意文案”不一定要跟文学或文字有关系，因为客户在乎的是商业利益，对文学是不感兴趣的，这些人才是社会的“绝对主流”，也是因为如此，实习期过了，她就选择了离开。

“我不工作了，我准备全职写东西。”于是在家里跟父母这样宣布时，气氛很尴尬，父母都是传统的知识分子，从东北分配到上海，在机械工程部的研究单位做了四十年工程师，没想到女儿竟然有这样“不切实际”的打算。他们不支持她，但也找不到理由反驳她。其实母亲已经给她在刚建好的浦东机场安排了一份外事工作，却被她断然拒绝了。“给我三年的时间，不行，我就去找工作。”这是于是的回答。

那时候，于是已经有文章陆续在上海作协的杂志《海上文坛》上发表——她自己拟定选题，自己采访店家，再投稿给杂志社，等待发表，收稿费。有一次收到了八百多元的稿费，她拿给母亲看，说：“我要是在广告公司，一个月也就是这些钱。”母亲却问她：“你是怎么把文章登出来的？”“我就写好了，寄给他们，他们就登出来了啊。”“那他们为什么要用你的呢？”母亲一辈子也没有给杂志投过稿，也不清楚一篇文章是怎么登出来的，更不知道为什么一篇文章就能抵一个月工资。

她还给自己彩打了一张小名片，上面写着“于是 自由撰稿人”和她的电话号码。在延安路的小巷里，她找到ELLE杂志社编辑部，主动上门给人家递名片，自我介绍可以撰稿，也这样接到了一些工作。

当时，时尚杂志正在逐渐地本土化的过程中，作为撰稿人，于是需要发现新现象和新人。她采访过当时上海最走红的几位女作家——卫慧、棉棉和安妮宝贝，她想要认识她们，想知道叛逆的写作道路是如何成功的。采访结束后，棉棉跟于是几次见面熟悉以后，还让于是帮忙把自己写的电影梗概翻译成英文，而这时候于是都不知道“手淫”的英文该怎么说，还被棉棉开玩笑地评价为“好孩子”。安妮宝贝还在那本《同居笔记》前写了一段“认识于是”的序言，提到她们怎么一起去咖啡馆，一起去酒吧，还在“大风和寒冷里面，走过深夜显得空旷的淮海路”。

当朋友们都在外资企业欢快地做着PPT时，于是在“模仿坏孩子”，在做着各种各样的实验，她把所有颜色和奇异造型都在头发上换了一遍；成天在摇滚酒吧里打发时间，还在酒吧门口的留言本上写下自己的E-Mail，说“有谁愿意写稿，欢迎跟我联系”；她跟不同背景的人打交道，结交愤青、遗老、妓女和各类边缘人群；也有一阵子天天说脏话，用“叛逆”的模式维持了一两年。

然后，因为洪晃的邀请，1999 年，于是跟着当时的男友去北京参与了一把互联网创业热。那时洪晃刚把《iLook》杂志从纽约搬回北京三元桥的东方国际大厦，于是参与的是门户网站内容建设，她在这里见识到了大型互联网公司的草创阶段。一年多以后，公司融资的钱没有想象的那么多，策略有所更改，洪晃提议于是转去杂志社任正职编辑，但她说：“我要写小说。”洪晃就说：“那好吧，再见。”于是就走了。“跻身一个团队，野心勃勃做一件事，大概不是我擅长的。”

“我的很多朋友都在二十二岁就明确了自己要找多少钱的工作，上升空间在哪儿，我对此一无所知。我轻而易举地得到了自由的状态，我就在自己的身上做实验，我得到了什么体验和结论吗？没有，我觉得年轻就应该这么过。大学毕业就到一个单位，一待四十年，那才真是荒废。”于是说，她发表文章不一定要当作家，写稿也不一定成为记者，只是“那个时代”在拿青春做实验而已。

比起如今，她更留恋“那个时代”。那个时代是什么？于是说：“那个时代是流行文化还没有像现在这样普及，地下文化还没有消失，许巍还没有唱《蓝莲花》的时代。旧的垄断在慢慢瓦解的时代，新的东西都在出现。年轻人还有很多选择。而现在的年轻人，都想创业、赚大钱，他们的理想都被垄断了。”

就在不久前，于是得知“橄榄树”的负责人陈祥去世的消息，觉得“非常胸闷”。故人去世的消息，好像一个钩子，勾到了她内心的最底下，让她想起那个时代曾经存在，却已经消失了。她曾帮助“橄榄树”牵线搭桥出版过一本名为《作为一种高级生物的飞行企图》的文学选集，这也是“橄榄树”唯一的一本选集。“世界商业化的进程太快了，不知不觉我们已经把它忘掉了，它们没有了，就像没有存在过。”

与社会脱节：出版小说、没有房子、没有社保、做临时记者

决定回上海之前，于是兴奋地给母亲打电话

说："我不在北京待了，我要回来啦！"然而，第二天，母亲就因为突发心脑血管疾病去世了。直到去世前，母亲都没有看到她的第一本书，这让她觉得非常难过。"她看到了我人生最叛逆的时候，但之后我就改回来了，她却看不到了。"

母亲去世后的半年里，她回到上海家中，跟父亲住在一起，却过着黑白完全颠倒的生活，爸爸起床，她就去睡觉，爸爸下班回来，她才起床，父女一起吃一顿晚饭（早饭），然后再各自睡觉的睡觉，工作的工作。在这段时间里她写出了小说《六翼天使》，讲述一个女大学生在10年间的爱情路程，融入了她自己在杂志社工作的经历，以聊天记录、表情符号、网上恋情，记录了那个"网络的白垩纪时代"。这本书是"贝塔斯曼"的"纸风船新生代都市爱情小说"系列之一，其他的作者还有殳俏和走走；当时的贝塔斯曼，早在当当、卓越兴起之前，就拥有上百万成员。

这本小说之后，于是还出版了散文集《夜在窗外》，这标志着她从小说转向美文的尝试。"我当时想以充满细节与诗意的手法书写日常的生活，这些细碎的生活小景可以持久下去，但是永远不会再壮大，慢慢也没有人反馈，所以就荒废掉了。”她还有一本没有写完的小说叫《九个自由骗局》，小说的主题是，人年轻时的自由是个骗局，因为你不知道拿它来干什么；教育自由是九个章节之一——大学在高中毕业之后是不合理的，大学应该是成人在有生活经历之后自主选择的。“但是格局太大了，我就没有写完，但是一直记着。”

从大学毕业之后的五六年间，于是都觉得SOHO的生活方式很正常，并没有与社会脱节，直到她发现同班同学都有了两三套房子。“那时上海房地产刚开始兴旺，同学们在外企工作，收入不错的过了两年买了第二套房，有了第二套房，再租掉，换来第三套房，毕业五六年，最多的人已经有了四套房。”而她仍然每个月拿几千块钱稿费，还在外面租着房子；因为生活方式不同，家里已经不能住了。

“可能在这些同学看来，我简直是底层了吧。”大学毕业以后，于是的社保从来没有缴过，因为她的档案不知所踪，从北京回来后，她曾试图查找自己的档案，但那时候档案系统还没有联网，所以她费尽周折也没有找到——居委会没有，从前的单位没有，学校也没有。最后还是近几年档案联网后，她才在人才市场找到了自己的档案，这才办上了社保，“回归了社会的怀抱”。

能够支撑她生活的，仍然是采访和写稿，她为很多时尚杂志写稿，见识过整个时尚杂志业的变迁。“光是《瑞丽》我就送走了四五任主编，还目睹了一些杂志的死亡。”她的角色是外挂作者，临时赴约来做采访，采访经常是临时组成的团队——“你负责灯光，我负责场务，像演一场戏，演完就散。”

开始她觉得自己什么都能写，写餐厅、写红酒、写时尚，甚至写美妆都行，后来发现，她并不能胜任所有题材，因为不论红酒还是餐厅都需要专门的行业知识，而她在这些不在行的领域里，难免会“出洋相”。

有一次她去一家西餐厅采访，对着意大利大厨烹饪的一大条羊腿说“Oh, it's a chicken,”大厨举着羊腿昭告厨房“she said this is chicken!”全场哗然。有时她在跟身价几十亿的人聊天时，一些荒诞的想法会自然出现——她察觉到人们会因为彼此经济地位不同而想法大相径庭。“我采访过一个有钱人，问他怎么给妈妈买礼物，他说：‘我会买很贵的，因为有保值机会，而且会留给我。’我是个‘孤儿’（编

注：此时于是的父母都已经过世），这个想法在我看来，不可思议。”时尚圈混久了，她也知道一些游戏的规则，比如“公关会用你背的名牌包是FENDI还是LV来判断你是不是他们的圈子的”，而于是总是背着出版社送的帆布袋子，可以轻而易举地被公关判断出来，“不是一挂的”。

她也有过进入体制的机会，2000年之后，上海作协的几家杂志面临青黄不接的状态，她曾收到邀请。“我当时推荐了走走，她后来成了《收获》编辑，但我自己没有去。”与得到的相比，她觉得更重要的是付出什么，体制的安全感对她来说，更像是一次“套牢”。“当时别人觉得我是不懂事，其实我知道我的决定是对的，因为我实在不适合当编辑。要是做了编辑，就是一个‘混混’而已，以各种关系打造自己想要的形象和前途。”

几个月稿费能攒下几万块钱时，于是很习惯打好行李去机场，在飞机上睡一觉，下飞机就在国外了，不用多想，也不用跟人多讲话；要不就在博物馆待一天，完全随心所欲。她甚至曾经有过一个构思：每半年在国内赚钱，再半年在国外随便做点什么，想走就走，不用废话。于是像珍惜稀缺品一样珍惜语言，她认为语言要用在刀刃——思想和感受上，而废话是浪费生命的。但她同时也明白矛盾所在，那就是大部分普通人沟通的基础就是废话。

很快，需要废话的时候到了，她自由的旅行生活也随之结束了。

回归日常：照顾父亲、寻回故乡、记录庸常的时代

有一天，于是刚从国外回到家里，正在倒时差，睡得迷迷糊糊，听见有人敲门。她开了门，发现是后母带着父亲站在门外。后母将父亲和一个塑料袋塞给她："这个人交给你了。"她说完这句话就离开了。这像一场突袭，于是完全不知所措，眼前的父亲已经不认识自己的女儿了，而塑料袋里只有两件衣服和一把牙刷。

之前，于是就知道父亲患上了阿尔兹海默，已经走失两次了。"24 岁，我母亲去世了，后来我父亲再婚，和后母一家人三代同堂在一起，我很少去他们家，其实早年他已经有多疑、自私的症状，我

每次去看他，他都会问我三句话，身体好吗？工作忙吗？男朋友有了吗？一直到后来才发现，那已经是病了。等到我再醒过神来，父亲已经是一个神志不清的老人了，失去了所有的空间、数字概念，我必须要照顾他，这好像是我命定的对父母的赎罪机会。”

“赎罪”的意味很重，于是的意思是，父母没有看见她最好的一面，所以她要从照顾父亲的日常起居开始弥补过失。“我从云端直接就掉了下来，掉到了生活的最底一层。”她改变了二三十年来昼伏夜出的生物钟，每天早上六点多起床做早饭，再准备中午饭，下午带着父亲去散步，然后再买菜，做好晚饭，吃完晚饭，天气好，他们就去散步，天气不好，就要早点哄父亲睡觉，父亲很不好哄，要等他完全睡着，她才能做自己的事情。这段时间里，她既做不了采访，也没有完整的时间写作，只能做做翻译。

“这段时间是悬而未决的，我要一直在调整适应中，但是不知道什么时候是个头。”《水果猎人》就是这段时间的译作，一个男人寻找热带水果的故事伴随她度过了最艰难的时光。

父亲自己的养老金比她的收入还要高一些，所以钱不是问题，她需要做的是理财工作。那时她自己连五险一金都没有，在帮助父亲交涉这些事情的时候，她也好像在参加集训式的学习，学习怎么在社会中和别人一样有保障地生活；更紧要的是，她还要找律师，帮父亲处理财产和离婚的事。“都是老娘舅的那一套，要不停地废话”，因为废话是沟通的基础，不能忍受废话的时刻，她就看对方穿什么衣服，抽什么烟，是不是意识到自己在说什么，只有作为素材，这些事才能忍受下去。“世界不是以我的小世界为原则运转的，在这件事之前，我可以在小世界里非常自如，出去就只能忍了；忍了，才能明白，真正的世界是什么样的。”进入这个更大的世界，让她有种感觉：“以前那些理想自由，都是空穴来风。”

三十岁以前，于是在炫耀自由，三十岁以后，她发现，自由没什么好炫耀的，因为她发现上班打卡的人有他们的自由，而他们也看到了她的不自由，虽然她不用上班，不用早起刷卡、挤地铁或者跟老板吵架，而到了一定阶段，很多人生经验都是相通的，她的同学们二十四五岁时生孩子，他们的话题她插不上，而当彼此岁数渐长，在一个新的平衡点，他们又可以交流了，因为大家都要面对相同的生老病死：“大房子，小房子，装饰起来喜欢的心是一样的。生孩子，不生孩子，都会有快乐和不快乐。”她尊敬每天按部就班工作，一个公司待几十年的人们，因为他们更接近“卡夫卡”——一种见缝插针式的生存方式。“当你密密麻麻地被亲朋好友、日常工作插满时，你可能无法与最亲近的人讲述，你需要见缝插针地诉诸文字或者想过就算了，而我从小就在躲，我不能体会这种见缝插针式的生存。”

父亲的重病，让她不得不投入原来避得远远的家族关系中。她的父母是“文革”末期大学毕业从东北分配到上海工作的，他们坐了三天三夜的火车，来到上海，远离家乡。在于是的印象里，父母讲话都带着很重的东北口音，社交圈子仅限于工作单位。他们还保留着每个月都包饺子的习惯，包得多了会送给左邻右舍，然而逢年过节也没有亲戚可走，总是四个人，父亲、母亲、姐姐和她。

他们一家曾经回过东北，那是于是12岁以前的事了——她还记得那是一个黄昏，一家人从小镇的火车站走出来，雪有齐膝那么深，幸好遇到善良的陌生乡民，让他们坐在马车上，于是淘气地想要坐在最前面，“结果马尾巴甩在脸上，臭得不行”。吃饺子、吃冰糖葫芦、玩雪还有摘地瓜，这就是她对于故乡的印象。

因为父亲重病，于是又一次回了东北，她需要给故乡的亲戚们一个交代。同时，她也在追问家中很多事情时发现，家族历史确实是存在的，而父亲的八个兄弟姐妹在讲述同一件事时，出现了完全不同的版本。“一件事发生时，不是所有人都在场；重大的事情发生时，每个人因为立场不同，看到的事情就不一样”——过去其实非常复杂，真相更是如蛛网一般扑朔迷离。

以父亲患上病为底本，于是开始创作小说《查无此人》，“由一个突发事件去寻找父亲是谁，自己家是怎么来的故事，如果不找，就一辈子都不知道。”而没有写成非虚构的原因是，她没有找到真相。此时她的小说创作观念已经改变了，她不再是那个大学时代读着陈染，激动地意欲表现女性意志的女生，她更认可的是文本记录时代的意义。在扉页上，于是写道：“献给每一代出生入死的凡人。”

“每个时代在当下看都是庸常的，但是一个文本是值得写的，可能在于它有时代记录的意义，而并非文本典范。就像白先勇写的《台北人》，我认为也是在于它的记录意义。我爸爸是个普通的人，我写的不是传记，但当我在追寻我们家族的过去之时，就会感慨，人们会默认我应该忘记不好的时代，而这会导致我们什么也不知道。”

记录时代和外部世界时，她已经意识到小世界的空洞：“我已经厌倦与文青的交往了，在小世界里，对于自我的探寻是无根的，只有进入到生活的扎实层面时，一切才有意义，毕竟社会时代都已经渗透其中。我这么说，不是说我要通过写作表现重大的口号、课题，而是为生活本身写作，就能感受到那些政治、历史、社会的残留，它们从上到下，经过巨大走样、分配不均和误解，渗透到生活的各个层面。”

写小说的同时，于是也在翻译李炜发表于《书城》的美术史散文，李炜开玩笑地把她称作“员工”，要求她每月定时定点为自己服务，让于是觉得最困扰的是，李炜的文风跟她完全不同，她要用作者的口气说话，就要磨灭掉自己的印记，翻了十几篇李炜的文章后，于是已经可以用李炜的逻辑、语言了，起承转合都可以是李炜式的，这干扰到了她自己的语感，她要求中止翻译，半年以后，终于如愿。

小说写好后，于是面对的是一个与2000年完全不同的出版环境，出版编辑不再认得于是，或者只是把她当作一个译者。在IP极度风行化的背景下，写出小说卖不卖钱也是一个大问题。“每个编辑都要赚钱的时候，你怎么忍心会给他一个不赚钱的东西，还叫他卖得很好？而合格的编辑要约稿，肯定要基于良好的市场展望，你作为一个作者，应该怎么说服他，你的书会有多少市场份额，而你怎么从这个点出发来写作？一个作家谈这些，真的光彩吗？”

这让她想到最近在看的由28位纽约客所写的纽约之书《双城故事》，里面有一个观点：纽约现在是重金年代，人们相信成王败寇，而这种环境对于想要创造的年轻人来说，非常严苛糟糕，所以纽约的那种活力已经消失了。她非常赞同：“双城的意思是就是富豪阶层和底层，而中间的这段没有了，当所有的人都去做金融，实业和创造业的人才都在流失时，一个城市的活力就没有了。”

即使环境如此，于是也要写下去，因为她觉得人生在世，能留给写作的时间并不多了。“以前看到有人说，父母是隔在你和死亡之前的一堵墙，当我的父母去世之后，我觉得自己与死亡离得很近，那么想做什么就去做吧，翻译也好，写作也好，我也不用躲了。”

问题问答

界面文化：你最欣赏的外国作家是谁？

于是：我有一个倾向，不太喜欢把人跟作品混为一谈，海明威这个男人做个朋友蛮有意思的，作品我不喜欢。人跟作品我都喜欢的是三岛由纪夫，我很钦佩他的“执行力”，他能把美学思想执行到人生和肉身中，一直到走向毁灭的程度，毁灭其实没什么可怕的。很多人会不喜欢他的小说，我也不是每一篇都喜欢，然而《金阁寺》相当出色，不管从人生的角度，还是从美学、意象、文本和结构，我都觉得绝妙。他将一则新闻，构思成人物、小说，并呈现出一种美学观，再执行到自己身上。还有恰克·帕拉尼克，他的采访很有意思，但他有的小说真的乱七八糟的。我对保罗·奥斯特也厌倦了，他的人生很窄，宽一点的人会比较有意思吧。

界面文化：你最欣赏的中国作家是谁？

于是：中国作家里我念念不忘的，是陈染和莫言。我大学两三年级的时候看的陈染，也写过关于她的论文。我很欣赏莫言中文的表现力。我十几岁时喜欢两种文字，一种是雨果那样的，一种是老上海的文人，比如徐訏，是中文又不像中文，海派又不是海派的。而莫言让我看到另外一种中文，以上这些作家都在不同程度影响了我。

界面文化：你的社交圈里是否有许多作家朋友，或者是否认为写作应该进入某个圈子？

于是：我在这个圈子中认识很多人，但不知道人家把不把我当朋友。我哪个圈子都不属于吧，我认为最终极的关系是一对一的，不管是朋友还是敌人，如果扩散到一个圈子、一个阶级、一个平台，都应该另当别论，跟情感没有关系。文学这个东西更不应该有体制，体制跟有创造力的东西、个人创意在我的个人经验中尚未扯上关系。你在施展创造力之前和之后可以跟体制有关系，但创造的过程中要尽力远离，虽然我没有圈子，但我会有各路的朋友。

界面文化：你写作的习惯是什么，会固定时间写作吗？

于是：不会，没什么习惯，唯一的习惯就是，正儿八经写作时，我要把指甲剪掉，当你看到我留了三公分的指甲，就说明我没有在工作。我要在干净、舒服的状态才能写。我有很多笔记本，在不同的阶段，会在不同的本子上写不同的东西。我的客厅就是我的书房，我平常不出门，因为我不喜欢听废话和噪音。所以如果要出门，我会把一天安排满，要见的人都见了，一整天不工作。这样后面两天也就不用出门了。翻译的时候绝对不能听音乐，会分心的；写东西可以听不同的音乐。我一般写小说时都会把那口气保留住，这个段落写完之后，我洗澡睡觉都会想着明天怎么写。我做不了那种在厨房写两百个字，接着做别的再回来写的人。《查无此人》我前后经历了七八年，开始是留下来片段字句，最后变成小说，再琢磨结构。父亲去世后，我觉得我必须写完，我很怕就这么厌倦放弃了，所以夜深人静时就会写完一个章节。

界面文化：除了写作和阅读，你还有什么爱好？

于是：我有很多朋友，但我已经把社交压到了最低量，比如今天下午约好了，晚上我就见一个朋友吃饭，吃喝玩乐的朋友归吃喝玩乐，还有一些不属于吃喝玩乐的，《纪念碑谷 2》出来了，我就会发给做动画的朋友。我不会跟吃饭的人讲你玩不玩《纪念碑谷》，我也不会跟玩《纪念碑谷》的人说，你会出来吃饭吗？现在觉得时间越来越少，诱惑太多，看看电影也就算了，电视剧一追的话，你还能干什么呢？我书都看不完，看电影没时间，听的歌听不完，但好的歌从旋律到歌词，一定要完整听完的。我还很迷消噪耳机，戴着消噪耳机，地铁上会超级安静。

界面文化：你如何看待影视和文学的关系？

于是：基本是两种不同的艺术，我都喜欢。我想影视和文学并没有直接的传承关系，好的文学大部分都不能改成好的电影作品，但是好的电影应该能催生好的文学作品，这是一种倒过来催生的关系——当年多少文艺青年看了《猜火车》之后才写出前卫小说？相对文学改编影视，后面一种催生关系特别容易被人忽略。有的作家作品可以改编，我认为这是一种有目的的写作，因为作家写的时候就想到“可改编性”还有“可翻译性”，这是一个全球化的可悲下场。因为外国人看不到的作品不代表不好。珍妮特·温特森的《时间之间》文字非常简单，比莎士比亚要简单很多，翻译成各国文字都不会吃亏，她能用简单的语言驾驭这个故事，就很漂亮。但有些作家，比如艾米·亨佩尔，就不能很轻松地翻译成外文，这个后果就是知道她的人很少，但不代表她写得不好。

界面文化：我们谈论一部小说，会说到语言、结构、节奏、故事等等，对你来说，你最在意小说的哪个环节或部分？

于是：语言和节奏。我觉得文学跟其他艺术形式最大的区别就是语言性，所以看重语言。一个作家语言好不好，是区别一个小说家还是哲学家最重要的因素。如果语言本身缺乏打动力，那么这个人是缺少文学天赋的。而阅读的节奏直接能影响读者的快感，从行文的节奏能够看得出来写作时作者的思维是否顺畅；过快、过猛，都会不舒服，这也能体现作者写作中的缺点，一个作者过于自私，就会太依着作者自己的心情来写。

界面文化：作家是否要关注政治和公共性话题？并且有义务将这种关注反映到作品里？

于是：日常的政治性不是大的政治议题，而是大的政治从上到下渗透到生活的部分。我很喜欢《使馆楼》，里面有一个偷拿主人的卡去游泳的女佣，她还会坐在使馆楼前看别人打羽毛球。她看不到谁在打，只能看见那个球飞来飞去，这都没有明写，但是却非常棒，作者没有义务去表现，但是需要表现，而且要找到一个适合的表现方式。任何一个完整的作品一定要经历当场和事后两个阶段，当场的反应是无可替代的，但是事后要经历改写、修订和润饰。当下的感受力是天赋，作品考验的是后面那段。

界面文化：写作的时候，你会想着读者吗？

于是：我的本意是不去想，但是现实需要我去想，这会体现在对于结构的布置，对于定义的加深和削弱中。最近的这本《查无此人》也是这样，我加重了情感的部分，削弱了一些戏剧性，因为包括走走在内的编辑老师都认为，对于一个平凡的人物，把大时代的背景加到他身上是不合适的，因为小人物跟时代的大起大落没有什么关系，你不像白先勇可以写父亲白崇禧。戏剧性不应该体现在时代波澜上，而应体现在内心情感上。

界面文化：你觉得未来小说读者会越来越多吗？

于是：应该是越来越少，而作者会越来越多。未来的小说一定会IP化，未来的IP不光是影视，还可能进入科技领域，比如手机的某个功能可能就是根据小说的灵感开发的。为什么要限定小说变成电影电视？谁知道会变成什么样？以前短篇小说长篇小说都分得清楚，现在界限都越来越模糊了，未来的小说形式应该是多姿多彩的。22世纪的文学会有什么新形式？我不知道，但一定会有，是什么我不知道，我知道了，就是先知了。

界面文化：写作这条路上，你对自己的期许是什么？

于是：我的想法很多，但写成的很少。我同意“中国作家都太懒了”这个说法，把一个想法执行成一个文本，需要足够的时间和精力，我有想法和执行力，但为什么没有把想法有效地执行出来，大概是因为生活的诱惑太多了。今天要看《神奇女侠》，明天要看《加勒比海盗》，什么时候写小说？今天也不去看电影，明天也不去看，下个月谁跟你一起玩？

界面文化：你是否认为作家与评论家应该保持距离？

于是：我就没有跟哪个评论家有过距离——从来没有评论家介入我的任何作品，就我个人的经验而言，没有人针对作品跟我有交流。其实我也不希望有什么干扰，读者会跟我交流，有的说我的作品会对他们的人生有深刻的影响，比如《同居笔记》卖了很多册，有很多读者跟我联系，有个小姑娘就跟我讲，她和她的伴侣是这本书的读者，每天晚上读一段，吵架了读一段，就会和好。后来她来上海看我，告诉我她想变性，想邀请我来记录这个过程，但我没有答应。

在小世界里的
自我探寻是无
限的，只有进
入到生活的扎
实层面，一切
才有意义。

05 孙智正：

我想成为一个永恒的作家，一个永远不会过时的作家

采写　武靖雅

世界人民

1980年生，浙江嵊州人，现居北京。著有长篇小说《青少年》《南方》，小长篇《我们去干点什么吧》等。

初次与孙智正联系，他便自己下单寄来了出版过的四本书，然后对我说了一句："辛苦了。"太客气了，我当时心想。

几天后，书收到了，沉甸甸的一个包裹，拆开来，掉出来几本砖头厚的书，在第一本《青少年》的封面上，赫然写着几个字："超级长篇《青少年》"。书的封面印着孙智正的头像，大得醒目的鼻子，眼睛躲在眼镜后面诡异地看着你。看了看四本书的字数，加起来有一百多万字，我想，原来真的是"辛苦了"。

采访那天，孙智正说他有点紧张，因为与陌生人见面的缘故。采访就着三五瓶啤酒，他很快放松下来，用慢条斯理的南方口音，从童年开始讲起，画面细致程度不亚于他的小说。我心里一惊，难不成他要把他的"超级长篇"重新给我口述一遍？下意识地看了看表，下午两点，时间应该还够。

然后我们聊了十个小时。

我怎么没心事呢，我的心事就是不知道怎么度过这些时间啊

嵊州是浙江省一个多山的小县城，在嵊州的村子里，一个十岁的男孩，经常困扰于放学后要干什么。十岁的孙智正，总是觉得很无聊，无论做什么事情都感到很无聊，他好奇自己的同学放学之后做什么，偷偷跟在同学身后回家，在窗子外面偷听，想找到答案。

初中的时候，孙智正午饭后不知道做什么，就走出门，从自己家溜达到爷爷家，再从爷爷家溜达回自己家。他反复经过村里一户人家，终于被坐在家门口乘凉的女人叫住："智正，你是做什么呢？来来回回走了十几趟了。"孙智正有点不好意思，连忙说："没什么事情。"然后换了一条路继续溜达。

孙智正走到爷爷家，躺在八仙桌上睡觉，睡一下午，睡醒来眼睛红红的。爷爷睡醒了去老年室活动，回来看到孙智正还在睡。"你看这小孩，可以睡一下午，真是没什么心事。"孙智正迷迷糊糊地听见爷爷跟奶奶说。怎么没心事呢？孙智正想，我都听见你们在说话了，我的心事就是不知道怎么度过

这些时间啊。

“我觉得这是天生的，就像有些唱歌的人天生对声音敏感，我好像天生对时间特别眷恋。”孙智正说。就像《青少年》封面上写着，“青春太美好了，怎么度过都是虚度”。

小学五六年级之前，孙智正就把能找到的所有金庸古龙的武侠小说都看完了，到了初中，没有什么书可以看，就看哥哥的语文课本。他蹲在厕所里，翻到了《蒋干中计》这一篇。“咦，原来这种书这么好看的。”他就跑去问爷爷有没有《三国演义》，在小爷爷家潮湿阴暗的二楼，小爷爷一掀床褥，露出了12本泛黄的《三国演义》，竖排繁体，斗大的字，没有标点。孙智正上学放学都带着一本《三国演义》，同学们看他像看一个神经病，在学校当老师的二姨看他的眼神带着点赞赏又满怀担忧，问：“智正，你是没有同学一块玩吗？”

高中，孙智正知道了《收获》《当代》这些杂志，校门口有个老头摆摊卖杂志，一两块钱一本。孙智正还发现可以到废品收购站去买书，他第一次约自己喜欢的女同学出去玩，说带那个女生去一个“特别好的地方”。放学后，孙智正带着那位女同学来到了废品收购站。卖废品的拿出两麻袋书往地上一倒，孙智正就蹲在那儿挑拣，后来他才回忆起来，那个女生根本没有蹲下，孙智正非常投入地找出一本一本书拿给她看，她只好很给面子地点点头。

孙智正学习成绩不错，考上了浙大，调剂到教育管理专业，来到了杭州。进入大学，孙智正面临的第一个问题还是无聊，上课很无聊，下课以后不知道干什么，还是很无聊。周围的同学也很无聊，他们不读书，对文学和哲学问题也不怎么感兴趣，整天就是打游戏、打牌，“他们打游戏也打不过别人，打游戏最厉害的是清华北邮的，打牌又不赌钱，不赌钱打什么牌嘛。”孙智正第一次非常严肃地思考了一下自杀问题：活着是干嘛呢？有什么事情可以做呢？

自然而然地，孙智正觉得看书还是自己愿意用来消磨时间的一件事情。他就常常跑到图书馆里借外国文学名著看，最早读的是雨果，雨果身上有着强烈的史诗气质，于是他又把能找到的史诗，诸如《荷马史诗》《被缚的普罗米修斯》都找来看了，还有那个时候很火的《百年孤独》。其中让他印象最深的是《追忆似水年华》，图书馆里的《追忆似水年华》是成套的，一本一本打散了老在眼前晃，不看都不行，看完《追忆似水年华》，孙智正觉得《百年孤独》就逊色了一大截。那时孙智正看的书都很长，可能导致了他以后写的书也很长。

等到找工作的时候，孙智正发现自己对工作没有任何判断，他好像任何工作都不想做，或者做任何工作都可以。几份工作摆在孙智正面前，有房地产公司、广告公司、民办学校、杂志社，他无所适从。他在宿舍里倾诉自己的苦恼：他觉得自己融入不了这个社会，好像跟这个世界隔着一层玻璃。同学给他的建议是，哪个工作可以让你留在杭州就做哪个工作呗。孙智正觉得如释重负，解决了一个大难题，于是留在了杭州的《家庭教育》杂志社。

假如我一直在上班，我可能会变成一个物质生活还不错的杭州市民

当发现自己对一切工作都没有兴趣的时候，孙智正第一次萌生了写东西的想法。小时候班上组织春游爬山，回来写作文，其他同学都写山清水秀鸟

语花香，孙智正写，四明山光秃秃的不好看，被老师表扬了，说写得真实。孙智正中学每周的练笔写得不错，大学参加过班刊的编写工作。那个年代写手是一个很时髦的职业，自由，收入又不错，孙智正想当一个写手。但为了给家里一个交待，他还是去杂志社上班了。

孙智正在杂志社工作了一年就提出了辞职。《家庭教育》杂志属于省妇联机关内部刊物，孙智正身份证上的地址写的是浙江省政府所在地“省府路一号”，每次出去办事时，别人都要多留意几眼身份证上的地址。当孙智正去辞职时，主编很严肃地问他：“我当了这么多年领导，从来没有一个正式员工向我们辞职，你是怎么想的？”

孙智正说：“假如我一直在上班的话，我可能以后会变成一个物质生活不错的杭州市民，每天骑个自行车，非常悠闲地过来上个班，然后非常悠闲地骑自行车回家，但是我没有成就感。”

辞职之后，孙智正和一个大学同学住在一起，每天看看书，看看电影。他给杭州的一个论坛投稿，论坛每周有一次评选，入选一篇文章有50块钱稿费，入选一首诗歌有30块钱稿费，孙智正就靠给论坛写稿，一个月有一两百块钱收入，他觉得够自己吃饭就可以了。

本来孙智正是打算一直在杭州这么待下去的，但是他有一天在校友录上看到了一个高中同学的消息。这个高中同学在孙智正书里的名字叫李健宏，是孙智正的同桌、最早给孙智正推荐雨果的人，也是经常一起被老师叫到办公室骄傲地挨训的人。李健宏在北京读金融，大学毕业就在大兴区买了房子，他在校友录上说："谁有兴趣的话，可以来我家阳台上看一看星星。"曾经有一句话说，假如你喜欢搞文艺的话，就算是一条狗也要到北京来遛一遛。"那我肯定是条狗了。"所以孙智正早就对北京充满了向往。他给李健宏打电话："那我过来了。"李健宏很吃惊："你过来干嘛？找工作吗？"孙智正说："不干嘛，也不找工作，就是过你家里待着。"然后孙智正就来了北京。

孙智正住在李健宏家里无所事事，还总是教育李健宏："上什么班啊，人生活着就为了上班吗？你的人生意义在哪里？"李健宏去上班，让孙智正在家里接待物业、交水电费，孙智正对这些充满了恐惧："实际上对一个正常的社会人来说，这也不是什么事，但对我来说是很大的压力，我不想跟这个社会有任何接触。”李健宏还带孙智正去参加大学同学聚会，孙智正眼睛不知道该看哪里，也不知道怎么回答别人问的话。聚会中途孙智正一个人回家了，李健宏回来后说：“孙智正，你连一句整话都不会说，在这个社会上能做什么？”不久李健宏帮孙智正在外面找了一个住处，把孙智正打发走了。

孙智正本来打算就靠给论坛投稿活下去，是曾经在杭州工作的杂志社编辑部主任放心不下他，帮他介绍了一份工作。既然介绍好了，孙智正也不好意思不去，那份工作正好也不需要跟人打交道，于是孙智正便去给《中国少年文摘》当了编辑。

孙智正一个月工资 2 500 元，工作了两年，25 岁的孙智正过年回家几乎身无分文。过年的一天晚上，孙智正、李健宏，还有两位朋友在孙智正家打牌，南方的冬天没有暖气，深夜里脚冻得冰冷，打到凌晨一两点钟的时候，孙智正的钱输光了。那一瞬间孙智正感觉特别真实，他叹一口气，说：“我现在一无所有，钱也输光了。”李健宏安慰他说：“来得及的，什么时候想挣钱都是来得及的。”

这时在杭州的那位编辑部主任，她的姐姐是文坛一位资历颇深的前辈，费了蛮大的工夫给孙智正介绍了新浪读书频道的工作。一开始，孙智正觉得这是一份收入不错又和自己的兴趣相吻合的职业，但他很快发现，工作的氛围跟自己想象的完全不一样："主编是个经理人，完全不懂书的，当时《狼图腾》不是很火吗，他就说我们做一个西藏的专题，一定要把《狼图腾》放上去，但《狼图腾》跟西藏一点关系都没有；还有一个内容总监，他特别会点菜，实际上你问他书他完全不知道；也有些特别懂书的人完全被边缘化。"

孙智正工作了十个月就辞职离开了新浪，那位介绍他来工作的作家前辈很生气地给他写了封信。"她觉得我非常不懂事，这么重要的岗位，至少工作三五年才能走，积累一些人脉才能成功，怎么工作了十个月就想走？"那位前辈问孙智正，你辞了职想干什么？孙智正说，我想写东西。

故事很无聊，首先看你叙事上的东西

20 世纪 90 年代末，网络刚刚开始在中国普及，各大网络文学论坛也开始兴起。大四快毕业的时候，孙智正第一次上网搜索了“先锋文学”这四个字，网页上跳出了“病孩子”“中国新小说论坛”“橡皮”“黑蓝文学”等一系列文学论坛。

那时在学院体系，“先锋文学”指的是马原、余华、苏童等一批作家，孙智正读过他们的书，但总是感觉好像跟自己的路子不太对，他希望看到的是更个人、更日常的东西。在黑蓝文学网的页面上，孙智正看到这样一句话：“现在我们不再叙述冒险，现在是冒险的叙述。”他隐隐觉得这句话很对：“故事很无聊嘛，现在是首先看你叙事上的一些东西嘛。”然后在某个论坛上，孙智正读到了法国新小说家让-菲利普·图森的《浴室》，他感到这就是他想象中小说的样子：

“它就是很无聊，就讲一个人离开他老婆去一个旅馆里待着，那种孤独和疏离感，文字非常简洁。我感觉我之前可能一直也想写这样的东西，但是我还小，不自信，不知道这样的东西是成立的，当看到一个成熟的作品的时候，我全盘接受他在说什么。”

之后孙智正接触到了杨黎、韩东、何小竹、乌青等人创办的橡皮文学网。当读到乌青，孙智正惊叹了："乌青是当代文学里面第一个让我惊为天人的，我觉得我终于看到天才了。"吴又、竖、何小竹等一批活跃在橡皮的写作者，给了孙智正很大的刺激："中国当代文学，这些我从来不知道的，被遮蔽的作家，居然可以写这么好；第二，乌青和吴又，只比我大一岁两岁，我自己还在写这样的东西，他们已经写到那份儿上了；第三，就感觉自己找到了同类。"

2004年，孙智正的一位同事介绍孙智正认识了赵志明。同事提到赵志明的时候，孙智正还没有听说过这个人，同事拿给孙智正一本地下刊物，上面有赵志明的名作《还钱的故事》。"看到我就深深震撼了，他比我大三岁，怎么可以写这样的东西，看上去像50岁的人写的，太成熟了。"更恐怖的是在这篇小说之后，还有一篇特别短的小说《好大一只鸟》，"写得特别黄，特别直男，关于生殖器的讨论，跟前一篇反差特别大，这两种风格可以同时驾驭得这么好。"

不久，赵志明从南京来到北京，孙智正的同事请他吃饭。那顿饭一共四个人，赵志明、孙智正的同事、孙智正同事的女朋友，还有孙智正，另外三个人都很沉默，只有赵志明一个人在滔滔不绝地讲话。“我觉得赵志明聊天太无聊了，”孙智正说，“他老讲他做的梦，谁他妈关心别人做的梦啊。他讲起来没完没了的，讲完之后说今天我表达得不好，之后可能会把前面说过的话全部重新说一遍。”大家都觉得气氛很尴尬，于是四个人决定，去北京动物园逛一圈。

孙智正在圈子里认识的第二个人是司屠，司屠离开余姚老家到北京来，没有地方住，孙智正一个人租着一个二居室，一直不好意思招陌生人合租，赵志明就让司屠住到孙智正家里。“司屠也是很奇怪的，他很烦的一点是特别喜欢见人，但是他见了人不说话，我就只好拼命地找话说。”司屠介绍孙智正认识了张羞，张羞也是嵊州人，跟孙智正差一岁。第一次见面，张羞穿一件破破烂烂的毛衣，人很瘦，头发很长，脸色苍白，看上去非常不健康。孙智正对他的印象是，“张羞很装逼的嘛”。三个人一起吃饭，司屠不说话，张羞也不说话，只有孙智正一个人在说。当孙智正谈到乌青，张羞突然开口说：“橡皮那个网站框架是我当时带着一个硬盘去成都建的。”操，听上去他跟乌青好像很熟的，孙智正想。“最近我写了一个小说《散装麻雀》，写了7万多字了，感觉烂在那里了，不知道要不要继续写下去。”张羞又说。孙智正回去上网搜《散装麻雀》，这是第二次当代作者给孙智正一种“写得太好了”的震撼。

认识了赵志明，孙智正基本上认识了南京的一帮作家，认识了张羞，“橡皮”的作家也就逐渐都认识了。

写到那的时候我很兴奋，突然觉得好像找到一种自己的写法

在新浪工作的时候，孙智正开始写《青少年》。最开始他只想把高中毕业到大学之前这两个月发生的故事写下来。故事从高中毕业那天晚上开始，孙智正和几个高中同学在公园草坪上睡了一夜，第二天醒来开始了无所事事的暑假，每天串门、打牌。孙智正和李健宏计划骑自行车从嵊州出发，到绍兴、杭州、苏州、黄山，然后骑回来。两

人在出嵊州的路上就走散了，孙智正在绍兴游荡了一天，然后在一个山洞里的旅馆睡了一晚，第二天一个人坐大巴回了家，继续着无所事事的日子。

当写到第三小节时，孙智正突然发现了一种新的写法：“我应该把我想到的所有事情都全部复述一遍，是非常漫长的一个镜头，大概长达四五年，中间是没有剪切的，永远是平铺直叙，即使想到其他事情，也一定要把它撇开，就一直往前走，语言上应该也没有什么技巧，就是平铺直叙的，即使是一个小学三年级的学生也能看得懂。”他很兴奋，终于找到了自己的写法，而不是再去像以前一样模仿别人，四处摸索。本来这本书只想写六七万字，但这时孙智正打算一直写到大学毕业，高中毕业的那两个月写10万字，大学四年各写10万字，一共是50万字。

《青少年》写得顺手时，孙智正也从新浪辞了职，就安心地在家写作。他靠给人写书评、攒稿子挣钱，比如他为中华书局编过一本《中华成语故事》，这是他迄今为止卖得最好的一本书，甚至已经有了俄文版，不过当初他只拿了几千块钱的稿费。孙智正定量每天写5 000字，每天下午他会去网吧，他喜欢坐在网吧的嘈杂中写作，淹没在四周语音聊天的脏话中。《青少年》用了一年多的时间写完，一共48.5万字。

《青少年》最早贴在“果皮论坛”还有张羞创办的“瀑布”论坛上。2008年，张羞、赵志明、吴又搞了独立出版计划“坏蛋出版”，第一批计划里就包括了孙智正的《青少年》。张羞给《青少年》的评论里这样写：“《青少年》从表面到里层都不存在流水账之外的任何技巧，它写得实在太乏味、太枯燥、太无聊、太麻木、太笨、太本能、太太太，总之，太他妈的烂了。烂到没有任何可取之处，如同每一个人的活着。然而，在我看来，这却是一种强大的写作，一种清醒下的理性思考。”张羞还认为：“《青少年》是一部仅仅为某种语气而写的长篇叙述作品。”

后来读客图书公司帮孙智正正式出版了《青少年》。出版前孙智正对《青少年》的销量非常乐观，他跟读客老板华楠说，首先《青少年》是青春题材，这是可以卖的，其次它的文字很简单，故事也很简单，所有认字的人都能看懂，“我希望不同的人看到不同的东西，一个普通的读者可以看到青春，一个写作者可以看到我写作上的不一样的东西。”

“那最好了。”华楠说。事实证明，这本书的销量是非常糟糕的。

与后来的《南方》等作品比起来，《青少年》的读者反馈并不是很好，但对孙智正来说，《青少年》可能是他到目前为止，甚至可能是这辈子写得最好的一本书了。“我常常觉得一个人的处女作可能是他最好的作品。我对文学所有的理解都在《青少年》里面了，《青少年》里面有很多自发的东西，以后写《句群》《南方》，我觉得好像理性的东西太多了，我已经想得太明白了。”

最后我希望把我所有的书纳在一块，变成一本书叫做《一万页》

从新浪辞职闲散了三年后，孙智正没有钱花了，加上女朋友怀孕，2009 年他又回到了原来的杂志社上班，一直工作到现在。他负责《中国少年文摘》的百科知识版块，上班时给小学高年级和初中生挑选有趣的科普文章，下班后照顾自己的小孩，小孩睡着后抽出时间写作。

《南方》是孙智正的第二本长篇，故事开始于孙智正有记忆起，结束于《青少年》开篇所写的那个晚上，记录的是孙智正在嵊州度过的童年和少年时光。《南方》全篇用嵊州方言写成，由一个个散点的镜头自然地衔接转换而成，几乎没有分段，一气呵成地编织成为一幅长达十几年的南方少年日常生活图景。

孙智正其实是反对方言的："从信息角度来说，用方言是影响传播的，是非常反动的，也是非常土的。"但是因为写的都是小时候的事情，孙智正写《南方》时脑子里冒出的第一个词经常是方言词，他觉得转化起来有点麻烦，而且发现有些方言大家都是看得懂的，他干脆就使用方言，同时也觉得方言能丰富汉语写作的词汇。到后来他甚至有点走火入魔，陷入了一种寻找词汇的快乐，发现"小的时候这么土的词居然是汉语可以写出来的"。

潜意识里，孙智正使用方言可能带着某种"私心"，虽然孙智正反对所谓的文化、乡土在写作中的价值，但他觉得写作之外的人可能会看重这些。"我对写作的理解在《青少年》里表达得也差不多了，所以我可以加入那些我觉得他们喜欢的东西，我相信不会影响到我真正要表达的内核。我也希望更多人知道我啊，我希望我可以生活得好一点。”但孙智正好像又是矛盾的，他也很羡慕躺在楼道里的流浪汉，“我又觉得他是最勇敢、最极致的，我应该像他这样，为什么要上班嘛，为什么在意父母对我说我要过得好一点，你看他多么勇敢地躺在这里，谁他妈也不管，所有时间都是我自己的，多好。”

2016 年，《南方》获得了《橡皮》杂志主办的第二届橡皮文学奖，入围名单由杨黎确定，11 位作家评委投票选择，奖金由网络众筹。最后《南方》获奖，孙智正拿到了 46 688 元奖金。授奖词里这样写：“孙智正为白话而生……《南方》作为一部与迂腐写作划清界限的作品，已经得到大家全新的确认：它无为、通达且规格严密，简约、纯朴却气度非凡，其文本远非南方地域概念所能总结，恒常世相犹如似水年华融入当下跟探索、创新合流，一切却又复归生活本身、自然本身、人本身，文字也归于独特、真实与可信。”

现在孙智正有一系列写作计划，比如片段式的《句群》，它脱胎于博客上的日记，后来被孙智正赋予了文体上的意义，将这些片段命名为“句群”；还有《中年》和《老年》，与《青少年》一起，复制自己的整个人生。他也对民间故事感兴趣，有两个计划《鬼》和《孙悟空和如来佛》。《孙悟空和如来佛》是对《西游记》的改写，他想把《西游记》冗余的部分删减，清晰地呈现出它“过关”的线性时间模式，“只要人类一直生活在永远向前走的时间里，‘过关’的叙事模式是永远不会过时的”。《鬼》将会构建一个丰富的鬼的世界，将古今中外文本里对鬼的理解穿起来，借用《西游记》的过关模式，主角是一个小鬼，一路上遇到饿死鬼、吝啬鬼、酒鬼、大头鬼……

所有的这些计划，都只是孙智正大的写作计划的一部分，到最后，他会把所有这些书都合起来，《青少年》《南方》《句群》《鬼》都只是其中的一个章节，最后纳入一本大书，叫做《一万页》。这“一万页”表达着他写作的主题：他所写的是语言与时间。

这是一种对时间的反抗，就像小时候那个南方村里的少年，无论做什么，都会感叹“这一切也是要过去的”，做什么都是虚度。孙智正想到的一种拯救方法是永生。“时间关着我们，这是根本的不自由，在这个时间里面枪毙你，假如我永生，我跟时间是平等的。”孙智正心心念念着永生，他认为永生是人类的必然趋势，就像原始人只能活 20 岁，而现在我们可以活 80 岁，到未来，无论是换身体还是精神电子化，人类一定能实现永生。“我跟柏拉图是同时代人，他是前一秒钟的人，我是这一秒钟的人。我们都是永生来临之前的一代人。”永生来临之前，他靠写作与时间抗衡。

同题问答

界面文化：你最欣赏的外国作家是谁？

孙智正：对我影响很大的作家有让-菲利普·图森、贝克特、罗伯-格里耶，还有普鲁斯特和紫式部。

像图森、罗伯-格里耶，还有克洛德·西蒙，他们发现了小说的一种新的写法，新的可能，他们整个对世界的理解也很新的，之前的作家都不是这么理解这个世界的，也不是这么理解写作的，跟他们比起来都很土的。无论是马尔克斯还是其他作家，在我看来都很土，很传统，我不是说他们很糟糕，但我觉得他们没有打开一片新的、从来没有人去过的地方。我看他的访谈，他对写作、对世界的理解都太平常了，假如有新的理解，那可以让这个世界更丰富一点。

紫式部的话，我觉得她非常天才，《源氏物语》代表了那种非常抒情、非常柔弱、非常美好、非常伤感的日本人物哀的感觉，而且表达得非常好。我觉得她写得非常自然，没有安排情节，想到哪里写到哪里，语言也很干净。

界面文化：你最欣赏的中国作家是谁？

孙智正：乌青。我之前没有看到过这样的东西，他有一套很新的自成体系的东西，不是说新就是好，但是他的新是成立的。我觉得他非常有天分，这种天分就好像听到一个唱歌的人一开嗓，就感到老天非常眷顾他。我看到他的诗，还有一开始他贴的特别短的小说，觉得特别新鲜，又很完美。另外就是多年以来很多人青春期的时候非常完美，写得也很好，也很有热情，到了中年的时候，他要么就不写了，要么写得没那么好了，我觉得一个人写作时间的长度也是他天分的一个证明。还有一个是他写作的量和对写作的热爱。乌青都很吻合，现在他写得也很多，质量也没有什么衰退。

界面文化：你的社交圈里是否有许多作家朋友，或者是否认为写作应该进入某个圈子？

孙智正：我刚认识那些朋友的时候，他们都不是典型意义上的作家，不是主流写作圈的，虽然现在有更多朋友进入主流写作圈了。一开始在网上关于圈子的讨论也挺多的，就觉得圈子是一个贬义词，或者是一个比较狭隘审美的代名词，但是我觉得一开始这个圈子是需要的，比如贴一首诗、一个小说，它可以给你一个即时的反馈，帮助是非常大的。还有一个就是它的鼓励，你会觉得有这么多人跟你干着一样的事情，你不孤独，有种朋友之间的友谊。但我觉得万事都是过犹不及，有一个度的问题，假如你陷入一个圈子里，被那种审美框住，确实也是一个问题。所以我的感觉是一开始还是需要有圈子的，但是要一直保持警惕，不要圈子化。

“橡皮”就是典型的圈子，他们这些人都很骄傲，也非常优秀，人也很聪明。但是从写作角度来说，我觉得有些人喜欢辣，有些人喜欢甜，我是不相信有一个统一的标准的。当然相对标准是有的，比如说我一直说只有少林跟武当可以说我们两个风格不同，峨眉没有资格跟少林说我们风格不同吧。在我看来“垃圾派”“诗江湖”还有“橡皮”，他们的水平是同一条线上的，他们的区别只能说是风格不同；甚至王敖或者胡续冬这种学院派的写作，那也只是口味不同嘛，在我看来水平是差不多的。但是可能“橡皮”或者很多其他圈子里的人，都会认为只有一个是好的。

界面文化：你写作的习惯是什么，会在固定时间写作吗？

孙智正：我肯定做不到啊，因为我都是碎片时间写作，比如上班的时候有一点空我就偷偷地写一点，中午休息的时候写一点，或者是等我孩子睡着了，一般孩子十点睡着，十点到十二点之间两个小时可能我想写点什么就写一点，我没有计划说必须要什么时间写作。之前写长篇的时候，每天写多少字是有计划的，但是什么时间段写没有计划。

界面文化：除了写作和阅读，你还有什么爱好？

孙智正：爱好特别多。比如我特别爱好打牌，特别爱好喝酒，特别爱好看电影，特别爱好打篮球，还有聊天，我平常特别喜欢跟熟悉的朋友聊聊天，交流交流想法。我现在对科普、哲学这种书特别感兴趣，希望有大块的时间比较系统地看一看，但没有时间，因为这种书不是碎片时间可以看的。还有一个爱好就是什么事情也不要烦我，让我一个人待着，这个我觉得更加实现不了了。

界面文化：你如何看待影视和文学的关系？

孙智正：我觉得隔行如隔山，对影视来说，我永远是外行，但是我对这个事情很感兴趣，因为本来就很爱看电影，另外就是现在大家对影视的接受程度好像比文学更高，还有它可能会更综合一些。但是现在影视是不是也快过时了，游戏才是未来。我觉得以后电子游戏就是最综合的艺术形式，可能会把电影给灭了，所以说最好还是去搞搞游戏。

界面文化：我们谈论一部小说，会说到语言、结构、节奏、故事等等，对你来说，你最在意小说的哪个环节或部分？

孙智正：我觉得语言应该是第一的，我更看重我有没有提供新的语言方式。《句群》《青少年》还有《南方》，这些书有些看上去好像比较有故事，有些看上去好像没有故事，比如像《句群》就一则一则的，但是说到底我都是在说语言和时间，语言对我来说肯定是第一位的，我希望提供一个非常干净的、之前没有人使用过的一种语言方式。

结构的话，我最喜欢的一种结构就是流水账式的、线性的结构，因为我觉得这是每个人对时间最自然的一个理解。一个小孩子对时间的理解，就是线性往前走的，所以我希望我的小说在结构上看上去是没有技巧的，它就是一个线性的结构。

故事的话，我是希望特别有故事性，《南方》或者《青少年》里面有数不尽的故事，你愿意看故事的话，它故事特别多啊，一个一个小故事，我不知道这吻不吻合一般人对故事的理解，但在我看来它都是故事。然而故事不是我写小说的诉求，它只不过是我的一个载体，用来承载我对语言，对结构，还有对时间的理解。

节奏的话，因为我喜欢流水账嘛，所以我希望没有节奏。它就是一条平的直线，不要像心电图一样跳上跳下，它就好像死去的一条直线。

界面文化：写作的时候，你会想着读者吗？

孙智正：我觉得我肯定没有明确的读者，但是可能会有一个非常虚幻的理想的读者，说不定那个读者就是我自己的投影。反正我也不是类型作者或者畅销书作家，我写得怎么样对我的生活没什么影响，所以基本上都是我想怎么写就怎么写。我特别希望可以不用上班，在家写东西，这是我一辈子的梦想，到目前还没有实现。但是我一直以为按照我这样去写，比如按照《青少年》这样去写，应该是有读者的，我一直非常乐观地这么认为，虽然事实上没有。但是我这个人又比较固执，让我去迎合我想象中的读者或者市场会喜欢的方式去写作，我好像坚持不了一部长篇，因为太痛苦了，太别扭了，写短篇可能还行。

界面文化：作家是否要关注政治和公共性话题？并且有义务将这种关注反映到作品里？

孙智正：我觉得作家是需要关注公共性问题还有政治问题的，因为你无时无刻不是生活在政治中，也永远生活在公共性里，但是我觉得作家还是尽量少针对这样的事情发言，因为我会发现，比如说一个哲学家或者一个经常关注公共性话题的人，他写的小说一般都挺傻挺糟糕的，因为人的精力是有限的，一个写作的人也一样，你很难把古希腊的政治学都看一遍，所以你的知识结构是有欠缺的，你针对政治是外行，你要谦虚谨慎，尽量少发言，多学习，但是一些最基本的判断是不能缺失的。

我觉得写作应该关注的是所谓永恒的人性，我相信是有永恒的人性的。因为从大的时间跨度来说，我们都是同一辈人，在永生之前我们都是要死的，我们想的事情基本上都差不多，生老病死、喜怒哀乐。我有这个自信说我跟唐朝的人想的没有太大的区别，我一样要面对病痛，一样要面对亲人的逝去，所以我相信在永生之前人性是不会变的，我觉得应该去写这样的东西。但是不是说我要写这样的主题就要去写所谓的跨国际、女权，关注什么弱势，实际上日常生活才是一个永恒的话题，你看我写我孩子，写我自己今天不舒服，写饭不好吃，或者我觉得今天很热，这才是真正的永恒的话题。

界面文化：你觉得未来小说读者会越来越多吗？

孙智正：我觉得从一个绝对的人口的概率来说，肯定会增多，因为以后的人都没事干，机器人帮我们把那些事都干掉了。没什么事情干，就打游戏听音乐，做一些乱七八糟的事情，包括我们现在没法想象的事情，或者我们现在可以想象的事情，比如吸毒、喝酒。我相信一定有一批人对文字感兴趣，对小说感兴趣，会去看小说，这个绝对数量我敢保证绝对比一百年前或者现在更多，但是可能在人口比例上会下降。

界面文化：你是否认为作家与评论家应该保持距离？

孙智正：我都不太知道评论家是干什么的。他们好像是另一拨人，好像有自己的圈子，有自己关注的东西。我感觉写小说的人是把自己的生活经验或者对人生、对语言的理解作为材料去写的，而一个好的评论家他应该是把作家写的东西作为材料、作为他自己抒发看法的载体。我觉得比较糟糕的评论家才会想着指导写作的人写什么，说这个作家应该去这么写，那个作家写得不对，你应该去关注时代关注什么。所以我非常尊重好的评论家，我有的时候会看一些文论，我觉得挺棒的，对我很有启发，但是不是写作上的启发，是他怎么看待世界、怎么写东西的那种启发。

界面文化：写作这条路上，你对自己的期许是什么？

孙智正：实际上可以联系到我对整个时间的理解，我觉得人既然是要死的，为什么要去做事情呢，我什么事情也不干才是一个正常的选择嘛。我喜欢那种一刀不剪的对时间非常感兴趣的那种写法。所以我有一种想法是我写的东西是给永生的人看的，因为我写得非常啰嗦，一个要死的人他没有时间去看我写的这样的东西，但是一个不会死的人他有很多时间去看，他甚至有时间去看一个纪录片，我特别想拍一个纪录片叫《一生》，就是从你出生的那一刻，一刀不剪地一直拍到你死了为止，这个片子就是拍给永生的人看的。所以我就是想成为一个给永生的人看的作家，或者我想成为一个永恒的作家，一个永远不会过时的作家。

06 独眼：

如果有一种小说叫丧小说，那可能是我的小说

采写 傅适野

本名叶扬，北京人，1980年生。清华大学建筑学院毕业，从事文化遗产保护工作数年，现任建筑杂志编辑。已出版小说集四部，发表中短篇小说十余篇，并在多家媒体上开设专栏。

胖子，我一定得从这个院儿里搬走，住了二十多年了，烦死了

从北京的77剧场出发，相继走过美术馆后街、钱粮胡同，沿着东四北大街继续往北，看着胡同口的标识从东四五条一路递进，到了东四八条时，右转往东，就离我们的目的地不远了。

一拐进胡同，主路上的嘈杂、喧闹和高音喇叭录制的叫卖声都消失了。取而代之的，是被风吹得沙沙作响的榆树叶、藏匿其中卖力鸣叫的夏蝉、街坊邻里有一搭没一搭的闲谈以及工人们翻新棚户区时使用的机器轰鸣。

不宽的胡同里有着各式各样的交通工具：汽车、三轮车、电动车、自行车……一辆试图穿胡同而过的吉普车和一辆正准备停靠在墙根的小车杠上了，双方僵持不下，谁也不肯倒退，胡同里的交通命脉就这样被切断。“怎么走呐您？”独眼在后头朝

着前面的汽车吆喝了一声，带着一种北京人特有的转调方式。

一番“周折”后，我们来到了一个大门紧闭的院子前。门是朱红色的，看上去有点老旧，门的左边挂着一块金底黑字的牌匾，写着“北京四合院东城区文物保护单位”。大门的正中间贴着“非开放单位，谢绝参观”的字条。这里就是独眼童年住过的地方了，她还记得儿时院子里有几棵海棠树、一棵黑枣树，还有一棵很大的白丁香。

独眼本名叶扬，在清华读研究生的时候，她活跃在水木清华 BBS 上，写连载小说，还是其中一个板块的版主，网络 ID 叫 ugay。后来她的第一本书准备出版时，编辑觉得 ugay 这个名字不太好，让她换一个。“我在宿舍上铺趴着，和室友聊天，有一只眼睛被挡住了，所以就想到了独眼。”于是，ugay 变成了独眼，一直到今天。独眼豆瓣的头像，是一张并不符合透视规律的脸。左眼比右眼不成比例得大了很多，食指放在右眼的下眼睑上，像个在做鬼脸的孩子。

对时间不太敏感的独眼，已经记不清究竟是 22 岁还是 23 岁那年搬出了这条胡同。唯一可以确定的是，胡同在某种程度上构成了她生命的底色。

自小，她和家人一起生活在东四八条的这个院子里。她的小学时光，就在隔壁巷子里的东四九条小学度过。从院子出来，往东走一小段，向北拐进一条狭窄得只能容纳一辆自行车通过的小胡同，穿过胡同，就到了东四九条。如今的东四九条小学，教学楼被刷成了亮眼的黄色，大门是西式拱门，上面有几扇彩色玻璃。

2007 年，独眼出版了第一本长篇小说《胖子》，讲的是一个发生在胡同里的他爱她她不爱他他爱他的成长故事。主人公胖子和小六就读所在的小学经历了改造：

小卖部彻底被拆掉了。

我们学校也推了平房盖楼房，借了别的小学的教室上课。

每天早上我们在胡同口一个大饭馆的停车场上集合，

背着书包拎着饭盒坐班车去上学。

这其实是独眼本人的经历，小学三年级时，东四九条小学要改造成楼房。在接下来的两年时间里，全体同学每天都要在广场上集合，再坐班车一起到别的小学上课。每人每天要带饭去学校，到了中午，借读的学校提供一个大蒸锅，盒饭热了以后再送到每个人的手上。到了晚上，班车再把孩子们接回家。

这样的日子，持续了两年多。1991 年，独眼读五年级下学期，东四九条小学改造完毕。

严格算起来，独眼写的第一个小说，是在小学。语文老师要求大家写日记，独眼写了一个连载科幻故事。故事关于一个独自飞到月球背面的男孩，他发现那里不仅有人居住，还有一个社区。在那里，他认识了一个女孩，她教会他月球上的生活方式和习惯。现在回想，写这个故事独眼可能受了爷爷的启发。爷爷曾经是《中学生杂志》和《我们爱科学》的主编，写过一些科普小说，比如通过丢掉鼻子的大象和失踪的胳膊的故事，讲述和克隆、义肢相关的技术。那时候独眼也看过一套苏联科幻故事——“全不知三部曲”。

独眼说这篇科幻小说的缘起其实是为了偷懒，“当你开始写连载小说的时候，就不用写日记了，不用跟老师汇报今天都干嘛了。”后来，独眼写到男孩有点喜欢那个女孩，然后她就不知道怎么写了。

初中时独眼继续写故事，原因很简单：初中还得继续交周记。对于独眼来说，写谎话比写真实的生活容易。那时候她写过一个小男孩和另一个进了少管所的小男孩的故事。这个故事可能脱胎于她在胡同里的所见所闻。当时住在胡同里的大部分人生活水平比较低，父母也不怎么管孩子。赶上离婚，那就是天大的事情。离婚的结果就是孩子没人管了，很多胡同儿里的小孩儿都拉帮结派。“那时候北京很乱，你会在市场里看到两拨小孩打的、滚的满地都是，捅人啊什么的都是常见的。约群架就像《老炮儿》里那种，大家拿着所谓的瓜刀一类的东西，但是打架的是一群小孩。”

现在回想，独眼认为自己可能从小就意识到胡同里的生活比较艰难。这里大部分住户没有自家的卫生间和浴室，得上公厕，洗澡得去东四大街上的公共澡堂。家里空间很小，有时候吃个饭都在门口扎个桌子吃。如果住在杂院里，基本上没有隐私可言，要是碰上不好的邻居，就更糟糕了。总之，在那种环境里，人很难改变自己的生活环境。

“那些中老年男子，吃完晚饭的主要活动就是在胡同儿里看人下棋。那会儿还没有棋牌室，就是扎堆儿在那聊天儿，看人下棋，女的就在家看电视，打毛线。好多人不理解，北京雾霾那么严重，为什么那些老头还在外面下棋，其实这是他们生活的一部分。”

这样的生活经历和见闻，在《胖子》里，也可见端倪。小说一开始，廖俊就对胖子说：“胖子，我一定得从这个院儿里搬走，住了二十多年了，烦死了。”又隔了几行，独眼写：“天花板那么低，糊着报纸、挂历、柜子、箱子、纸袋子一直堆到顶。”压抑。

也是初中时候，生活在胡同里的独眼开始看王朔的作品。独眼认为王朔的语言虽然有那种流氓劲儿，但不是胡同的语言，少了写北京胡同居民的巧妙。相比之下，刘恒的《贫嘴张大民的幸福生活》比较能把握北京人说话的“那个劲儿”。书里的张大民，永远在动脑子，在调和各种关系。

但独眼在王朔的小说里学到一样东西，一种不同于西方小说中上帝视角的自然语言。“王朔的小说很少出现直接的反思性的总结。”王朔书里的主人公比较敏感，通常也比较倒霉，但不太表达自己对某些事儿的判断，尤其是他早期的一些作品。比如写一个男的，交往一个女朋友，那个女的对他挺好的，但是他对那女孩儿不怎么好。那女孩儿坐他腿上他就把腿伸直了，那女孩儿就滑下去了。“他虽然觉得这女孩儿对他很好，其实对她也有点爱，但是他不写这个。我现在记不清他是完全没有心理描写还是有，但是他那种行为方式和语言方式就跟以前看的小说不一样。”

这个特点影响到独眼的写作。虽然她写的大部分小说都是第一人称视角，但却不是那种意识流类的或充斥着大段评论的第一人称。

你描眉画眼，别人说手真好看。但是因为你手好看而对你不薄

1998年，独眼以理科生的身份，考入清华大学建筑系。她用“比较无聊”来概括自己的大学时光，如果在百无聊赖的生活中还有什么值得期待的

话，那可能是电脑和网络。

1992年年底，清华大学校园网正式建成并投入使用。三年后，清华BBS系统正式开放，名为“水木清华站”。到了独眼上大学的时候，清华的宿舍里仍然没有电脑，想上网必须到学校的计算机实验室。机位要刷卡，经常抢不到。独眼大三之后，宿舍终于可以上网了。

大五写本科毕业论文期间，赶上非典。后来从家里回到学校，独眼被拉去隔离。所谓隔离，就是十几二十个人在一个大教室里住着瞎聊天。在聊天过程中，大家提到了BBS。那是独眼第一次接触水木清华BBS。

就这样，独眼开始“沉迷”于网络，她有事没事就“蹲”在网上，不放过任何一次发言得到的反馈。有一次水木清华BBS文学版里有人抛出一个观点，认为通俗是不好的。独眼反对，为了证明庸俗的题材也可以写出一个好看的故事，她开始写连载小说。

“一开始的故事比较简单，两个人谈恋爱又不能在一起或者他们有一些不同的想法，每天读它的人会猜测小说中两个人下一步要干什么，但是我会有一种逆反心理，我设置各种障碍，让他们不能很好地沟通，不能好好地在一起，让他们的关系变得怪怪的，以此取乐。”那时候水木 BBS 是黑色 DOS 界面的，独眼每天发一个帖子更新连载的故事。BBS 最早用的是 FTerm 登录软件，黑底白字，软件上的字比较大。这影响到独眼组织词句的方式。凡是读过独眼小说的人，最先注意到的几乎都是她独特的分行写作形式。

比如《胖子》的开篇，是这样的：

她说："后天结婚，我。"笑着。

我坐在她身边，仰头瞧着房顶，说："蜘蛛。"

"嗯？"她也顺着我看见墙角蜘蛛网上趴着的大蜘蛛，打了个冷战。

夏天潮，总会这样。

我开始哭，哭到直哆嗦。

她一边笑一边扯了手纸塞到我手里："哭什么啊。"

我知道，其实没什么可哭的。

她该结婚了。

岁数到了。漂亮女人都该早结婚。

她攥着我的手，很轻，我几乎感觉不到她。

她说：到冬天我就特喜欢你。

“嗯？”

她看着自己的手指，晃来晃去：“你的手暖和。舒服。”

冬天，她的手指在我手背上划来划去，指尖点几下，

像密码：“来吧，来握住我吧。”

她的手总是冰凉，从手心到指尖，瘦瘦的。

我把自己的胖手握上去，用圆滚的指肚抚过她每一小片皮肤。

这种分行的写作方式，对于语言有更高的要求。大段大段扑面而来的文字是平庸字眼和词汇绝佳的藏身处。而分行的、像诗一样的句子则对每一个字的选择提出了更加严苛的要求。稍有不慎，整

个句子都会崩塌。

在2017年3月在上海举行的一场活动上，独眼对于自己分行写作的习惯给出了一种解释。她笑称，可能因为自己是个控制狂，不希望读者读得很快，因此严格地控制每行的字数不超过BBS客户端一行显示的固定字数，又要那一行的意思完整、利落。“我每一段话要控制节奏，段和段之间就用空行分开，所以有了《胖子》的那种格式，当时我在BBS上面贴出的所有小说都是按照这个方式写的。”

如果不是储卉娟的出现，独眼或许还继续在论坛上玩着文字游戏。早在2004年，储卉娟成为世纪文景的文学编辑前，她就注意到了独眼。

那一年的春节储卉娟没回老家，留在了北京。朋友们都离开了，北京城也空了，她却整日无事可做。在那几天，陪伴她的是独眼的文字，每个晚上，她都要在BBS上看一段独眼的小说再去睡觉。13年后，她还能记起那种阅读的感觉，“印象非常深刻”。储卉娟喜欢独眼小说里的语感，不光是形式上的分行，而是分行带来的节奏感。她认为这是一个十分个人化的偏好，相比题材、类型、风格和人物设定，她更看重叙事的节奏感。“节奏感方面的新颖，我觉得那是真正属于语言层面的尝试和突破。”

无独有偶，小说家赵松在一篇关于《胖子》的书评中，也提到了独眼语言里的节奏感：“从《胖子》到不久前的几部作品，独眼的小说特征是一以贯之的。概括起来说，就是‘逐行浮现’。从结构上说，她的这些小说是以‘行’为基本单位的。有时，一句是一行；有时半句也是一行；有时几个字也是一行。如果我们非要找到‘段落’的话，那么其实只能说它是‘行簇’，而不是传统小说里的那种句句相连而成的段落。有多行一簇的，有两三行一簇的，也有孤行一簇的。大簇小簇，生成章节。随着小说逐渐展开，这一簇簇的文字就在那里呼吸着、聚合着，但无论有多少章节，当你沉浸在阅读中时，留在你的印象里的，总归是一簇、一簇又一簇……就像夜空深处次第绽放的焰火。”

对于这样的评价，独眼说自己“是个幸运又倒霉的人”。

“为啥幸运，又为啥倒霉？”

“你描眉画眼，别人说手真好看。但是因为你手好看而对你不薄……”

独眼的回答有种直接得不可思议的坦率，但又透着一股机灵劲儿，像极了她的小说，也像她平时在微博上的吐槽。在微博“吐槽役”的标签下，独眼写了很多让人眼前一亮的句子。

别人不开心就去买俩包，我买了俩空调。

天热得……汗把卫生巾上的血都冲淡了。

小时候不懂“为什么流浪，流浪远方”……现在整天琢磨怎么流浪回家……

对于独眼来说，说话有意思比说话让人舒服更重要。看见一个事情，她会自然而然地想用一种有趣的方式去描述。

2006年的一天，已经成为图书编辑的储卉娟联系上了独眼，问她是否打算把自己写的故事出版。

写小说不是为了成为小说家，而是在做一种模拟体验

2005年，独眼从清华毕业，进入导师旗下的文化遗产保护研究所工作。这个工作最让她头疼的地

方是要和不同的人打交道。独眼自认为是个情商不高的人，在还是学生的时候，她说话就不太注意，还常常后知后觉。独眼大一期末暑假结束之后回来，老师布置了一个作业，让班上每个同学都做一个和休息亭与环境相关的模型。有一个同学做得不是特别好，很沮丧。独眼当时看完了说："可能你学别的专业更合适。"后来，这个同学大二九月份开学的时候就申请转系了，好几年之后他对独眼说："我转系是因为你说的那句话。"还有一次，独眼硕士的一个师弟在清华读了研究生之后又去意大利深造。在后来的一次聚会上，他说："都是因为你当时说我写的硕士论文没意义。"

这种"无心之伤"，在工作中可能会付出更大的代价。在从事文化遗产保护工作的过程中，最让独眼头疼的就是和甲方沟通。三年后，独眼认为自己还是不适合这份工作，于是辞职，成为《世界建筑》的一名编辑，直到现在。

从校园到职场的变动也影响了独眼的小说。在学生时代写的作品里，独眼强调个体的选择和行为，小说主人公的感情强烈，有时候行为也会有些极端。而工作之后，独眼作品里的人年龄逐渐变大，选择和行为背后的原因与条件变得复杂，人物和人物之间的感情变得难以判断，比如在《我们在哪里》里，主人公出轨，又非常清楚对自己的劈腿对象并不是爱，小说里的人物不再像学生时代的作品里那么单纯地有明确的喜欢和爱。

在学生时代，独眼就开始尝试把人物写得复杂，但那时候她倾向于相信，即使对旁人来说，主人公说的话真假难辨，但主人公知道自己内心的真实想法。而在近几年的小说中，就连主人公自己也不太了解自己的真实想法。“他已经来不及想清楚事情就逼到他眼前了。他不知道自己是不是真的爱、真的在乎，而他接触的人也变得比较扑朔迷离，互相之间最大的问题不再是爱和不爱。他们的感情变得比较复杂，有很深感情的两个人没有办法互相信任。这种信任不是说对人格的不信任，可能是对未来的茫然。”

独眼 2016 年参加第三届豆瓣征文大赛的小说《林中巨船》是个很好的例子。

“我”为了吸引女朋友的注意，经常给她讲自己小时候生活在国家军事基地的故事，这个基地有放射性物质，还有一艘巨大的船。基地在内陆，女朋友怀疑这艘船的真实性，怀疑“我”的这些讲述只是为了延续她对“我”的好感。“我”渐渐发现了二人的情感问题，于是决定带着女朋友回到基地，寻找那艘巨船。到了基地后，“我”发现基地的情况和记忆中的有微妙差别。“我”并不知道这到底是自己记忆的偏差还是其他原因导致的。“我”说不清，也记不清。这时候女朋友抛弃了“我”，独自离开。后来“我”回到城市，却发现女朋友永远留在了基地里。

在这个故事中，爱与不爱不再是重点，对于未来的绝望，对于自己的不信任，对于自身记忆的怀疑成了故事的主题。相比学生时代写的那些诸如他爱她、她爱他的爱情关系，以及对于相爱的双方是否真心，彼此究竟有多相爱的探讨，工作后的独眼慢慢察觉到许多生活的无奈以及现实情况的交叉影响。“很多时候是没有办法剥离出一个非黑即白的解决方案，一个人认为最妥善的解决方法可能会让人受到伤害，有人觉得这个解决方案不好，有人觉得不够有原则，也有人觉得何必这么多事儿，把别人牵扯进来。”独眼越来越意识到生活情境的复杂性，越来越意识到相互理解的困难。

独眼没有专职在家写小说。她也不知道，如果真那样做，自己能写出什么来。“虽然我不写跟生活完全一致的内容，但是如果我只是在家里看新闻，写得可能更差。我可能需要不断地接受这个社会和真实生活传达的信息，才能知道很多事情到底是怎么回事儿。以前做文化遗产保护和现在的这些工作，都会让我觉得世界和它表面看起来不一样。”

对她来说，写小说不是为了成为职业的小说家，而是在做一种人工智能的工作，做一种模拟的体验：假如我是别人，我会怎么样？代入一种角色、一种身份、一种性别，去体验独特的个体在生活中会经历的情景，会碰到的障碍，渡得过的和渡不过的难关，爱得到的或爱不到的人，这是写小说带给她的乐趣。

什么都不缺，什么都有，但没有值得高兴的事

独眼的小说，一直在描述着都市人的爱情。她基本上穷尽了两性的各种排列组合：男男之爱、男

女之爱、男男女女之爱。她也写遍了爱情的各种形态：纯情的爱、越轨的爱、绝望的爱、愤恨的爱。

2012年出版的《通俗爱情》是四个关于男女之爱的故事。独眼说："《通俗爱情》的所有主人公，都是自以为不是主角的真正'主角'，他们爱上了或爱着曾属于他们的、离开他们的，早已爱着、依然爱着或者是渐渐爱上他们的女性。这些女性的情感可能并不比他们弱。但是，感情中仍然有各种各样的困难，最大的障碍是'我'沉重的自我怀疑和软弱的固执。"文学评论家李敬泽在《通俗爱情》的序言里写道："我很少看到，有哪一位小说家把这个时代的爱情表现得如此痛切、生动、敏感和纠结，这么雄辩又这么脆弱。"

在另一些故事里，独眼写的是男男之间的挣扎和纠结，比如《胖子》和《醉：我要去的地方春暖花开》。在一篇叫做《胖子，胖子》的文章中，独眼说："我最喜欢给故事里的人设置障碍，让他们自己想办法逃避或者应对。"

如今，已经写了很多爱情故事的独眼不想再写爱情了，而想写家庭和家庭的复杂性。"即使一个家庭人很少，它仍然有一种复杂性，这种复杂性会影响人们做判断的能力。家庭生活已经不是感情上的爱或不爱，从心底里互相扶持不扶持，而是会考虑更加长远的东西，家庭的营收能力，包括未来互相支撑的能力等等。”

独眼坦言这可能是受弗兰岑作品的影响，他的作品很多都是关于美国中产阶级的，每部作品都特别长，写到人们的家庭、幼年与成年的经历。他也写中产阶级的很多理想和愿望，但实现这些理想之后，他们还是不快乐。这种不快乐的背后，不但是每一个个体的命运，还有大的时代背景。如果说独眼以前写的不快乐是不能得到喜欢的对象，那么现在写的不快乐则是没有未来。

2013 年出版的《在无尽无序的汪洋里，紧挨着你》讲的是一位中年父亲和一个天才儿童的故事。父亲是个研究所里的小职员，他的妻子真雅在儿子核桃出生不久之后就到美国了，在那里也混得不错。现在回看这部小说，独眼依然觉得自己喜欢主人公这个人设：“他找不到意义。一方面他儿子已经是个天才了，没有什么可为他做的。另一方面他喜欢的女人也远在天边，人家自己也挺好的。接下来他要为自己干什么吗？他并不觉得自己有什么可取之处。”

储卉娟喜欢独眼小说里“那些腻腻歪歪的小情节”。“在她的叙事节奏里，黏腻的感觉大幅下降，反而暴露出内里的清冽和冷脆。我们这些普通人俗气的生活里那点反反复复的纠结、严肃，能够被表达出来，我觉得挺罕见的。”

赵松在今年3月份的一篇评论中，谈到独眼的写作：“经历过2000年后国内互联网初兴阶段的人都知道，文学论坛BBS的出现，迅速打破了传统发表传播作品的方式。但是，当‘网络文学’变成一个专有名词、大量的‘作者’蜂起的时候，不难发现的是，在很多热情高涨的‘网络小说’写作者那里，其实始终有个显而易见的问题，就是缺乏文体意识。我们看世界文学史的时候不难发现，每每社会环境与传播方式发生剧变，通常都会催生小说文体的变革。可是，当我们回头去看过去十几年网络小说写作的实际状况时，还是不免深感遗憾的是，有着强烈文体意识的作者，很少。独眼无疑是其中之一。”

“会介意别人说你的小说是言情或者网络小说吗？”

独眼答：“我其实不知道网络小说指的是什么。如果指的是贴在网上的小说那肯定是网络小说，没什么可辩解的。如果指的是唐家三少那种，那我比人家的复杂程度差太远了。所以必须指明网络小说是什么意思。”

“那言情呢？”

独眼答：“我觉得这个轮不着作者自己判断。因为我最关心的是心理状态，但是确实每一篇都讲爱情，你说它是言情我也反抗不了。如果有一种小说叫丧小说，那可能是我的小说。”

独眼坦言她对于某一种人的状态是非常有感觉的。“有时候你会被某种场景吸引，觉得自己置身其中也不意外。”她喜欢观察常年盘踞在清华门口麦当劳里的流浪汉。“我经常观察他们的生活状态，那种感觉很奇怪。他们又脏又干净，又漂亮又难看。那里长期住着一个双目炯炯有神的男的，嘴里念念叨叨的，他有时候穿得很潮。”独眼曾经在一篇小说里，写到一个短暂离家出走的女孩儿，独眼写她如何在麦当劳里呆着，如何靠吃别人吃剩的东西维持生活。“有时候我是理解那种状态的。如果只是为了活下去，其实并不需要很多东西，也不需要有家。”

在独眼的微信公众号一篇名为《瞎掰丨丧》的文章中，她写：

有时候以为逃避是一种胆怯，其实不是的，不敢逃避也是一种胆怯，没有逃避的方法……安部公房有一部叫《箱男》的小说，里面对“寄居”在纸箱里的状态的描写令我……神往。

我对这么想的自己也感到害怕。

之前sk问我：你什么都不缺，学历也不错，为什么你小说里的人都那么……不上进呢？

不知如何回答。而且我甚至家庭都幸福得不成……

什么都不缺，什么都有，但没有值得高兴的事。买什么能让自己高兴呢？

中年危机可能不是真的危机，而是因为无计可施而对无能为力之感的一种过敏。这和年轻时候的了无兴味不同，那时候只是(假装)蔑视中年人拼命去追讨的东西，多少是误会了中年人，以为他们喜欢那些。现在才知道，并不是……只是因为没办法。

对于简单的事也会感到没办法。放弃真是要多难有多难。

独眼笔下的“丧”不同于“伤痕文学”里那种对于“文化大革命”给人们带来的精神创伤和灵魂扭曲的描写。“我写的丧都是个人的丧，他们不是因为父母把他们遗弃了，受到了家庭迫害。他们大部分也没有外界的迫害，没有人真的要恶意针对他们。”相对于经历了国家或者社会整体动荡之后的一蹶不振或者精神创伤，这种在日常的平顺和庸常中的一蹶不振和空虚无力可能是当下这个时代的典型病症。

独眼认为现在的丧是一种挣扎的丧，是一种希望从丧里脱身的心态。“你希望别人给你药，把你从丧里拉出来，所以现在才有知识分享，各种课程，实际上是为了传达一种信息：你掌握了某种技巧之后，你可以不那么丧，人生问题可以迎刃而解。”

有时候在活动上，独眼会被问道：你认为你的小说传达了什么有益的价值观？独眼回答：没有，它只是表达了某种状态。独眼又想了想，觉得如果硬要说自己的小说有什么积极的意义，那可能是在看了她的小说后，人们会突然发现：原来上班还挺好的，原来我这么丧还可以活下去。

如今独眼已经搬离东四的胡同十几年了，她很少回来，甚至每次来东城的时候，都觉得不方便，因为“已经对这儿很不了解了，不知道产生具体需求的时候应该去哪儿”。至于会不会怀念胡同儿时光，她说会经常想起，不敢说那是怀念，但她也不恨。

现在东四八条的院子里还住着她的亲属。外院里有一棵十分高大的树，独眼说，那是臭椿。东屋是独眼和她父母曾经住过的房间。纱窗破了个大洞，从洞口朝里看，黑乎乎的一片。窗户对面的墙根儿下有一方规整的土地，里面种了一些藤蔓类的植物，正在顺着铁丝慢慢往上爬。

“我们走吧。”独眼说着，关上了院子的大门。

同题问答

界面文化：你最欣赏的外国作家是谁？为什么？

独眼：翁贝托·埃科。我比较喜欢那种很聪明的感觉。他不仅仅在文学上，还在其他某一个领域有比较专业的部分，是别人没法儿超越的。那可能是我现在比较羡慕的状态。

界面文化：你最欣赏的中国作家是谁？为什么？

独眼：说实话中国作家我了解不多，可能是莫言。读他的作品我觉得他也很聪明。他不是一种情绪化的思考，而是一种带有智慧的思考。当然我没有读过他全部的作品，在我读过的有限的作品里，他有一种聪明的表达方式。

他和埃科是不一样的聪明。埃科的小说是一种智力挑战，但是和推理小说又不一样，他召唤读者跟随他的思路，显得博学多才，但那些内容又有虚构的成分。比如其中提到的书可能是伪书。他的作品对读者提出一种要求，如果你没有这个知识水平，也能读出一种快感，有了跟他呼应的知识时，可能会发现更多的趣味。在两个层面上实现这种操作，是很难的。

但他与莫言有相似的聪明，他们的小说讲的不完全是现实的事情，也不希望自己的小说像镜子，于是都在现实之上做了一些调整。像莫言做的那种处理，时常有一些有强烈的批判成分的描写，但因为那不是纯现实的小说，所以他的攻击性不是直接的。埃科也在批判，我们和他不在同一个文化环境中，有时间差，并不会感受到那种强烈的对抗，但能看到一些端倪。他们在某个层面有某种相似，能做到恰如其分其实很难。

界面文化：你的社交圈里是否有许多作家朋友，或者是否认为写作应该进入某个圈子？

独眼：我不知道“很多”是怎么定义。恐怕

是没有吧，相对于那种经常见面打牌的朋友来说，作家朋友肯定是很少。认识的、和他们偶尔在微信上说几句话的，不超过二十个。我觉得圈子，有就有，没有就没有。如果是学文的，你周围肯定很多，你回避不了。但因为我是学理工的，所以理论上应该少一点，或者比我现在认识的要少一点。

界面文化：你写作的习惯是什么？是否会在固定时间写作？

独眼：我希望每天晚上都写，但实际上我很难做到每天有节奏的写作，有空的时候就写一点。

界面文化：除了写作和阅读，你还有什么爱好？

独眼：睡觉。因为我最近一年多睡眠有点混乱，晚上吃完饭九点多就开始睡觉，两点多醒，看一会儿书，三四点继续睡，每天七点钟起来。所以这严重影响到我的时间。

界面文化：你如何看待影视和文学的关系？

独眼：我觉得影视和文学不太一样。文学作品是通过阅读文字实现的，文字有自己的读取速度，很多东西是缓慢展开的。比如桌子上有两杯水，文学是你读到它们的时候它们才会出现，而影视作品是你一拍到，包括没有提到的东西都会看到。所以它们在空间感上的表达是不一样的。

我写的小说，很少描述人的外貌、穿着，也很少描述他们具体在一个什么样的房间里。凡是我认为和当时描述的东西不太有关的事物我就很少写。但是如果设想以拍摄影视剧的方式，氛围、环境中的具体实物对人物和情节发展都很重要。

在文学上你可以剥离掉这些，有点像空场话剧，只有两个人。我的小说里有大量对话，他们有时候在床上，有时候不知道在什么地方，两人只是对话。这时候只是一个非常私密的状态，完全没有其他东西。但实际上影视是不可能让他们在空场中的。

界面文化：我们谈论一部小说，会说到语言、结构、节奏、故事等等，对你来说，你最在意小说的哪个环节或部分？

独眼：我很少想这个问题，因为文学素养差。我经常写两个人在干A事，但时不时会插入其中一个人的回忆，或者把他们曾经做过的事情B、C、D插入现在的时间线，有点像在做记忆的归类，相当于把时间线通过某些时间点重新建立一个组合，而不是完全按照时间顺序进行。这肯定不是无意的，但不是每次都预先想好。它有点类似结构性的操作，但又不太像真正意义上的文学结构。

我喜欢打乱时间线可能是因为我脑子里的想法本来就会跳来跳去的，会串起好多事情来。我猜大部分人也是这样。比如两个人吵架为什么会突然翻旧账，这实际上因为吵架时候不是单纯琢磨语言本身的意义，而会突然想起之前相处的相关情节或者某种对方指责你的时候类似的愤怒。这些东西都会给你一定的影响，没有人是单纯地按照时间线思考的。

我写的东西无论是第几人称，总有那种有一个人在想事儿和讲故事的感觉，而且多数是第一人称。一个人在描述“我怎么想”的时候，就不太按照顺序。

界面文化：写作的时候你会想着读者吗？

独眼：不会，显然我对我的读者并不友好的。经常有人说看不懂我的小说，但我也不知道怎么跟他们解释，实际上看懂不重要。每次插入的其他情节，比如以前的事情，或者主人公的一些想法，这些东西对这个人形成的感觉是最重要的。像两个人吵架，每一个局部都不重要，为什么翻到那个旧账也不重要，但是整体不断地情绪化发展和最后受到的激发、产生的决定性伤害可能是重要的。

尤其是在第一人称写作的时候，我比较希望读者也跟着主人公的想法走，完全融入主人公。

界面文化：作家是否要关注政治和公共性话题？并且有义务将这种关注反映到作品里？

独眼：我可能算是不关注时事的，也不关注政治和公共性话题。但现在谁能完全隔绝这些呢？不可能不看到或者不听到，看到听到之后肯定会对你有影响。比如说毕业演讲这样的事情，你不想看到，但是它毫无防备地就冲到你面前了。以后它会不会变成一个小说题材、一个小说情节，也很难说。

其实我的小说里也涉及政治背景。最早的那本《比如，单身》里，有一篇叫做《来来来我们讲故事》，涉及到一些政治话题，事件成为一小部分故事的背景，当然尽可能写得比较隐晦了。这些巨大的公共事件有时候会影响人的一生，小说的主人公是没办法回避的。

我小说里的人物是随着我年龄和周围环境的变化而变化的，我二十多岁写的是二十多岁的人，三十多岁写的是三十多岁的人。二十多岁的时候确实可以不关心一些公共事件，到了三十多岁那些东西是不可能视而不见的，比如说“二孩政策”之类的事情。二十多岁的时候你觉得这些对人生毫无价值，但是三十多岁的时候在工作中都不可避免地受到这些影响。当它们成为你生活中必须跨越的障碍的时候，你就必须关注这些事情。

虽然我的故事都很狗血，但是还是有一定的现实背景的，它们总是有一个具体的现实化的背景。

他们居住的场所、生活的环境，都不是空中楼阁式的。最后他们必须和整个社会的发展同步推进。

界面文化：你觉得未来文学作品的读者是更多还是更少？

独眼：我现在的感觉是更少了，因为大家都很忙。我不太关心我的读者，或者应该反过来说，我不知道怎么吸引我的读者。我写的东西跟爽文是完全相反的。爽文需要主人公能够不断地杀死敌人，加官进爵，成为皇上最喜欢的爱妃。主人公是所向披靡的状态。我写的人物就是遇见一件事儿，再遇见一件更倒霉的事儿。我能想到的我的小说最积极功能就是你看完这个小说，觉得太他妈丧了，就觉得上班这件事还可以接受。所以我确实不知道读者为什么要读。

界面文化：你是否认为作家与评论家应该保持距离？

独眼：这个评论家指谁？我没有什么特别关注

的评论家，写自己的小说的时候我认为人们都是读者。我并不是很清楚文学评论的框架是怎么操作的，我也没办法模拟他们。当时《人民文学》发过一篇我的小说，有的人想和我交流，就说了一些关于语言、节奏方面的东西，但我并不是刻意那么做的，所以我并不知道要怎么迎合或者怎么对抗。我没有在那个框架上思考，所以也没有抵抗或者迎合的操作方案。我觉得我没办法考虑这件事。

界面文化：你在写作这条路上对自己的未来期许是什么？

独眼：当然是希望写得更好了。我昨天刚写完一篇小说。今年希望能有规律地写，把拖了好几年的一些作品先写完。

07

袁凌：

我没有一边书写苦难，一边遛着狗住豪宅

采写 武靖雅

1973年出生于陕西平利，复旦大学中文系硕士毕业，著名作家、记者。已出版《青苔不会消失》《我的九十九次死亡》《我们的命是这么土》《世界》等书。

初次见袁凌是在北京师范大学的一场非虚构作家交流会上，几位国内比较知名的非虚构作者面对着台下新闻传播专业的学子，讲自己眼中“什么是非虚构”。袁凌上台发言，说“文学已死”，他认为当代文学几乎脱离了当下社会现实，成为空洞个人情感的抒发。他讲得很激动，话筒有点故障，被他震得嗡嗡响。

再见袁凌，是在北京东五环外的皮村，一个外来打工者聚集的城中村，他受邀为打工者组织的文学课授课。点评打工者的作品时，另两位老师更多是鼓励，袁凌却针对几处问题在探讨，显得有些执拗。下课后，袁凌找其中的两位月嫂留下了联系方式，月嫂显得蛮开心，“我们有好多故事，可以给你提供素材”。此时已是晚上十点，袁凌要从东五环奔向自己北五环的家。

袁凌住在北五环的昌平，我们的采访就约在他家附近，与之前两次见面的印象一样，他依然显得执拗又随性。作为一个深度调查记者，袁凌目睹过许多人间的荒诞和苦难，但这并没有给他添上一丝世故，他反而是朴素而天真的。他看起来不像是一个俯身于某个村庄采访调查，受到震撼后匆匆离开的局外人，而像是从匮乏的山村里走出的一员，他也的确如此。如今他生活在北京，但和市中心的繁华保持着距离。

“我们的命就是这么土”——就像袁凌书的标题，他生辰八字里有六个“土”，父亲给他取名字的时候又不小心加上两个，“土”是袁凌的命运。“如果让我过得很逍遥很满足，我反而会感到很失落。”

九十九次死亡的筛齿

袁凌第一次看到死亡是小时候在一棵核桃树下，生产队一个打核桃的年轻人从最高的核桃树梢摔下来，头朝下，没出什么血，几乎没发出一点声息就死了。他在《我的九十九次死亡》中写道：“像是草丛和玻璃窗上一滴水渍的去世。”

袁凌出生在陕西安康的一个村子里，安康位于陕西省最南端，与湖北、重庆交界，习俗和方言偏向于南方。袁凌出生的地方叫“筲箕凹”，“筲箕”是一个形象的比喻——一个扁竹筐。村庄四面环山，与外部沟通困难，北边是秦岭，南边是巴山，汉水流过，地下遍布煤矿。

在这样一个村子里，20 世纪 70 年代初出生的袁凌对童年最深的印象是饥饿。他两岁时，父亲读了工农兵大学，成为了那个年代少见的“高级知识分子”。可读书就意味着家里少了一个劳动力。父亲上学的那四年，一家四口人的口粮，只能靠母亲和姐姐来挣，工分太少，袁凌经常吃不饱肚子。粮食吃完了，袁凌就和姊妹几个背着背篓，到生产队收获过的地里挖遗留下的土豆。小孩的饥饿也是普遍的，生产队掰玉米的时候，大人会故意在苞米杆上漏下几个玉米，孩子们就跟在后面哄抢。

在贫穷荒僻的村庄里，人的生命是微浅的。“一个乡下孩子活下来和长大的过程，也就是他身边的人不断死去的过程。这像是一种暗中的挑选。”身边的孩子出天花、被烧伤、落树、蛇咬、溺死、掉魂，都是挑选的手段。而成年人的死亡更多地来自煤矿。一次，队办煤矿出了事故，七个大人躺在炭洞门口的煤渣上，头枕着一堆坑木，袁凌觉得他们的耳朵像是坑木长出的木耳。

袁凌起先读的是村办小学，一二三年级一起上课，全校只有两个老师，校长的文化水平是小学五年级。三年级时，父亲将他转到了镇上的学校，留母亲和姐姐在家中。袁凌和父亲住在父亲工作的医院，但他更怀念村里的生活。父亲不会做饭洗衣，更不会表露温情，袁凌十分孤独。每到周末，他要不顾一切地走上十几里山路，回家见见母亲，星期天再下山回镇上。

医院也是充斥着病痛和死亡的地方。袁凌特别怕上厕所，计划生育运动里人工流产的婴儿尸体都会被倒进厕所，蹲在厕所时，袁凌觉得那些婴儿会伸手上来掏他的肠子。有时会送来车祸后的伤者，摆在院子里，袁凌在院子里走，就从那些正在死去的人身边穿过。

当袁凌开始写作，他出版的第一本书就叫作《我的九十九次死亡》，书里就是九十九个死亡故事，不止九十九条生命。袁凌认为自己是命运的筛眼中留下的孩子，他必须做一个记录者。“请身边所有人留下遗言，如果有人没有遗言，就记录下他们的沉默。”筛齿一定会在袁凌身上留下伤痕，就像他手臂上至今留着的一道惊心的烫伤疤。

走出出生地

袁凌考入了西安的大学，从秦岭南坡来到关中，“过秦岭”是一道门槛，跨过去就成了异乡人。长散文集《从出生地开始》写了袁凌如何第一次走出家乡，他坐着汽车，车顶上绑一个巨大的黑漆木箱，经过一整夜的车程来到西安。他报考的是中文系，带着自己的文学梦。

20 世纪 80 年代文学热的风已经吹到了袁凌生活的小镇上，光父亲工作的医院里，就有三个文学青年，他们订了《人民文学》《当代》《小说界》等杂志，初中的袁凌除了上课就是将自己泡在这些杂志里。所以那时袁凌作文写得很好，他记得老师经常在课堂上念他的作文，还给他批语：“如银珠落盘声声悦耳。”高中流行起互赠明信片，在背面抄席慕容的诗，或是写两句自己的诗，袁凌也就开始写起了诗。

大学一年级，袁凌说他已经能写在别人看起来很成熟的现代诗，但很快他对现代诗产生了怀疑。“我觉得现代诗是以意象和象征为立足点的，追求的是一种言外之意，但我是排斥这个的。在诗里面我需要看到的是真实经验的传达。”他开始摸索一种新的诗歌路子，抛弃晦涩、浑浊的部分，追求透明，然而起步是艰难的。大二时他的写作失了宠，他拿着写满诗歌的笔记本去找辅导员，他记得辅导员草草翻了几首，“显出极度的失望”。

袁凌觉得文学应该接触更多的现实，而不应该在象牙塔，大学毕业，他选择了回到家乡的县城。他在一家法院做书记员，也跟着去跑案子。他进入案发现场，去看守所提犯人，与关押的犯人聊天。“法院对生活的参与是实质性的参与，一个官司一个判决可以改变他们的生活，那是在记者的角色之下体会不到的真实，是内部性的材料。”但受不了法院里有些人的排挤，袁凌待了几个月就离开了。他去市里当了两年大专老师，觉得无聊，又考了复旦大学中文系的研究生。

研究生毕业后袁凌就进入了媒体这行，他不想留在上海。“上海是一个过度成熟的商业社会，它没有文学，文学就是用来表现人类生存的矛盾处境的。而且我从小是生活在冲突性中的，我不习惯悠然成熟的生活方式。”《重庆晚报》来学校招聘，袁凌问：“你们那里是不是有很多农村？”“是的。”于是袁凌就去了重庆。

来到《重庆晚报》，袁凌先是做校对，然后上街扫街跑新闻，之后又被调到经济部、国际部，做的都是豆腐块的小新闻，反倒因为上夜班累出了一场大病。生病带来了机遇，袁凌被调到了周末部，开始做起了深度调查。他做了一些大型的采访，例如三峡蓄水、丰都城搬迁、重庆开辟新水源的调查，还拿过重庆市新闻一等奖。

不过采访中袁凌更珍视的是来自个体的小故事。他采访过一个被强暴的幼女，女孩八岁，被清理垃圾的工人收养。袁凌见到她的时候，女孩正坐在棚屋里一辆板车上，肚子和双腿都肿了，已经不能走路。袁凌蹲下来问她：“你想不想活？”那女孩吃惊地抬起眼睛，对袁凌说：“我想活。”两天后，女孩死在了棚屋里。这个故事后来被写进了《我的九十九次死亡》。

在工作期间，袁凌一边写新闻，一边进行着自己的文学摸索。他努力在二者之间筑起一道高高的防火墙，让两边互不侵犯。

他的摸索是“野路子”，既不像小说，也不像散文。“我觉得我要写我能够感受到的真实的经验，而不是去讲好故事，因为你要坚持自己，你必须排斥故事，这样会产生大量的不成熟的、自我强迫的东西。”和写诗的经历一样，读研究生时袁凌曾在很多省级刊物上发表过作品，但当他开始寻找自己的风格，并且认为已经找到了自己风格的时候，却没有人愿意发表。袁凌被无数次退稿，它们不遵守任何规范，无法归类。那对于袁凌是一段漫长的黑暗期。

写给家乡簌簌的土

在重庆待了四年，袁凌想要离开，本想去《南方周末》工作，但遭到拒绝，他转而考了博士。2003年，袁凌进了清华大学思想文化研究所，拜入葛兆光门下。同一年，《新京报》创刊，他去应聘，通过了面试。

袁凌在《新京报》的第一篇特稿作品是《北京SARS后患者骨坏死调查》，这也是《新京报》第一篇深度报道。然后他开始一边马不停蹄地出差、采访、写稿，一边在清华上学，“累得头发都掉了”。清华大学的课程跟袁凌设想的不太一样，他感兴趣的是现代思想史，但导师的研究方向是古代思想史，学生们要从考据做起。袁凌感觉“师兄弟们一个个像虫子一样钻在故纸堆里面”。坚持了半年，袁凌提交了退学申请，导师没有过多挽留，批了一句：“与其多一个不情愿的学者，不如多一个有良心的记者”。

这一次，袁凌在媒体的行业做得很顺利，他从《新京报》到《财经》，又到了新浪，从普通记者做到了管理层。做记者表面上满足了袁凌对接触现实生活的渴望，但他心里隐约感到不安。“人家生活了好久，你去写一个稿子就走了，好像很生动，能叫生动吗？人家生活了一辈子，你写了五天，能叫深度报道吗？”他觉得自己亏欠了生活的真正经验。

2005年春节回家，袁凌看到大河转弯的坡岸上建起了一排小楼房，代替了从前的土屋，而小溪边有人家修了直排厕所，粪便不经处理地排进河里。

梯级水电站大坝截流，上下游的河道干涸风化，里面是烂掉发臭的死鱼。“以前乡土也在消失，但它是一种慢性的渐变，到了20世纪90年代后期，因为市场经济的加速，它忽然变成了断裂。”断裂的危机感抓住了袁凌，他想赶着记录下行将消失的乡土。

袁凌辞去了在北京的工作，再次回到了乡下。老家的房子早就卖掉了，袁凌先是和一位算命的亲戚住在废弃的粮管所里，后来又在前妻家开的小商店里待了一年。商店开在路边，有几条小路通向四面的山上，山上的村民每十天半月背一个大背篓下山，买一背篓日常用品回去。还有来自四面八方的行人在这里歇脚。

小时候热闹的乡村，如今变得空空荡荡，路上很少遇到年轻人，剩下的都是些老人。一次一个老人进店里讨水喝，老人有两个儿子，说好一家住三个月，在一家还没住满就被赶了出去，另一家也不要他。他在路上来回走，走不动了，就进来要杯水。半天后，袁凌听说那位老人走到下面水潭边，跳河死了。

“整个农村是分崩离析的，不仅是经济、自然、生活习惯，它最深层的人心都完蛋了，以前的那种道德好像失效了。”但袁凌要做的不是进行价值判断，也不是抒发乡愁。“我能做的并不是大喊大叫、痛哭流涕，而是把那种曾经存在过的生活形态记录下来，以后它们完全消失了，别人看到的时候觉得，曾经的人还可以这样生活。”

袁凌用一年多的时间里写下了一系列小说，一部分收入了小说集《我们的命是这么土》。真正命土的是那些一辈子在土地里劳作的农民，他们的生活单调、乏味。袁凌写的小说也不太像小说，它们十分散淡，写农民静静地劳作，静静地留守，慢悠悠地走来走去，或者静静地死去。袁凌用大量的细节置换了情节，用经验置换了故事。

“我想，一篇小说如果没有着力去写土，写出那种簌簌的、松散又凝聚的质地，那也就没有真的去写农民。”

青苔是卑微，然而不死的

从家里面出来，世界已经变了，袁凌又从一名普通记者开始入行，辗转了几家杂志。这时“非虚构”的概念开始逐渐被公众接受，从何伟的《寻路中国》，到梁鸿的《中国在梁庄》，非虚构作品在图书市场热销，新闻界也开始使用文学化的叙述方式。袁凌以前写的“四不像”的东西，突然都可以装进“非虚构”这样一个篮子里了。

2012年袁凌开始写特稿，原来新闻和文学壁垒分明的界限被打破，他在其中找到某种平衡。他相继写出了《守夜人高华》《走出马三家》等一系列影响颇广的稿件。在网易开创的非虚构栏目“真话”上，袁凌刊登了一系列作品。然后出版社也找了过来，袁凌积压的大量作品一本接一本地出版，包括非虚构故事集《我的九十九次死亡》、长散文集《从出生地开始》、小说集《我们的命是这么土》，还有特稿作品集《青苔不会消失》。

《青苔不会消失》中的故事一个个让人沉重得喘不过来气。地点有埋满了战争遗留下来的地雷的村庄、被矿难和尘肺病夺去无数年轻人生命的村庄、有毒的砷矿腐蚀了土地和全村人健康的村庄，还有打工者混居的北京城中村大杂院，留守老人和儿童守着破败屋瓦的大凉山……而在那里生活的，是十七岁被地雷截断双腿的农妇，双膝跪在沉重的铁皮板凳上，收割比她还高的麦穗；在矿难中失去双眼的老人，摸索着重建了自己的整个生活；下身受创干枯的年轻人，在土屋里的床铺上，二十年如一日地穿针绣鞋垫，供养自身和家人……

如何承受生命里目睹的如此多的苦难？对袁凌来说，他从小就习惯了这种状态，他把它们看作是一种生活常态，那不是悲惨，而是生活的一部分。那些像青苔一样卑微地活着的人，他们内心是安宁的。“青苔是有价值的，它有生命，不是死的东西，那种没有生命力的干干净净、漂漂亮亮的东西，远比不上一个不那么干净但是有生命力的东西。”

也有责难的声音，为什么面对这么多的社会不公，袁凌不去试图改变什么，而仅仅在书写？“恰恰是一个面向现实的作家才面临这样的谴责。”但袁凌知道自己的职责：“我是一个写作者，不是一个社会活动家。”这并不意味着袁凌是一个文学至上的人。“其实到后来你觉得文学都不重要。文学性对我来说没什么意义，我不喜欢把一个什么写得漂亮。重要的是我希望能够把我们存在过的经验保留下来。”

如果在记录的同时能做点什么，袁凌说他也去做了。最近两年他参加了一个乡村儿童探访的公益项目，到全国各地的乡村儿童家，每次生活半个月，写下他们的生活状态。过程极端艰苦，偏远山村缺水缺食物，有时没有床，要睡在木板或草堆上。在新疆，他要翻雪山，走八九个小时的山路。到后来，袁凌经常头晕，在一个村子里给老人测血压时，袁凌也上去测了一下，老人的血压是 140，袁凌的血压竟然有 180。

在袁凌心中，很多文学作品是“干干净净的尸体”，而袁凌只有在一种状态下能写东西，就是建立在可靠经验的基础上，让它像一棵树在土地上生长起来。“文学到现在一定是一种实践活动，不再是一种想象活动，你的生活方式和你的文学一定是合一的，你对别人经验的表述，和你自己的生活形态不能是彼此矛盾的。”袁凌曾经为没能一直生活在乡村而愧疚，但现在他想通了些：“那时候我在《新京报》已经是管理层了，我没有选择继续做下去，我过的是现在这种生活。我并没有一边在作品里去写苦难的人，赞美一些卑微的生命，一边自己遛着狗住着豪宅，做着高消费。”

也许推动着袁凌写作的核心，是他从出生地背负而来的一种“负疚感”。“从一个乡村出来，你会觉得那个地方是你的负担，因为那地方很贫穷，它被人损害，你忘不掉这个地方。”就像沈从文曾经说过，一个人心里面有七八十个故事压着没有写出来，他的日子怎么过？对袁凌来说，写作是一种偿还。“没有把这些东西写出来之前它就是欠的，把这些东西写出来，你才算是不欠了。”

问题问答

界面文化：你最欣赏的外国作家是谁？

袁凌：我内心喜欢的是帕斯捷尔纳克的《日瓦戈医生》。他写了一个有点软弱的知识分子，我觉得我自己就是一个有点软弱的知识分子。知识分子都是有点软弱的，会敏感，会想到很多事情，会有比较丰富的感触，再加上我们还写诗。《日瓦戈医生》这部小说里面包含了很多东西，有诗性、知识分子那种东西，也有大时代的东西。像陀思妥耶夫斯基的东西对我来说就有点高不可攀，因为他非常的坚硬，你会崇敬他，会受到他的影响，但你觉得他真的有点太可畏了。在英文里面就喜欢哈代，因为哈代也是很诗性的，他也写乡土，他的语言我比较喜欢。

诗人的话，我最喜欢保罗·策兰，还有荷尔德林。策兰的诗跟我那个时候诗的追求是暗通的，它抛弃了现代诗的晦涩、讲究象征意象，策兰的诗你以为不好懂，其实很好懂，它保存下来的就是那种无可置疑的人类的生存经验，每一个字都非常可靠，他具有一种坚实的石头一样的质地，而这是其他的现代诗人不可比的。他是一个在奥斯维辛之后有权利写诗的人。荷尔德林是由于他有把信仰和诗性结合起来的能力，因为我这个人对信仰也是有兴趣的。

界面文化：你最喜欢的中国作家是谁？

袁凌：现代作家我最喜欢的是孙犁，我喜欢他的语言，孙犁的语言是登峰造极的，没有人可以比。他生在一个革命年代里本身也是革命阵营的一员，但是他的语言超脱了意识形态，超脱了现代语言的晦涩，素朴性非常强，但字的表现力是自然而然的。孙犁是汪曾祺的老师，但是汪曾祺的语言就有刻意的味道，沈从文也是那样。但是孙犁不是，孙犁就是他觉得这个事情要求他这么写，他就这么写，他写出来之后有种沉静、节制、素朴。我觉得你要是把他外表的什么解放区作家抛掉，看他内核的东西，他真的是一位语言上唯一的大师，现代文学里面没有人可以跟他比的。鲁迅的语言也是很刻意的，我不喜欢语言的刻意，我喜欢素朴。

界面文化：你写作的习惯是什么？是否会在固定的时间写作？

袁凌：我写作时间大体是固定的，一般是早晚，晚上不会太晚，到十二点以前，早晨也不是太早，就八点多开始，下午有时候写的，但是要看状态好坏，状态不太好的时候会慢慢酝酿一下。不一定每天都写，但是基本上还是一个相对正常的写作状态，如果不出差的话。

界面文化：除了写作和阅读，你还有什么爱好？

袁凌：我一般是用下围棋来休息头脑的，有时候看点电影，其实我是一个乡土长大的人，如果你给我一个合适的环境，我还是蛮多爱好的，比如游泳、爬山，但在城里面待着的话，无非就是一天固定地散个步，然后就是下围棋。

界面文化：你的社交圈中是否有很多作家朋友，或者是否认为写作应该进入某个圈子？

袁凌：这是个矛盾的问题，完全不认识圈子里的人，你就会很难很难。我上研究生的时候，其实有机会去接触一些一线的作家，但我放弃了，觉得过早地接触不是什么好事，自己也没什么作品。那些年写作的黑暗期，因为不认识什么作家，投个稿都挺难的。现在因为毕竟出了一些书，发表了一些东西，就慢慢地会认识一些作家。但我不太想为了这个事去社交，就像何伟说的一句话，你把时间花在社交上，还不如去接触你不熟悉的人。我也不是什么体制内的人，也不参加作协组织的活动，跟一个作家，你们俩聊什么也挺无聊的，说实话，很多情况下你也没怎么看过他的书，他也没什么看过你的书，就是看了又怎么样呢。除非非常必要的见面，否则和作家见面还是不多的。

所谓的圈子我觉得非常没意思，与其有宁可没有。它的确有某些好处，你混熟了有可能可以得到一些奖，得到一些承认，但是我现在想开了，首先我不是过不下去，我也能发表东西，至于说是出版还是在哪个杂志发，是在顶级杂志发还是不那么顶级的杂志发，在这个自媒体时代没有太大的意义。我也不在乎要活得很好，或者说也不像年轻时候那样，一定要有“宇宙一样的名声”，那何必呢，混圈子混出来名声能有什么意思呢，也是很腐朽的。

界面文化：你如何看待影视和文学的关系？

袁凌：某种程度上小说改编成电影，我还是可以接受的，因为电影也讲究长度，长度有限，里面会有某种节制、紧凑的东西，这个我是可以接受的。我可以接受我的东西被改编成一个电影，甚至可以接受自己来改编成一个电影剧本。但是我接受不了电视剧，电视剧太可怕了，明明只需要几十分钟就可以说清楚的情节，你非要拉到几十集。我觉得一个作家如果开始写电视剧，那他已经死了，因为他的语言注定会变得拖拖拉拉、无病呻吟。

界面文化：谈论一部小说会说到语言、结构、节奏、故事等等，对你来说，你最在意哪个要素？

袁凌：我觉得一个小说的要素可能还不能这么分，我都不喜欢“小说”这个词，现在这个词被用过度了，实际上我们最好说是一部文本。如果以“叙事”和“文本”的概念来说，它最重要的就是质地可靠的人类经验，在这种经验的前提下容纳了你说的这些东西，这些东西都是为了更好地表达这个经验，也可以说这些东西就是经验的一部分，比如我们的语言本身也是我们生存经验的一部分。但现在对我个人来说难题可能是在结构上，这是一个技术问题，就像一个楼房，都是真材实料，你还要学着把它盖得合理些，我想我会做这方面的努力，但是哪种最重要，我想肯定就是里面传达的人类经验这种质料，这是最重要的。

界面文化：写作的时候，你会想着读者吗？

袁凌：那没工夫去想。是这样的，写第一遍的时候应该不会想，但如果一部作品长期地改，后来就会想到这个问题：我是不是要把它写得更有益读者阅读一些。我现在创作的一个长篇小说，就在想这个事情。但也只是找一个对话、交流的对象，而不是说我就是奔着读者去写，那样其实读者也不会买账的。我尤其不会因为一个时代的整体口味去写，我对话的读者可能是我的一种潜在读者，而不是实际的读者。要轻阅读软阅读的那些读者，我肯定是没办法跟他们对话的。

界面文化：作家是否要关注政治和公共性话题，并有义务将这些反映到作品里？

袁凌：这个问题挺矛盾的。我们这些人由于是媒体圈的，很容易跟公共生活发生直接的联系，我觉得找不到一个万全的办法，如果忘记了本分，把自己当成了一个政治活动家，你肯定就完蛋了，但是你的写作在什么程度上触及公共议题，我觉得还是要触及，只是说触及的时候能不能把它消化掉。当然我们会受到这种诱惑，一个大时代里，尤其是我们想到现代文学史的时候，茅盾、巴金这些人迎头就扑到政治里面去了，过了很多年以后他们的作品都站不住，反倒是像沈从文、张爱玲、萧红这样离得远远的，反而站住了。到底我们是趟这个浑水好呢还是干脆别趟它好呢，一代人有一代人的处境，当你就在这个里面的时候，你也没有什么办法，去做鸵鸟也没有用，但我想，至少不能把自己当成一个活动家吧。

我也一直在积累素材，想反映比较广阔一点、综合一点的社会经历，但是这样做的时候总是摆脱不了内心的痛苦，因为这个东西毕竟比起你成长的经历，比起一些微小的生活，没有那么熟悉，你会不会用了很多的劲之后完全搞砸，会不会发现你下的功夫还不如不费？因为我写一些东西都是从我真实的经验出发的，当这一部分的经验还没有那么透的时候，我就会比较困惑。所以我想这个也没有办法，不是说我们完全不涉及公共问题，而是只有在我们的经验足够的时候，能够很自然地把它表达出来的时候才去写它；而不是说我们有一点概念，我们有一个立场，觉得我要站个队。这看起来可能很正确，但有什么意义呢？它留不下来，我想也只能是这么一个长期积累的态度。

界面文化：你觉得未来文学作品的读者会更多还是更少？

袁凌：文学从来都不缺读者，只是看是什么样的文学了。有时候我们也没必要把这个问题看得太严重了，你想《甄嬛传》，它算是纯文学还是不纯呢，在有些人看来，它大量地借鉴了《红楼梦》的手法，你能在其中看到它对传统的继承，它里面用的古字是很雅训的，比很多现代作家对古典文学的继承也要好得多。我们一般作家没这个本事的，这帮供在文坛上的大佬作家没这个功底的，他们不怎么读书，脑子里就是有一些奇奇怪怪的故事，把小说严重矮化了。所以说到底什么才算纯文学，到底文坛外的高还是文坛内的高，这都不重要。从这个前提来说，如果我们不那么计较文学和非文学的界限，不那么计较高雅和通俗，我觉得文学的读者始终都在，只是说这些不同的形态之间需要对话，也需要对抗，我们也能从 papi 酱身上找到营养，网络语言里面也有好的东西，只是说你要跟它有张力。不是说几个传统文学圈的人就可以把持语言，那种语言往往也很腐朽。我觉得这个问题没那么重要，读者始终会有，你只要不是固步自封，不是守着几个经典不放，莎士比亚当时也是个戏子，只是后来被捧成经典，我觉得都没什么要紧，文学的读者始终会存在的。

界面文化：你是否认为作家和评论家应该保持距离？

袁凌：我也不认识几个评论家。如果说作家受到评论家的影响，按他给你布置的去写，肯定是不太好，如果你跟他交往的时候就作为一个朋友，一个交流，我想也还是可以的，尤其是当这个评论家自己也写作的时候。如果有一个人，他认识到了你作品好的地方在哪里，我想是很有安慰的，这个东西有时候读者给不了你，同行也给不了你，一个评论家，他就是搞理论的嘛，他能够认识到这个东西，就还可以。但如果一个普通读者能够到这种深度，你得到的安慰也是一样的。一个专业的人有些时候可能更没有见地，他看的东西太多了，就麻木掉了。我想就随缘吧，认识就认识，不认识也没关系，没有必要专门去结交，我也没有专门结交过什么评论家。

界面文化：你在写作这条道路上对自己未来的期许？

袁凌：我想如果有期许的话，外部的期许也没什么意义，也就是希望自己能够在一种安心的状态里面，一方面能接触到实际的生活，另一方面慢慢地去感受，能够最终完成一个比较困难的任务，不至于变得内心很空虚，生活的压力没有大到让你崩溃这样一个状态，能够有规律地写作，这样持续写下去。

以后我能具体达到什么样的目标，写出什么样的东西，可能能看到近期的，但看不到远期的，远期的东西想多了也没意义，四五十岁这年纪也不小，就觉得能写点东西就写点东西。另一方面来说人肯定会有一两个东西是强迫自己的，对自己来说有点困难的，这东西有，我也不愿意多说，因为也不知道将来能不能写出来。我会试着去干这种吃力不讨好的事，但是不是最终还是很失败，现在都说不清楚。

请身边所有人留下遗言，如果有人没有遗言，就记录下他们的沉默。

08 盛文强：

写作是我的日常生活，随着岁月推移它将枝叶丰茂

采写 傅适野

1984年生于青岛，作家、海洋文化研究者。致力于渔夫口述史、海洋民间故事的采集整理，兼及海洋题材的跨文体写作实践。著有《渔具列传》《海怪简史》《岛屿之书》和《海盗奇谭》。

红　岛

红岛，本名阴岛。20 世纪 60 年代，“全国山河一片红”的时期，阴岛改名为红岛，这个名字沿用至今。红岛位于胶州湾北岸，三面环海，下属的 17 个行政村均为渔业村。

20 世纪初，红岛还是个四面环海的岛屿。日军侵华时期，日本人在红岛北部修盐田晒盐，逐渐淤积起泥沙。如今，红岛变成了半岛，与陆地相连，乘车便可抵达。

盛文强在这里出生，小时候推开自家院子的门，就能看到大海。以至于在长大以后，盛文强经常把“内地人”挂在嘴边。问他什么人是内地人，他想了想说：“一出门看不到大海的，都算内地人。”

和岛上大部分居民一样，盛文强的父母也是渔民，以出海打渔为生。在上学前，父母每天都带着他出海，早出晚归。一艘 4 米的小船，构成了一家三口在海上的避风港湾。

海岛上的一切都与海洋密切相关。村里人喜欢吃海鲜，尤其是蛤蜊（当地人称 gá là）。在盛文强的散文集《岛屿之书》中，他回忆起岛民吃蛤蜊的盛景：“从海滩上挖来，取海水浸泡，令其吐尽淤泥，随后下锅水煮到开口。蛤蜊出锅时，以铁盆盛放，端至炕桌，蛤蜊在盆中冒出了山尖。”

岛民们吃蛤蜊，一盆接一盆地吃，一吃就是一下午，吃得颈椎疼。如果走在村子的小巷里，听见谁家传来咔啦咔啦的声音，那可能是蛤蜊壳撞击铁盆时发出的清脆声响。叮叮当当，不绝于耳。这些制作出奏鸣曲的贝壳残骸，被岛民倾倒在弄堂里，“这些贝壳在落地之际，居然有碎瓷般的脆响……断碴之处银光闪烁。”之后由专人收集，垛在村口，堆得很高，像延绵起伏的群山。当地人称之为“贝丘”。在暴雨之夜，贝丘在雨水的冲刷下，会轰然倒塌，发出惊天动地般的巨响，唤起沉睡中的岛民。在那之后，会有新的贝壳残骸，形成新的贝丘。这个过程，像是日复一日海岛生活的绝佳注脚。

盛文强在这座海岛上度过了自己的少年时光。他曾经看着自家院子里一只拇指大小的毛蟹举起两只巨鳌，从上至下连点三下，像是某种神秘的求雨仪式。在那之后的不久，暴雨如期而至。他曾在月圆之夜，身披月华，开始一次环岛的徒步旅行，他望见海水、星空和云雾的黏稠混合物将岛屿包围。他曾在初秋的夜晚，盼望父亲的船快点归来，那时天上的北斗七星，大如鸡蛋，照亮脚底的路。他经历过海水侵袭的时刻，“黑暗中闪着亮的釉质海水从墙角、树根冒出来，村口的低洼地带瞬间被抹平”，一种安全感瞬间丧失。他也看过搁浅的鲸，二十多米长，浑身呈现出石灰岩的白色，牡蛎在眼睛周围连成一片，像某种皮癣。再后来，那头鲸被岛民切割食用，煮着吃，他记得肉肥脂厚，油腻得很。

海岛将经验、想象以及一种特有的“语言”赋予了盛文强。这种语言不限于文字，它可能是一个鹦鹉螺上复杂但有序的花纹，可能是梭鱼腹部银光闪闪的鳞片，可能是小小毛蟹半透明外壳下的深色肚肠，可能是黑暗中海上阴沉的礁石、头顶浓郁的月亮以及夜半时分坠入海面的星辰，还可能是岛民们围炉夜话或者母亲恐吓顽皮的孩子时从口中冒出的那一个个面目骇人的海怪。纹理、图案、色彩、味道、声音和口头描述，都构成海岛“阅读”和

“语言”的一部分。正如盛文强在《岛屿之书》的后记中所写：“记忆、语言、命名，所有这些力量都被召唤出来，为文本的生发提供了契机。”

除了阅读海岛和海洋，盛文强也阅读历史。他的姥爷曾经是一名国民党军官，后来跟着长官起义，那时有个词叫“弃暗投明”。姥爷喜欢读书，受他影响，盛文强从小就在家里看姥爷的藏书，《封神演义》《三国演义》等等。姥爷在家总喜欢说“你们共军”“我们国军”云云。在姥爷身上，盛文强早早接触到了一种不同于后来在书本上、课堂里学到的历史视角。

成年以后，海洋和历史，这两个在童年时代便深深嵌入盛文强生活的主题，一次又一次地重回他的脑海，构成他写作的主要路径。

滨　州

滨州，是山东省下辖的地级市，位于山东省北部，黄河贯穿全境，东接渤海，西邻德州。当地人经常戏称“走出滨州，冲向德州”。

2003年，19岁的盛文强考取了滨州师专，告别海岛，走向“内地”。从师专毕业后，他在一家企业里打过工，也当过高中语文老师兼班主任。2007年底，他进入当地一家报社，先是做美编，后来转记者，再后来，成了副刊的编辑。

在盛文强眼中，这个他如今已经居住了近15年的城市，充满了魔幻感。

2013年，滨州发生了“电死外星人”事件。经营海产生意的李某，常在黄河边铺电网捕野兔。3月9日凌晨，他在河边查看电网时，看到一个类似于UFO的不明飞行物悬挂在黄河滩边上，从上面下来了五个外星人。据李某描述，其中一个外星人被电死了，另外几个乘坐飞船逃走。李某将被电死的外星人带回家，放入冰柜冷冻。

这个事件当时惊动了全国各大媒体，迅速成了门户网站的头条。盛文强任职的报社，距离事发地点不到十千米。办公室里的一个同事住在事发地点附近，晚上下夜班后不敢回家。后来，在鉴定专家和警察介入后，李某承认，他口中的“外星人”是用硅胶伪造而成的。

除了此类荒诞的新闻，在报社工作的七年里，盛文强也充分见识到一个地方基层单位对于人的异化。有一年，当时的市委书记来报社视察，一位年轻同事因为坐在门口的位置，被拍到一张和市委书记的合照，上了报纸头条。盛文强说，这个同事的个人条件不太好，此前一直找不到对象。但头条事件后，他很快就找到了对象。“这件事震碎了我的三观。”

还有一次，盛文强抱着一箱刚从网上买来的书进了报社的电梯，电梯里有传媒集团的一把手和一个女同事。领导看到盛文强怀里的书，和他闲聊起来。盛文强注意到身边的女同事大气不敢喘。后来领导下了电梯，女同事长舒一口气，对盛文强说：“你真了不得，敢和他说话。”

除了这种近乎疯狂的官僚崇拜之外，在做副刊编辑的过程中，盛文强也接触到了许多滨州当地的“作家”和“诗人”。有自创一个诗歌流派的“卖大米诗人”，也有发明了一套“宇宙全息诗学体系”的“蜂蜜诗人”，还有一位农民，洋洋洒洒写了五十万字的《新道德经》，里面充满了愚忠愚孝思想。

他接触更多的是当地的老干部诗人。曾有一位老干部作过一首名为《参观计生站有感》的诗，其中两句是："今日参观计生站，育龄妇女真好看。"另有一位老干部诗人在诗歌《吃火锅》中写道："雪花飘飘，火锅烧烧，羊肉涮涮，汗水浇浇。"还有一首《上鹤伴山》（鹤伴山是滨州当地的一座山）："远上鹤伴石径斜，白云深处有人家。停车坐爱枫林晚，霜叶红于二月花。"在当地开研讨会的时候，大家鼓掌称赞："好，好，学古人学出了新意，强于古人。"

可能正是因为白天要面对这些听上去像天方夜谭里走出来的人们，盛文强更需要一个疏解的渠道。这个渠道，就是写作。在报社的七年，盛文强白天工作，晚上写作，不放过任何碎片化的时间。他的工作和写作形成了一种强烈的张力，仿佛只有徜徉在那些和海洋有关的志怪、传奇故事中，只有沉浸在曾经的海岛时光中，他才能忘记白天的种种荒诞，忘记他眼中那个充斥着虚与委蛇、蝇营狗苟的现实世界。

大概从 2011 年开始，盛文强有意识地收集关于海怪的各种资料，着手进行《海怪简史》的创作。在这本利用上班闲暇时间完成的关于海怪的作品里，盛文强记录了一种叫做"飞头獠"的海怪。

“飞头獠”又作“飞头蛮”，是中国古代传说中的一种怪物，多出没于南海海域。最早见于西晋张华的《博物志》，东晋干宝《搜神记》以及唐代段成式的《酉阳杂俎》也均有记载。这是一种怪异的生物，白天正常，到了夜晚，则头身分离，以耳为翅，飞到海边寻找虾蟹进食。等天将拂晓之时，飞回家中，头身再次结合。醒来后仿佛做了个梦，有饱腹感。盛文强对于“飞头獠”进行了再阐释，创作出一个悲伤又黑暗的自传性故事。盛文强在文中写道：

“他白天为人佣工，被呼来喝去，心中暗自气恼，而他的同伴们则唯唯诺诺，毫无不平之气，甚至越受苛责，越存敬畏，这令他大为不解。这都是些什么人——他心里想。他哪里知道，他和他们并非同类。直至夜间，他才重获自由，摆脱了肉身的羁绊，完全忘记了在尘世间的身份，开始了海上的遨游。”

海岛，又见海岛

当一位来自海岛的年轻人开始远离海洋，踏上内地，他所遭逢的不适、冲击、震撼以及“世俗上的种种失败”促使他思考自己与他人的不同，思考海岛和农耕区的差异，更进一步，思考海洋文化和农耕文化的区别。

渐渐地，盛文强开始明白，那种“官本位思想、体制思维、狭小格局、熟人体系、道德绑架以及盲目排外的小圈子”，其实是有原因的。那种看似狡猾算计或者貌似忠厚的外表之下，隐藏的实则是几千年农民生存的艰难处境。为了争取生存空间，可以不择手段。但农耕文化的优势在于稳定。“中国文明能够延续几千年，就在于这种自耕农的稳定，除非有大灾出现，要改朝换代。但在那之后，仍然自耕自种。只要勤快点，没有灾荒，是可以活下来的。”

反观海岛，则是极其不稳定的。在农耕区，有二十四节气歌，这意味着生产和生活周期，是按年计的。而盛文强小的时候，烂熟于心的则是潮水时间歌。它非常复杂，并且每天都不一样。因此，渔民是按天过的，每一天都是一个全新的周期。

除此之外，盛文强认为相对于农耕区，海洋区的居民更容易接受新鲜事物。“海上的物种太多了，一个打了一辈子鱼的老渔民，照样有不认识的物种。所以他潜意识里相信世界的多样性。”

对诸如此类问题的思考，加深了盛文强对于海洋的热爱和兴趣。盛文强也十分庆幸，自己在大学期间选择了离开海岛，正是这种空间上的疏离感，让他打定主意，开始系统性地思考海洋问题。

在大学期间，他零星地写了一些不成系统的关于海洋的文章。毕业后，盛文强着手写和海洋相关的散文，集结成《岛屿之书》。在书中，他回忆了自己在海岛上度过的少年时光，那里有一再被讲述和提起的海怪、搁浅在岸任人宰割的鲸、铺天盖地沙沙作响的“虾暴”，以及纠结缠绕而后坠入海中的群星。

滨州和红岛之间大概需要四小时车程。在屡次往返间，盛文强思考着海洋的意义。再后来，他不仅时常回到自己生长的那个海岛渔村，也把目光延伸到更多更远的渔村。在报社工作的七年多里，他利用业余时间，踏遍了中国东南沿海的大部分海岸，探访了许许多多各具特色的海岛。

在探访中，盛文强格外注重民间艺术和民俗。在舟山（舟山有一千多个岛，其中最大的岛叫舟山本岛，现在叫舟山市。大一点的岛是县级的，小一点的岛是乡镇，再小一点的岛可能就一个村庄。）盛文强曾见过一种渔民画，画的都是和海洋渔业生产息息相关的内容。盛文强在一个渔民家里曾看到过一张菩萨的画像，是渔家姑娘的打扮，身穿一条捕鱼常用的高达胸口的连身皮裤，当地人称之为“皮裤菩萨”。

他也曾探访过舟山黄龙岛的绳结博物馆，里面有各种绳扣。当地有个老渔民会打几百种绳扣，每一种绳扣都和农业生产息息相关。其中有一种叫碰头结，是由胳膊粗的缆绳打成的，像一个巨大的中国结。它的用处是挂在船舷两侧，防止两只船靠近的时候互相碰撞，以及船只在停靠码头的过程中遭到损坏。在探访过程中盛文强意识到，这些工艺在新技术的冲击下，都在慢慢消失。如今，碰头结派不上用场了，渔民们改用了橡胶轮胎。他感慨道：“海洋、渔业有大量的传统，是我们这个农业国家不熟悉、不了解的，而且它们每时每刻都在消亡。”

对于绳结等渔具的关注，促成了《渔具列传》这本书的诞生。与盛文强的其他作品类似，《渔具列传》也很难被定义。这本书中汇集了来自各种渠道的材料：有“数年间多次往来于渤海、黄海、东海及南海，访求渔具实物、收集渔具故事”得来的资料，有在传奇、野史、志怪中寻寻觅觅求得的历史碎片，也有从学术著作中得来的看上去繁复难解的方程和公式，更少不了弥合上述各种材料的丰富大胆的想象力。

书的扉页，是一幅《广渔具图谱传序》，叙述者为“枕鱼斋主人”，此人是清末民初人，父辈为渔户，早年奔走于科举之路，后迫于生计，以贩鱼为生，晚年归乡，于潦倒中写就此书。这本书并非凭空而来，而是枕鱼斋主人为一本名为《渔具图谱》——今已佚散的古书做的图赞。在此基础之上，盛文强进行了二次创作，植入大量新文本。如此一来，《渔具图谱》—《广渔具图谱传》—《渔具列传》便形成了一个不断裂变、不断更新的谱系，它们相互关联，相互缠绕，又相互独立，相互区别。全书遵循枕鱼斋主人的分类，分为六卷。《舟楫列传》写到了承载与担当，以及变幻无常的漂泊命运；《网罟列传》包藏祸心和贪嗔，人心不足，难免鱼死网破；《钓钩列传》涉及重重欺骗和反欺骗的游戏；《绳索列传》讲的是衔接黏连之术；《笼壶列传》充满奇趣；《耙刺列传》褒扬原始的膂力。

在读罢全书之后，读者会在后记中与盛文强再次相遇。这一次，他和盘托出，坦白本书所写的一切，包括那本今已佚散的古书，那个枕鱼斋主人，那本在书的开头他在胶东渔村考察时，在某户中偶得的《广渔具图谱传》，全都是莫须有之物。虚构，对于盛文强来说，“已经突破了狭义的文本界限，就连插图、考释、采访，甚至作者身份，也都可在虚构之列。”

为了虚构出扉页的那张《广渔具图谱传序》，盛文强下了不少功夫。他从四库全书中挑选出这篇序言中需要的文字，并且在严谨地考证之后，确定了如今这种三比二的长宽比，确定了九列的格式，从字体到格式到措辞到文风，都符合当时那个具体年代和地区的特征。

游走在真实和虚构之间，在历史的缝隙和褶皱中寻找文学创作的可能性，这似乎是盛文强一贯以来的创作思路。《渔具列传》之前的《海怪简史》是这样，最近出版的《海岛奇谭》亦是如此。这和盛文强所秉持的历史观有关。在他看来，鲜有面目清晰的历史，历史总是以模糊的姿态出现，留给后人一片废墟。被淹没在历史废墟中的、作为个体的人，他们的情感，他们的生活方式则需要后人或凭空、或根据一些打捞上来的残留碎片进行拼凑。这时候，想象力登场了，想象能够填补历史的空白之处。“历史的空白之处，就是文学开始的地方。”

海盗，亦是海道

2015年的“五一”前的一天，在报社工作了七年多的盛文强认为时机成熟，是时候离开了。那天他起个大早，打了一辆车，像完成一个期待已久的仪式，高高兴兴地去单位向领导提交了辞职报告。至此，他的职场生涯画上了休止符，他成了一名全职写作者。

这一刻，盛文强期待了太久。从工作伊始，他心里就有着对于职业和事业的明确区分。盛文强将写作视为自己的事业，他坦言在写作中获得的愉悦，是做别的事情所无法替代的。对他而言，写作是一项持之以恒的事业，而职业只是养活自己的方式，“二者是截然分开的”。

盛文强不欣赏总是在寻找借口的写作者：我得顾及家庭，我得工作，我得养家糊口，我上有老下有小……“这么说好像别人没有家庭，好像别人不吃饭喝西北风一样。关键是看自己的态度，你是否沉迷其中，是否真正用整个生命热爱写作，而不是把它当做一个爱好，工作之余耍两下。”

但全职写作者的道路也不是从开始就很顺遂。刚辞职的那半年比较困难，因为一切尚未步入正轨。那时候他手上有已经完成的《渔具列传》和《海怪简史》手稿，在寻找有意向出版的出版社。由于《海怪简史》的题材问题，盛文强辗转近三十家出版社，有的编辑对这个题材十分感兴趣，却遭到出版社领导的阻拦，认为谈海怪是封建迷信。再加上渔具、海怪这样的题材比较小众，很多出版社主观认为市场较小，不敢冒险。

到2016年初，《渔具列传》和《海怪简史》相继出版，盛文强的职业写作道路，算是慢慢步入了正轨。此时，他也体会到了职业写作的好处：可以更加专注于写作，效率也大大提升了。

最近，随着新书《海盗奇谭》的出版，盛文强认为自己“海洋题材的跨文体写作实践”走向了一个新的维度。如果说《渔具列传》关注的是器具，《海怪简史》侧重讲述精怪故事，那么《海盗奇谭》则转向了对于人的关注。这延续了对于历史边缘、缝隙的探寻。在古代，海盗亦被称作海寇、岛寇、洋匪、澳贼、艚贼。从此类名目繁多的表达中，可看出海盗大抵被视作叛逆之人，不能被写入正史，“仅有的一些踪迹和传闻，也都碎作四散的残片”。

这为《海盗奇谭》的写作增加了难度，但与此同时，也打开了更多想象和虚构的可能性。盛文强所做的工作，是从古代文献中“打捞”那些四散的残片，“杂取志怪、野史、方志等文本的体例，重构中国古代海盗故事”。

于是在书中，我们读到杀人如麻心狠手辣却爱好读书写字的传奇海盗郭婆带；读到在大鱼降落之夜出生，之后的命数也和鱼类密切相连，能让咸鱼起死回生的乌石二；读到在福建出生，十八岁往来于东南沿海，在澳门接受过天主教洗礼，在日本娶妻，半商半盗、叱咤海上的郑芝龙。

盛文强从古代传奇中学会了一种异常的现代叙述方法——选取个体生命中最为光彩夺目的一个断面，而非对于生平事迹的线性陈列。“他从哪里来，到哪里去，这不重要。重要的是在他生命当中发现了一个格调与俗流迥异的事件，非常耀眼，非常夺目。”

除了回看历史，从中打捞，盛文强也将目光投向当下，关注当代渔民的个体命运。从 2010 年开始，盛文强就在走访海岛的过程中，陆续进行渔民口述史的收集工作。

他关注过胶州半岛的一群老渔民，当年国家号召他们去非洲捕捞非洲带鱼。这是个非常赚钱的差事，但合约一签就是一年。有的渔民是新婚的时候就去了，为了赚钱，待了两三年才回来。

他关注过 20 世纪 50 年代江苏吕泗洋渔场的巨大海难，死了上千人。当时死里逃生的亲历者，如今都八九十岁了。他找到当年的幸存者，听他们回忆当时的惊心动魄和死里逃生。

他拜访过辽宁獐子岛的一个渔民。当时尼克松访华，国宴里有鲍鱼，于是这位渔民被指派下海摸鲍鱼。那时候是冬天，鲍鱼都在深海，他穿着皮衣皮裤下去摸，手脚都受了冻，落下了病根。在当时，他被称为“勇士”。

盛文强还见过一个船老大，做了一辈子船老

大，也晕了一辈子船，到现在上船还吐得稀里哗啦。盛文强问他为何非做船老大不可，他说因为那时候靠种地养不活人，只好出海，只有在海上才能活命。

这些口述史的收集，让盛文强接触到许多不为人知的故事。那些在角落里暗自存在的生命，可能被淹没在了时代的洪流、国家的话语以及一句句催人奋进的口号里。盛文强打算把这些故事都记录下来，让更多的人看到在特定的时代背景下，个体生命在海洋中的挣扎以及不屈的生命力。

文学之岛

如今，盛文强不疾不徐地过着专职写作者的生活，他一边写书，一边为一些报纸杂志撰写海洋文化相关的专栏文章。他的收入比在报社时候翻了十倍，再加上是“拆二代”的缘故，已不必为了生存而去仰人鼻息。他一年有两个月时间在北京上海宣传新书，剩下的时间，一半在青岛，一半在滨州。

接下来的一年，盛文强还有几本书准备出版。

其中一本叫做《对虾养殖手册》。继把渔具看做一种文本之后，盛文强又从父亲曾经养殖过的对虾身上发现了一种文本。对虾是一头一尾，全身伸展开后分了六节。盛文强从对虾的身体结构中获取灵感，决定在书的目录上手绘一只伸开的对虾，让它横躺在目录底下。依照对虾的结构，书的内容分为六节，分别对应着虾的六节。

书的内容也和对虾有关，有一处写到，在对虾养殖池中，出现了一种吞食对虾的海怪。如今渔业工具发达，出现了高科技雷达探鱼器。它的工作原理是通过声波反射在探测器上形成的亮点，判断对虾的存在和密度。而海怪经过的地方，在探测器上留下了一片空白。它们吞食对虾，但是探鱼器却检测不到海怪的存在。这时候，当地人又转向磕头烧香拜佛的方式来解决问题。在这个故事中，盛文强想探究当下技术的发展与民众思维之间的不对等。

盛文强认为，在一个越来越多元、越来越开放的时代，做一个“野生”的专职写作者是比以前容易的。倒退二三十年，所有的资源都在体制内，离开体制就无法生存。如今，只要自己有能力，靠写作就能实现精神和物质的独立。

对盛文强来说，“野生”的划分并不绝对。有的人身在体制外，却心系体制内。有些写作者，一心想着在体制内的刊物上发表文章，想着到省里“跑动跑动”，想着找领导“运作运作”，削尖了脑袋，想获得体制认可。这种人不能算“野生”。

相比身份上的体制外，盛文强更加注重精神上的体制外，也就是思想的独立性。盛文强坦言，在基层写作，受制于生活的场域，能冲出来的人是很难的。当一个地区作协主席都自费出书，身边的人也都自费出书的时候，久而久之，人们可能会认为出书就得自费，认为世界就是这个样子的。盛文强记得滨州当地的一个老同志，有一次来北京，在王府井书店看到了他的书，很惊讶，回去张口就问他：“你找的谁？”在当地写作者的眼里，出书卖书都得靠关系，因为他们目之所及，都是这样的情况，因此他们不知道也根本理解不了图书正规发行渠道是全国发行。

就这样，盛文强过着双重边缘的写作生活：一方面，他不同于当地大部分自费出书靠关系的写作者；另一方面，他也不混主流作家圈子。在日复一日的阅读、写作和考察中，他已经形成了自己的一套相对完整的海洋知识体系，这个体系足以支撑他即使处于边缘状态，也能自给自足。

盛文强说自己会一直保持这种边缘的写作状态，并对此十分满意。“我觉得写作对我来说更像是日常生活的一部分，我把它嵌入日常的饮食起居当中。随着岁月的推移，它就会变得枝叶丰茂。”

问题问答

界面文化：你最欣赏的外国作家是谁？为什么？

盛文强：这个问题很难讲，很难分出一个“最”来。我喜欢的国外作家特别多，其中对我个人的写作方式影响比较大的，叫热拉尔·马瑟，一个法国当代作家。他有一本书叫做《量身定制的幻想》，是一本很不起眼、很薄的小书，教会了我一种叙述的方式。他讲述的方式新颖，充满诗性和各种细节，总是能体现出自身的遭逢际遇，哪怕是写别人，也像是在写自己。这种方式给了我很大的启发。同时他也是特别跨文体的，有的作品可以当小说看，有的可以当散文看。

界面文化：你最欣赏的中国作家是谁？为什么？

盛文强：当代的中国作家我很少看，最欣赏和最喜欢的是唐代写《酉阳杂俎》的段成式。段成式是一个贵族公子，父亲是宰相，先祖是开唐的名将。他的文本异常华美，也非常阴暗。现在看来，段成式的志怪在文本上有一种现代性，跟魏晋的志怪有很大区别。魏晋的志怪是纯粹记录一个逸闻、一个奇闻，主观色彩较淡，在文本上也没有自觉的意识。到段成式这里开始有自觉的意识，他的文本是有意识地在经营，内容无所不包，记录道术的章节名为“壶史”，记盗墓的章节名为“尸穸”，记鬼怪的章节叫“诺皋记”，读来令人目眩神迷。

界面文化：你的写作习惯是什么？是否会在固定时间写作？

盛文强：我有固定时间，上午八点半到十一点半，下午两点半到六点。周末和节假日一般休息。晚上我一般不写，看看书或者看需要看的资料。我现在是作息很规律的人，原来在报社工作的时候白天上班，晚上回来就得熬夜，辞职也是因为不想熬夜，这样就可以在白天把写作的活儿干了。查资料我会放在闲散的时间里完成，比如周末休息的时候。在我的意识里，查资料、找资料不是工作内容，更多的是日常休闲。当作工作内容的仅仅是纯粹写作的时间，因为它是一个真正出产的时段。

界面文化：除了写作和阅读，你还有什么爱好？

盛文强：除了写作阅读，我比较爱好书法。我从小就写，后来写作的时间越来越多，写书法的时间就很少了。但我日常还是看一看，晚上和周末会写一写。有时候即便不写，出差或者晚上的时候，兜里可能揣一本字帖，读帖的过程中能够吸收一些气息，这是无形当中的审美训练。

界面文化：你的社交圈是否有许多作家朋友，或者是否认为作家应该进入某个圈子？

盛文强：我的社交圈里没有很多作家朋友，即便有个别的写作者也都是比较边缘的。我认为写作圈子最好还是不要进，有太多近亲繁殖的倾向。一堆人在一块玩儿，写的东西都一样，没什么意思。写作是个体的行为，肯定是要跟别人不一样的。如果说一帮人理念特别相近，玩得特别好，你会怀疑他们的理念太不独立了。

另外在这种小圈子里，尤其是这种混圈子的作家，更多的还是乡村的、熟人社会的做法。大家一块儿喝酒，你说我好，我也说你好，咱俩就都好了。在他们眼里，世界就是这样一个小圈子构成的。这就是一种井底观天的格局，这种人的格局是非常小的，一般这种观念出不了县城。亚马逊森林有一种猴子，用自己的尿画一个圆圈，坐在圈里称王，你要进这个尿圈，它就会扑上来撕咬，我不太欣赏这种做法。

界面文化：你如何看待影视和文学的关系？

盛文强：影视更多偏向大众，虽然影视也有小众的文艺片，但从普遍意义上来说，现在的影视还是一种商业行为。影视和文学在表现上也是不一样的，镜头语言和文学语言肯定是不同的。我将来也想做影视，海盗的题目可能会改成影视，因为中国在这方面的影视作品还是非常少的，比如郑成功的父亲郑芝龙是海盗，亲手建立了自己的海上帝国。中国古代唯一拥有海洋文化政权雏形的就是郑氏父子。影视和文学主要还是载体不同。

界面文化：我们谈论一部小说，会说到语言、结构、节奏、故事等等，对你来说，你最在意小说的哪个环节或部分？

盛文强：我可能更在意文本，文本是一个非常综合的概念，在这之下才能谈到技巧、风格、结构，这些都是皮毛。我看一个小说，会看它有没有文本。如果一个小说腰封上写着——“比陈忠实的《白鹿原》还要厚重”，那我就不看了，我觉得这是年轻作家没有出息的表现。要看一个作者的文本在哪里，如果文本和别人一样，或者看了开头就知道结尾，那这个作品就没有文本，这个作者就没有独立的文本。汪曾祺的小说就有独立的文本，和别人的小说不一样。

当然文本和文体是不同的，文本的范围更大一些，文本是非常独立的东西，比如《哈扎尔词典》

这样一个词典体的小说，它就是自己的文本，别人跟风，就非常尴尬了，这种东西只属于它自己。比如宋徽宗的瘦金书，也只属于他自己，只有他自己的性格、身份、生长环境才符合。拥有一个属于自己的文本，作品才立得住。从文本上能看出独特性，这是很难被替代，也很难被模仿的。别人只要一模仿，就会尴尬。因此，文本是风格，是架构，是独特的语言方式。

文体则更多的是国内的分类，比如中学语文的分类：散文、诗歌、小说等等。我的作品很难分类，一般有人问我，我的作品是散文还是小说，我都说不知道。因为只有中国分类分成这样，十分僵死，是为了基础教育，为了做一种可量化的、标准化的普及，所以才分这样一些概念，定了很多条条框框。

比如小说有六要素，散文要形散神不散，这都是很扯淡的。如果真的到了创作层面还在讲这个，就说明这个人还是在中学的功底当中没有拔出来，说明他中学毕业后再也不读书了，知识再也没有更新。从创作的层面来讲，只有在宽泛的范围之下，而不是一招一式的架势里，才能出现一些新的可能。所以我对文体分类是非常排斥的。

界面文化：写作的时候你会想着读者吗？

盛文强：我一般都不想读者的。当下的文学读者，可能隐藏在时代的褶皱里，很难按照一个标准把某个特定的读者群抽出来，这不太现实。我的读者可能分散在各行各业，比如《海怪简史》《渔具列传》，都是多次加印的，但是从读者的分层来看，从评论区来看，可能是青年学生，也有老同志，也有公务员，也有学校教师。所以你不知道读者是干什么的，也很难完整地按照职业去呈现。他们分散在各个行业和各个维度上，我不知道他们在哪里，我也不需要去考虑大众阅读的感知，去迎合他们。我还是做属于自己个性的东西。我觉得买我书的读者，绝大部分都是我精神上的同类。虽然他们这个群体在我们这个全民浮躁的时代特别稀少。但毕竟我们的人口基数特别大，哪怕万里挑一、十万里挑一，他们也是一个非常庞大的群体。

界面文化：作家是否要关注政治和公共性话题？并且有义务将这种关注反映到作品里？

盛文强：我们无时无刻不跟政治发生关系，即便我在家专职写作，也是和政治发生关系的。但是我很少谈论这方面的问题，因为这样一个时代，一旦谈论政治，很多日常生活中的聪明人，比如那种特别会考试的人，会把自己的愚蠢表现得淋漓尽致，让人吃惊。我也会把这些问题反映在作品中，但是我会反映得非常隐晦，而不是像他们一样高声叫骂，那样就成了骂大街，就失去了文学的意义。

文学主要还是在于呈现，而不是下结论。我们要把某一类人的愚蠢行为呈现出来。在山东，官本位的情况非常严重，我在新书《对虾养殖手册》里，写到一个渔民创办了一个对虾协会，自封主席，一帮人为了当副主席各显神通。在对虾养殖组织这样一个民间组织中，人们呈现出对于当官的狂热。虽然这是一个虚衔，但是他们想尽一切办法混到这个组织里来。只要我通过文字把这个情况呈现出来，我精神的同类就会感知到这种讽刺的力量。我不作任何评价，我绝对不会在作品里说这种行为很愚蠢。作品就是呈现，让读者自己去思考，这些人可能是一个样本，存在于我们身边。

界面文化：你觉得未来文学作品的读者会更多还是更少？

盛文强：这个趋势很难预测，每个时代的文学读者都是非常少的。比如唐朝给我们的感觉是全民读诗，其实不是。所以每一个时代，如果靠大众读者来阅读文学，是不现实的。我认为有这样一个趋势：当我们把全民挣钱的浮躁稍微沉淀一下，会有更多的人回归到阅读上来，把阅读当作一种有品质的生活方式。我觉得这个趋势这两年挺明显的，独立书店越开越多；作为一个家庭来讲，尤其是年轻的父母，更重视孩子的阅读。这都是很好的趋势。一个浮躁的时代不会维系太久。

界面文化：你是否认为作家和评论家应该保持距离？

盛文强：是应该保持距离。因为我们现在所说的很多评论家，更多的是从体制层面界定的。如何定义评论家呢？他可能得是个博士，在学院体制内是副教授以上，如果还是在一个名校里，那我们可能就会说他是一个著名评论家。

绝大多数人对评论家的认识就是这样的，我只是呈现一个事实。他们这些人可能特别擅长考试，获得了评论家的入场资格证，就像旅游专业考了导游证一样。然后就可以做评论了，做评论的时候，他们更像在中学、大学、考研的时候做论述题一样。他们很清楚应该在哪里找得分点，但是这样的答法是非常无聊的。他只是在答题，而非在做评论，而且有很多公式可循。有一个评论家在评论我的作品的时候说，体现了对故乡的思恋，对祖国壮丽山河的热爱。这类东西就是中学语文里中心思想的传承，很难说这种人是评论家。

现在很多作家极力地和评论家拉关系，还是出于体制思维，好像让某个评论家一评，自己就厉害了。这怎么可能呢？你写得还是那样，哪怕找一万个人来评论，也是一样，对自己而言没有任何提升。还有的作家和评论家勾肩搭背，在一起喝酒，沆瀣一气，认为这样你好我好大家好。他们虽然进了城，虽然是年轻人，但在这个问题上，还没有摆脱旧时代的熟人社会的影响。他们的生存方式、为人处世的社交方式，还是旧式的，把自己限定在这样一个小圈子之内，是非常可怕的。我觉得写作者不该和评论家保持这种非正常的关系。

界面文化：你在写作这条道路上对自己未来的期许？

盛文强：我希望在文本上找到更适合自己的方式。我对出版、装帧的要求特别高，希望出版的书在装帧的品质上也越来越高。我的作品主要是以出版为主的，所以这些都在期许范围内。出版的细节也是在整个文本之内的，甚至连页码的格式，都是和文本有关的。如果说更大的期许，当然不敢奢望什么。我觉得写作对我来说更像是日常生活的一部分，我把它嵌入日常的饮食起居当中。随着岁月的推移，它就会枝叶丰茂。个体精神和写作随着岁月的增长是要不断增长的，不能递减。

历史的空白之处，就是文学开始的地方。

09 常青：

文学需要考验，一人分饰两角对我来说是最好的

采写 武靖雅

LEARNING TO HEAL
过去的大学

医学博士，毕业于中国协和医科大学八年制医学系。出版《医事：关于医的隐情和智慧》《协和医事》《如何老去：长寿的想象、隐情及智慧》，小说《九月里的三十年》及《B.A.D.》。

常青从国贸附近一家饭店旋转门里走进来时，短发、清瘦、眼神是坚定而愉快的；走路时她步履轻健，身体挺直，整个人看起来自信而且精神十足。我们在一楼的咖啡厅坐下，“这里比较安静”，她笑着从背包里掏出一瓶酒。

常青在“世界500强”的跨国制药公司工作了十一年，2015年辞职离开。她是北京协和医学院（原名中国协和医科大学）的医学博士，之后又在美国做科研博士后。这一切似乎都跟文学没有什么关系。她同时还是一个摇滚乐迷（广泛意义的）、一个乐评人、一个写作者，是小说家“讴歌”和“丰玮”。

正如常青第二本小说原定的题目《一人分饰两角》一样，她有两种人生，一种是深入这个复杂现实的社会人，一种是深夜里与自己交谈的疏离者，她自如地完成这二者之间的转换。“我很早就想明白了这种转换对我来说是最好的，有两种人生挺好的。”而且，她笑道：“很多事儿都是要自己买单的。”

白天啃着医学课本，夜晚在摇滚乐里找寻自我

20世纪80年代末的一座江苏小城里，常青还是一个沉默的高中生，她不合群，但成绩好得惊人。她总能在每次考试后让第二名的总分和自己差出几十分，那是让其他人即使努力追也得追一会儿的程度。她做到这一点，是为了有时间去做自己喜欢的事，比如谈恋爱、看书、写作。

那是文学氛围浓郁的年代，即使是生活在小城市，也能在书店里买到各种文学、哲学书籍。用遥遥领先的成绩节省出来的时间里，常青喜欢逛书店，她读罗曼·罗兰，也读克尔凯郭尔和尼采，而一本叫做《台港文学选刊》的杂志对她影响甚大。在这本杂志里，她读到了朱天文、朱天心、黄碧云，以及她最喜欢的台湾现代诗人，诸如商禽、郑愁予、痖弦、林泠、敻虹……她参加了学校的文学社，在文学社的小报上发表诗歌、散文，她还在班上办了油印小报。那时各种文学社很多，文学小报发行如此之广，以至于有远在四川双流的高中生读了她的散文诗提起笔给她写信，成为她好几年的笔友。

1991年的夏天，常青要填报高考志愿了，她想选个世俗气息不是那么浓厚的专业。起初，她选了北大生物系，想要探究生命的奥秘。一位好友却在这时向她提起了一部和林巧稚有关的纪录片，她还给常青讲了林巧稚的故事。林巧稚是“老协和”毕业的妇产科医生，习于协和，作于协和，卒于协和。

这是常青第一次听说协和，她被纪录片中林巧稚的生活方式感动了，这里包含着自省、专注和慈悲。“可能因为当时觉得医学是比较不流俗的专业吧，而且又觉得可以有医疗技艺在身，不用趋炎附势。”于是，她在高考志愿表里擦去了“北京大学”，写上了“中国协和医科大学”。

高考时，常青数学考了满分，但语文的作文部分和政治的得分却在及格的边缘，尽管如此她的总分还是超过了协和的分数线。当接到协和医学院的录取通知书时，她在心底做好了悬壶济世的准备，然而信封里随之掉出的，是一张要求带“毛选”到河南信阳陆军学院报到的通知。原来20世纪90年代初的那两年，所有北大新生在入学前都要先进行为时一年的军训。协和医科大学是八年制学制，前两年在北大生物系读预科，所以常青也要被拉到军训场，先进行一年的磨砺。

这一年所有人都是划着日历度过的，每天早晨，他们听着哨声起床，集合跑步，然后听着哨声吃饭、上课、午休……晚上集体看完新闻联播后的两个小时是仅有的属于自己的时间。常青几乎把这些时间都用来写信，给恋人、高中的老师、竞争对手、四川的笔友写……把茫然的思绪倾注到远方……军训的严苛生活是走出家门的第一课，甚至有男生在靶场上拿枪指向了自己。但常青跟自己说，这是对未来世界更大训练场的演练，学习“在一定的限制里怎么生活，怎么面对自己，怎么跟自己相处”。

待到一年的军训结束，终于迈进了憧憬中的北大校园，常青却很快感到了失望，“总要有点情趣吧，会写点什么，会弹首歌，会玩点什么吧。”可是她身边的同学们除了成天占座学习、关心彼此考了多少分，就是忙着准备托福和GRE。这就是北京大学吗?“如果北大都这样，那我对中国的大学真的很失望。”

这个时候摇滚乐走进了常青的生活，20世纪90年代的北京，正是摇滚乐繁荣的时代，地下酒吧里到处是激情、有才的年轻人，新乐队遍地开花。北京音乐台的DJ张有待在节目里介绍各个流派的乐队，他成了常青的摇滚启蒙老师。在这个阶段常青开始怀疑眼下的文学表达，她觉得文字这个载体充满了隔阂和误读，不准确，手段过于单一，而“音乐能做的比文学多很多，而且它并不需要非要靠某种物理存在（比如文字）直白地‘说’出什么来。音乐可以有更多氤氲的氛围，可以仅靠频率就能直击身体，产生某种共鸣”。

于是，常青开始了双重生活，白天，她在教室里埋首啃着一寸厚的医学课本，夜晚，她在学校旁只有她知道的酒吧看着北京大院青年们组织的摇滚乐队跳上台表演。海淀图书城的步行街两边常常有很多打口带摊，他们当中有些是外地来京的民工，但他们知道哪些带子是尖儿货，哪个乐队要价高。常青的大部分钱和精力，都花在了看演出和淘带上。那时候几乎混北京打口带市场的买手都隐约知道，有一个爱买打口带的医学女博士。“毕竟在一叠带子里扒拉的，很少有女生；能那么忘情地买的，更少。”

常青还写乐评，为《音乐天堂》撰稿。她也学吉他弹唱，写了歌词按照磁带上的地址寄给唱片公司。一天，宿管阿姨在喇叭里大声叫着常青的名字，她下楼看见宿舍门前站着一个背着吉他的男生，男生自我介绍说是一个流浪歌手，从唱片公司的废纸篓里翻出了常青写的歌词《荒凉》，他很喜欢，就谱了曲，专门来唱给常青听。他在当晚的北大五四讲堂的校园民谣演出上登台，说“这首歌是台下一位来自生物系的女生写的歌词”，演出后这位流浪歌手被校卫队带走了。

当八年的漫长学业即将完成，对于大多数医学院的学生来说，他们已经走上了职业生涯的流水线，不管他们是不是真的有悬壶济世的理想，顺着这条流水线走下去，决策风险最小。但从常青进入医院见习起，她就开始意识到，自己可能并不适合医生这个职业，不适合眼前的这个医疗世界。

如果一直在这里生活，大概就是嫁人、拿绿卡、生孩子

结束军训、医预科、医学基础课的五年征程，在协和的最后三年，常青正儿八经地进入医院见

习、实习。她发现自己进入的，并不是一个纯粹的充满治病救人的情怀和理想的地方，而首先是一个等级制度森严的“小世界”。在这个“世界”里，等级里最低的是实习生，往上有住院医师、住院总医师、主治医师、副主任医师、主任医师……常青跟着一位老专家实习，做手术时拉钩一走神，老专家的手术钳就“啪”地打上了她的手。

常青也开始感受医院科室里的派系斗争。快到毕业时，一位指导常青的老专家希望她留在科里。“我手上还有一些基金，虽然不多，但是我可以给你发工资，这样至少我们爷儿俩可以每天一起探讨一些医学上的问题。”这位老专家很动情地说。如果真能有这样纯粹的环境，常青是愿意留下来的，但其实这位老专家不知道，科室里另外一派当权的主任已经把关系户塞了进来。

毕业前一年是做科研论文的时间，常青的毕业课题是研究视网膜色素上皮细胞的凋零，看 DNA 中有没有什么标志物能估算出老化。这个课题与时间有关，与凋亡有关，用某一种嵌入肉体里的精确标志物，来衡量时间留下的痕迹。常青的目的是，学就一身 DNA 相关本领，可以更便捷地去美国，看原汁原味的现场蓝调和爵士乐演出。

那阵子常青总在晚上九点半拎着冰盒从学校出发，搭公交车到屠宰场，看着屠夫用刀挖出猪眼睛，然后放入冰盒，再在半夜带着新鲜的猪眼睛回到地下室。这段经历被常青写进了她的第一本小说《九月里的三十年》——

为了买到新鲜的猪眼睛，胡琴常在晚上九点半走出普世医院的地下实验室，手里拎着一个冰盒。她只在取回猪眼睛之后才打车，打最便宜的“面的”，外表屎黄，但在胡琴眼里，像天使翅膀一般快。从医院去大红门的那一段夜路，她总是按捺着忐忑的心脏，坐上公车，中间倒一次。下车后还得快步紧赶地穿过“浙江村”。因为就目前人们的有限想象力而言，并不会把任何一个公共汽车站设在另类的“屠宰场”。

一般夜里十点半，胡琴到达屠宰场，穿上一双散发着异味的高帮雨靴，穿过血流如河的地面，耳边声音喧哗，眼前血色飞溅。在人群中、猪群中，胡琴用自己一双视力欠佳的眼睛，找秦师傅。她眼见秦师傅麻利地用刀挖出以“对”而论的猪眼睛，放入冰盒，如同从一块水果蛋糕上剜出一粒新鲜欲滴的樱桃一样轻巧。胡琴递给他五十块钱。交易结束。

一般在夜里十二点左右，胡琴回到地下实验室。这时的世界，整个就是她的了。

没错，半夜的协和医院地下室，整个都是常青的了。她一边用猪眼睛做实验，一边听着摇滚CD，大多数时候是Pink Floyd（平克·弗洛依德）；一边向美国的实验室发求职简历，她想，投一千封，总有一两家会要自己的。

“医生在年轻时辛苦、琐碎、贫穷，在等级森严的医院小社会里，必须掩藏个性小心度日。如果年轻的医生有颗敏感的心，面对每日所见的生老病死、世态炎凉，唯一的逃避出路就是变得疏离和冷漠。时代已经让医生由最需要道德支撑的职业，渐渐成为疏离、冰冷的工作和谋生手段。医学在沿着所谓的‘科学’道路笔直前行的同时，也渐渐偏离了内心世界和人文关怀，转而专注于或者说纠缠于局部和细节，或者被更宏大的经济潮流左右产出。”既然当下医学界的现实，与自己想象的不同，那就离开。所以常青决定去美国，不为别的，就为了能听到她喜欢的蓝调与爵士音乐。

没有投到一千封简历，常青就收到了美国两家分子生物实验室的回复。当时并没有人相信常青能够不考托福、GRE 就申请成功，其他同学可都早早就在准备这些了，到美国读 Ph.D，再进入实验室，常青是很少没有考托福、GRE 的人，她另辟蹊径，进了美国的实验室。到美国后不久，她去宾夕法尼亚大学的实验室找一个好朋友玩，顺便就接受了实验室负责人的面试，成了宾大医学院基因治疗实验室的一名博士后研究员。

在费城，常青的生活又分为了黑夜和白天。白天，她在实验室里与 DNA 打交道维生，每天与小白鼠作伴，面对着加样比例、细胞培养皿、离心机……到了晚上，她在一盏台灯下，面前一扇电脑屏幕，双手敲键，在聊音乐、文学、电影的网络聊天室里等着时差 12 小时的国内朋友一一起床，爬上线。

在孤独的异国，她开始重拾文学，在国内的文学论坛贴上自己的文字。她写得最多的是在北京的生活和在美国看的一场又一场演出。她怀念 20 世纪 90 年代的北京，在她心中，90 年代的北京是当时世界上对自己而言最有魅力的城市。她用白天在实验室里赚来的钱买各种各样的演出票，“在耳鬓厮磨多年的 CD 和耳机之后，一脚跨进爵士乐与蓝调之城，满眼满耳或美妙或给劲的真切乐声。”然而尽管在美国看了那么多世界级的乐队和歌手：Tori Amos、U2、Dire Straits、B.B. King、Buddy Guy……那种感动，仍然比不上在北京看唐朝、窦唯、沙子乐队的感动。

这时，常青意识到自己在美国的生活应该结束了，来美国只是为了体验，“不能为了体验生活，最后把自己卖了”。如果一直在美国生活下去，她预知自己的生活会和大部分在美国的同辈女性一样：嫁人，拿绿卡，生孩子，有了孩子之后谈论孩子能不能进常春藤，孩子进常春藤之后幽怨于孩子跟自己不亲了……在实验室工作了三年，常青辞职了。那个年代，很少有华人女性会主动放弃美国的生活。常青辞职的消息传出来，宾大两栋楼里的中国人都跑出来“采访”她，“为什么要回国呀？”

暗示的是医事之道的至高境界

回到中国，常青先是去了上海的一家抗肿瘤药物的研发公司，公司在徐家汇一座二十四层高的写字楼里，她研读办公桌上浩瀚似海的科研论文，设计临床试验，每周介绍最新国际研究进展，见各种医学专家、有投资意向的跨国公司、政界文艺界商界名士……

两年后，常青还是决定回到让她在美国时很是想念的北京，进入了一家“世界500强”的跨国制药企业。

这是常青第一次从一个实验室里的研究员变成了一个与市场打交道的营销员，初入办公室的格子间，她无所适从，被人称作“傻博士”。公司绩效评估，她无从填起，连目标都没设，交上去一张大空表。她最怕的是公司组织的培训，进入公司不久，她参加一个叫做“高效能人士的七个习惯”的培训，坐在房间里听着培训老师的腔调，她几乎想夺门而出。这段经历，她在小说《B.A.D》中有所描述——

接下来一天的会，“沟通”，“decision making”，“客户”，从甲乙丙丁嘴中不时喷出。还冒出了新的词，“分享”，“analysis”，“communication strategy”……明弓几次用面巾纸捂住嘴，喉咙里发出不清不楚的呜噜呜噜声，一只蜥蜴在那里上上下下。散会遥遥无期，过敏词一只只频频砸过来。明弓瞥见座位前放着一迭白纸，一根削好的铅笔。那铅笔头，尖得像难得一见的闪着光的思想。在眼前的封闭人群，封闭房间里，它的光芒格外尖亮，耀眼如一把解决问题的解剖刀。

她抓起铅笔，每听到一个过敏词，撩起左手衣袖，尖锐的铅笔尖刺胳膊，直至露出红点，直至长长舒口气。

“需要全面 review 一下医学 data 和 evidence，列出 action plan，管理内、外部 Customer。”八零后骏马跃出，又一段中文夹英文。

二十年前，大家不是这样说话的吧？明弓撩起左手袖子，继续用铅笔尖刺出胳膊上星星点点，那图案依稀看起来，像一个漂亮的淡红色的字：“干”。

但常青从来不是一个放任自己情绪的人。“我所有的这些东西都是自洽的、自我处理的，我一直觉得没必要给周围人造成影响，我不会去伤害别人，最好别人也不要知道我的存在。”她想拿自己做一个实验，看看究竟怎样在这样的环境生存下去。“实验者的意志，实验动物的意志，集于一身。快则八年，慢则十年。”

重要的是，常青还有另一个世界。黄昏，车从北京三环钻出，驶向五环开外，白日的外壳一层一层剥去，接近核心；潜入家中，常青成了作家“讴歌”。20 世纪 90 年代的众多北京乐手中，有一位吉他手叫邓讴歌，当年在医学院上学的常青从显微镜和尸体解剖课中抬起头来，她希望自己也有一个这样的名字，也生于 20 世纪 70 年代的某个北京大院，有一把吉他，周围有艺术气氛，玩音乐，登台时长发飞扬……如今她以笔为琴，完成这另一个自己。

她起初是替杂志写专栏、做采访，一个出版界的朋友找到她，建议她出本书。当时作品畅销的冯唐也毕业于协和，比常青高一级，这位做出版的朋友想要把常青打造成一个和冯唐齐名的作家，但常青自知自己的风格和冯唐不同，写不出同样类型的作品。虽然一直想写小说，但常青把小说创作当成一件十分严肃的事，觉得那时自己还没有准备好。于是先写了两本有关“医”的书，以别种方式实现自己17岁报考协和时的那个悬壶济世之梦，弥补当初离开医生行业的遗憾。

常青出版的第一本书是《医事：关于医的隐情与智慧》。当时大众媒体中越来越频繁地出现关于医患的负面报道，加之亲眼目睹的医生老师、医生朋友的生活，常青感到，如今中国，去看病的病人不开心，给病人看病的医生也不开心。也许是摇滚青年的本质暴露了，常青感到需要说出一些背后事实，保持一些理性判断，并做出一点改变。“中国的医患关系，太畸形了，其实双方都有一些信息的蒙蔽，或者自己选择不探究本质。”

《医事》这本书试图建立起病人和医生之间的相互理解，通过讲述现代医学这一学科的发展历程、当下中国的医疗体制、市场和资本的侵入，揭示医生的职业生活中那些不为人知的隐痛，让医生这个行业重获尊重。同时常青还用自己的专业知识告诉我们，一个普通人如何可以比较聪明地看病，如何用最舒服、最安然的方式去面对身体和疾病。《医事》出版后，获得了2005年的国家图书馆文津图书奖。

第二本《协和医事》写于协和建校九十周年，

是忆古，也是对当下的一声叹息。常青查阅了协和的编年史、关于协和名医的各种传记和自传，走访了见证过协和历史的许多老教授，为了超越国内惯有的历史叙述方式，常青更多的是依靠英文资料，通过世界上对协和建校的记录，尽量客观地还原一段历史。书中从洛克菲勒基金会为“促进人类福祉”在中国建立协和医学院，写到林巧稚、张孝骞、聂毓禅等影响了中国医学进程的老协和人，再到老协和“宽进严出”的严苛育人模式、既导医术又导医德的启发式教学……还原了当初吸引常青报考的那个理想的“协和”。

“协和，这两个字暗示的是：曾经对中国医学和中国医学教育的推动，医事之道的至高境界。今天的协和，更像一个警世者，提醒着人们什么是更纯粹的医学意义，什么是以实验这纯粹意义为目标的医学生活。”而且对于整日抨击今天的医疗体制的人们来说，他们其实是希望“医”这最后一根稻草不要断的，协和以前的故事会给他们希望：这个世界仍存医学温情，医学以己之力解除病痛。2016年常青计划了一趟纽约之行，去了洛克菲勒基金会档案馆研读史料，希望能修订一版自己更满意的版本。今年9月，《协和医事》的“协和百年纪念修订版”已经上市，她说她希望写出像奈保尔的感觉，资料更完备，叙述时的肌理和文学性更强、更从容。

只存在了百余年，每个人却都认为是理所当然的

2009年，在朋友的引见下，常青认识了朱天文、朱天心、唐诺一家人，这几位是她从中学起就通过《台港文学选刊》熟悉的作家。当他们出现在面前，不仅与期待中的并无反差，他们的为人处事和对待写作的态度，也以更直接的方式深深触动了常青。唐诺、朱天心和儿子谢海盟一家三口至今依然住在不到二十平米的老屋中，家里没有书桌，每天早上三人来到咖啡馆，在固定的位置写作。唐诺有着严谨的写作习惯，每天要从早上八点工作到下午两点。他经常每天写几千字，最后只取其中五百字，常青和他开玩笑：“像你这种知名度的作家，在大陆，估计有些人是把500字加水兑成2 000字，还卖得挺好。”

“我见到的大陆作家没有谁给我这种感觉，这么认真地去对待写作这件事，而且好像非它不可，你不觉得有些作家后来都是玩票、跑码头的吗？原来我对眼下的文学有一些比较犬儒的东西，但在看见他们以后，我觉得我以前那么想太不好了，因为确实有人在这个年代，仍然是非常认真地在对待写作这件事的。也许，我需要找到一种相信吧。”

在他们的感染下，常青完成了手中进行了一半的长篇小说《九月里的三十年》。这是一部关于时间的小说，刺激常青写这本书的是两个人的死亡，一个是当初一起泡文学论坛的朋友，三十几岁时死于癌症；一个是香港某著名女艺人，她曾在患癌症时，求助于常青所在的抗肿瘤药物研发公司，常青本来有机会见到她，并向她介绍医学的相关知识。为了这次见面，常青特意将她的所有影视歌作品逐一温习了好几遍，但在见面前，女艺人就过世了。

小说中，故事开始于军训那年的九月，九月里的三十天似乎长如三十年，这三十天也为之后的三十年埋了故事的引子。常青将自己的个人经历与两个人的死亡交织在一起，场景从医学院转到美国的基因实验室，再回到上海的抗肿瘤药物研发公司。在死亡面前，常青想到的是不可逆转的物理时间和可以延展的想象时间之间的关系，“癌症领域里的生存期，是物理时间，是世界公认的时间。此外还有一种时间，是我们自己创造的时间，比如小说里的时间。在小说里，时间密度被突然冲淡，时间刻度标准被重置，世上一天，如小说里一年，甚至无限延长。”

2009年这部小说出版后，常青想过辞职专门写作。再去台北见到朱家的作家们时，常青对他们说：“我想辞职，像你们一样，做一个自由写作者。”唐诺对她说：“文学不是一尊慈眉善目的神，它是一个魔神，它同时带着伤害和清洗，如果你自己不准备好，是没办法侍奉它的。”朱天文讲了自己年轻时的故事，大学时她曾跟老师胡兰成说想要退学，胡兰成对她说：“英雄美人，你不生在此世又生在何世？”

从台北回来，常青尝试继续工作，用自律达到工作和写作的平衡。难的是一天的工作下来转换频道：“我们经常要开很长的会，一个人在会议室里待八个小时，最后出来脸都和进去前是不一样的，再出来的时候你要蜕一层皮才能转到写作的频道。”所以常青用早上的时间写作，每天早上六点半起床，第一件事是写作，写完再去上班，周末她把自己关在家里写，哪儿也不去。

第二部小说《B.A.D》在这样严苛的自律下完成了，如果说第一部小说还属于自发性的作品，这部小说就承载了更多对时代的思考。她想写的是一个“异己分子”如何在一个试图同化她的环境里挣扎。在现代社会的异化中，人人都变成了卡夫卡笔下的甲虫。其中的异化之一，是语言。有一次在捷克出差，参观完位于布拉格的卡夫卡纪念馆，从纪念馆出来走在旁边一座著名大桥上，那一刻她似乎想清楚了，要写的这部小说，是跟语言有关的，与语言的异化有关。

因为“讴歌”这个笔名总受到误解，被人以为是在歌颂什么，常青换了个笔名“丰玮”，写作新书《B.A.D》。“B.A.D 综合症”是常青发明的一种新病，它指的是“由现代文明生活引发的 Busy、Anxious、Depressive，进而造成人的整体健康状态下降，包括心理疲劳、失眠多梦、记忆力减退、注意力涣散、偏头痛、月经失调、性欲减退……”主人公明弓是一家跨国制药企业的产品经理，负责治疗 B.A.D 综合症药物的推广。但她本人也患有一种病——过敏性词语症，当听到一些“敏感词”，她会心慌、憋、闷、喘不上气，甚至呕吐，这些词包括“装腔作势的词、扑灭个性的词、工业化和商业文明异化的词、短暂娱乐并迅速泛滥的词”，排名靠前又无处不在的当属商业世界通行的“沟通”“客户”“分享”。

常青想用一个深入大公司内部的目光，来反思“公司”这个事物的存在。公司的出现是过去一百年的产物，这么大规模地把人敛到一个楼里，规定时间规定动作，是在“公司”这个词出现之后。

书中提到，一百年前的美国，有本书叫《三英亩地与自由》：为他人工作根本就是件不快乐的事，要想过上幸福生活，一个人就应逃脱对雇主的依赖，以自己的节奏，为自己的幸福工作，离开办公室和工厂，在中美洲以适当价格购买三英亩土地，为一个四口之家提供食物，建立一个家园。但过去这一百年，出卖脑力体力换工资的人，早超出适龄工作者一半。十个受过高等教育的人，九个会在毕业后投入某一组织。“每个人都认为是理所当然的，与生俱来就应该这样子，其实完全不应该是这样的，为什么要必须有一个职业？”

小说中的明弓也把自己分裂成了两个角色：明弓白和明弓黑。明弓黑在家里为自己打造了一个小天地，称之为“赤子之心”，在里面读书敲字；明弓白在公司里进行一场实验，治好自己的“过敏性词语症”，学会一套表演术，穿着新买的灰西装，走上台，开讲幻灯片，自信而热情，曾经的过敏词出自自己嘴里，一个个脱敏。在台下，她就在纸上抄书，抵御开会的无聊，抄下卡尔维诺、庄子、老子、略萨……

到后来，明弓开始喜欢这种双频道转换的生活：“工作时想念码字，在面对码字圈子的那些人时，我又谈论商业社会的精髓，因为那里又透着一股冷酷，可以浇灭码字圈儿里的浮躁。说实话，我开始喜欢这样的双频道切换了，它适合我，我也离不开了！”

实验室和手术刀带给学医出身的常青的是一种看世界的方式。“我不喜欢那种一脚陷入文艺女青年情绪化的状态，学医是因为它的工作方法，它既接近同时又疏离，能相对理性和客观地看待一些事。”可能正是因为这种冷静，常青能不动声色地跨越两个世界。她不认为其中的任何一种生活百分百过了以后会开心，全天写作她是做不了的，因为她必须去看看人世间的事儿，到生意的第一现场去了解人性，同时又不让自己完全投入社会，这是复杂性的美妙。这也是真正的考验：“一个作家穷困的时候想写作，那是他最大的寄托，但当他富有了，其他的东西也有可能分担这种寄托的时候，仍然把写作作为最大的寄托，这个时候是经过了某种检验，进入了一个相对更真实的阶段。”

两年前常青辞职离开了那家“500强”企业，因为十年的实验期到期了，“体验完了没必要老滞留在那儿，滞留在那儿不就傻了。”她做过一些致力于提升医生交流和处境的创业项目，也给别人做过一些自己行业内的培训，现在她希望留出更多时间读书、写作、学乐器。她依然远离文学圈，写作永远不是职业，而是一种生活方式：“就是写，甭管写下的东西变成什么，有的甚至没有人看到，但首先让我舒服的是它是一种选择的生活方式，而这个生活方式是需要经过一系列考验的。”

同题问答

界面文化：你最欣赏的外国作家是谁？为什么？

常青：年轻时在上学期间，比较喜欢的是罗曼·罗兰、陀思妥耶夫斯基、尼采。上初中时，读罗曼·罗兰写的名人传记《约翰·克里斯朵夫》，高中和大学初期读陀思妥耶夫斯基、尼采……他们都向我展示了某种悲壮、深沉又复杂的风格。后来比较喜欢的是帕慕克、保罗·奥斯特、马尔克斯……博尔赫斯则是我一直在探索的未知。三年前，我曾去哥伦比亚，一路上试图理解马尔克斯脑中那些神奇的东西。

界面文化：你最欣赏的华语作家是谁？为什么？

常青：年轻时喜欢过一批台湾新诗，至今印象深刻。近些年间，最喜欢的是台湾作家唐诺。我欣赏他看问题的方式：上下五千年，兼顾中西。一个问题在他笔下拉开时间和空间去谈，变得辽阔和深邃。有段时间，我遇到现实困境时，就读一读他的书《尽头》。他可以跟你聊文学，也可以聊古生物学、太平洋的风怎么吹以及牛为什么美味……我欣赏这种丰富不单一的知识结构，与文学结合。如果看文笔，我喜欢他那种沉静理性又诗意的语言，有时这种诗意还很抽象。

界面文化：你的社交圈里是否有许多作家朋友，是否认为写作应该进入某个圈子？

常青：我非常不认为写作应该进入某个圈子，甚至有意回避进入某个圈子。我有少数几位作家朋友，不多，也不会认为这是圈子。圈子分几种，有一种是真诚、纯粹的互动效果，在撑不下去的时候有几个人，这几个人能给你写下去的信心，我觉得其实有了这几个人也就够了。但现实生活里很难，很难纯粹地支撑，不少小说家连自己都支撑不下去。

在二三十来岁的有段时间，我是比较排斥某些作家状态的，因为“不纯粹”，甚至夹杂着一些油滑，因而也从不想进入那个圈子。那段时间，我的大部分热情都转向了音乐。直到35岁，我在台北碰到了几位纯粹的作家：朱天文、朱天心、唐诺，才重拾了对写作的信心，那种对写作最本质的追求感染了我。

界面文化：除了写作和阅读，你还有什么爱好？

常青：音乐、跑步、徒步、在异乡游荡……接下来几年打算认真地去学吉他和鼓，再学口琴，然后就可以脖子上架着口琴，自己吹口琴弹吉他唱歌。我至今仍然非常喜欢Blues(蓝调)音乐，那几乎是拨动了某根我身体里的弦。

界面文化：你认为作家和评论家是否应该保持距离？

常青：绝对应该保持距离，说来可笑，我几乎不知道评论家都有谁。最大的问题可能还是真诚和纯粹与否，如果这个事不解决，评论文章就没办法读。如果“评论”被当成一个载体、一个交际产品，写评论文章的人不大会清醒、自省地把一些干扰因素屏蔽掉，回到“评论”这件事的本身，当然也会影响判断力。

界面文化：你写作的习惯是什么？是否会在固定的时间写作？

常青：原来上班出差时，我喜欢在飞机上写，它是一个特别好的写作时间，因为是在高空，有一种高空感，也没有其他打扰。更好的是坐从北京到广州的航班，有三个多小时的高空感。

固定的写作习惯，是我到后来越来越相信应该有的，为此我还读过不少作家的写作习惯。现在如果我打算要写一本书，我还是尽量会固定自己的时间和每天的字数。过了一定年龄，写作首先是个体力活，光是“暖手”时间，就需要一会儿。

界面文化：如何看待影视和文学的关系？

常青：你指的是什么地区的影视和文学？如果

是中国的影视和文学，有一些书直接一看就是为了将来能拍成电视剧和电影写的。国外有一些电影，我是可以双重欣赏的，它们从另外的角度诠释了原来的文学作品，是两种不同角度的呈现，这恰恰是两种不同艺术形式的各自所长。所以有一些作品我会既看原著也看电影。

界面文化：你觉得未来文学的读者会更多还是更少？

常青：这个文学得先定义一下，稍微认真点的文学，读者会越来越少吧，因为它需要你的时间和专注度不一样。有一些东西，不攒够两个小时，就没办法进入到地下十厘米的，但现在很多阅读习惯，是只进入地下一厘米就差不多了。一个人打算接下来留够两个小时去看一个东西，还是只想五分钟来扫一个东西，是不一样的。因为这些客观发生的具体限制，有些事情就没办法深入，进而可能有一些文学会被指责为不说人话之类的。这跟现代生活方式有关吧，我自己一直比较排斥生活中已经变得无孔不入的各种屏幕：手机、iPad、电脑、电视……

界面文化：我们谈论一部小说时，会说到语言、结构、节奏、故事等等，你最在意小说的哪个环节或部分？

常青：相对于前面几个，我没有那么在意故事。语言、结构、节奏同等重要。我这么说，是因为小说发展到今天，故事不再是最主要的追求，它的巅峰状态在此之前，已被前人一一触及。

还要再排是吗？那就语言跟节奏。我这么说，完全是个人观点，可能因为我同时喜欢音乐的缘故。一部打动我的小说，要有神奇的语言魔术加上节奏，才会令人有眩晕、跳离水泥地、跳离现实地面的感觉。

界面文化：写作的时候你会想到读者吗？

常青：不会。我并不知道眼下谁有可能花时间读书，读者都是他们后来自己冒出来的。但写作时，肯定会有一个自己设想的“高标准”。比如说，我今年修订新的《协和医事》，希望自己能写出一点点像奈保尔的感觉，我对自己会有一个大概的要求，比上次更高一点的要求。

界面文化：作家是否要关注政治和公共性话题，并且有义务将这些反映到作品里？

常青：我自己不怎么关注。现实作用我承认在力所能及的范围内应该有，但我也不大可能去涉及自己专业以外的其他领域。我是学医的，在一些范围内可以去做一些事，说出常识。我写《医事》是因为中国的医患关系太畸形，双方都有一些信息的蒙蔽，常识被掩盖。倒不是说特别想关心什么，但如果我看见这些，就觉得总得有人说出表面之下的一些真相、一些更多的角度吧。

我自己相信打动人的作品应该是具有普世性的，是穿越了时间跟空间的，太想解决问题的作品，倒比较难打动人。

界面文化：你在写作这条道路上对自己未来的期许是什么？

常青：把它作为我生活的组成部分，这是我对待所谓“恒久的热情”或是“一件自己认为的大事”的方式，在写的过程中每次对自己的要求会高一点，然后一笔一笔尽力去拓展这样的边界。

10 杨典：

我的理想是可以做一个无用的人

采写 武靖雅

1972年生于重庆，作家、古琴家、画家，现居北京。出版随笔集《狂禅：“无门关”镜诠》《肉体的文学史》等，诗集《花与反骨》《枯山水》等，画册《太朴之骸》，古琴演奏专辑《移灯就坐》。

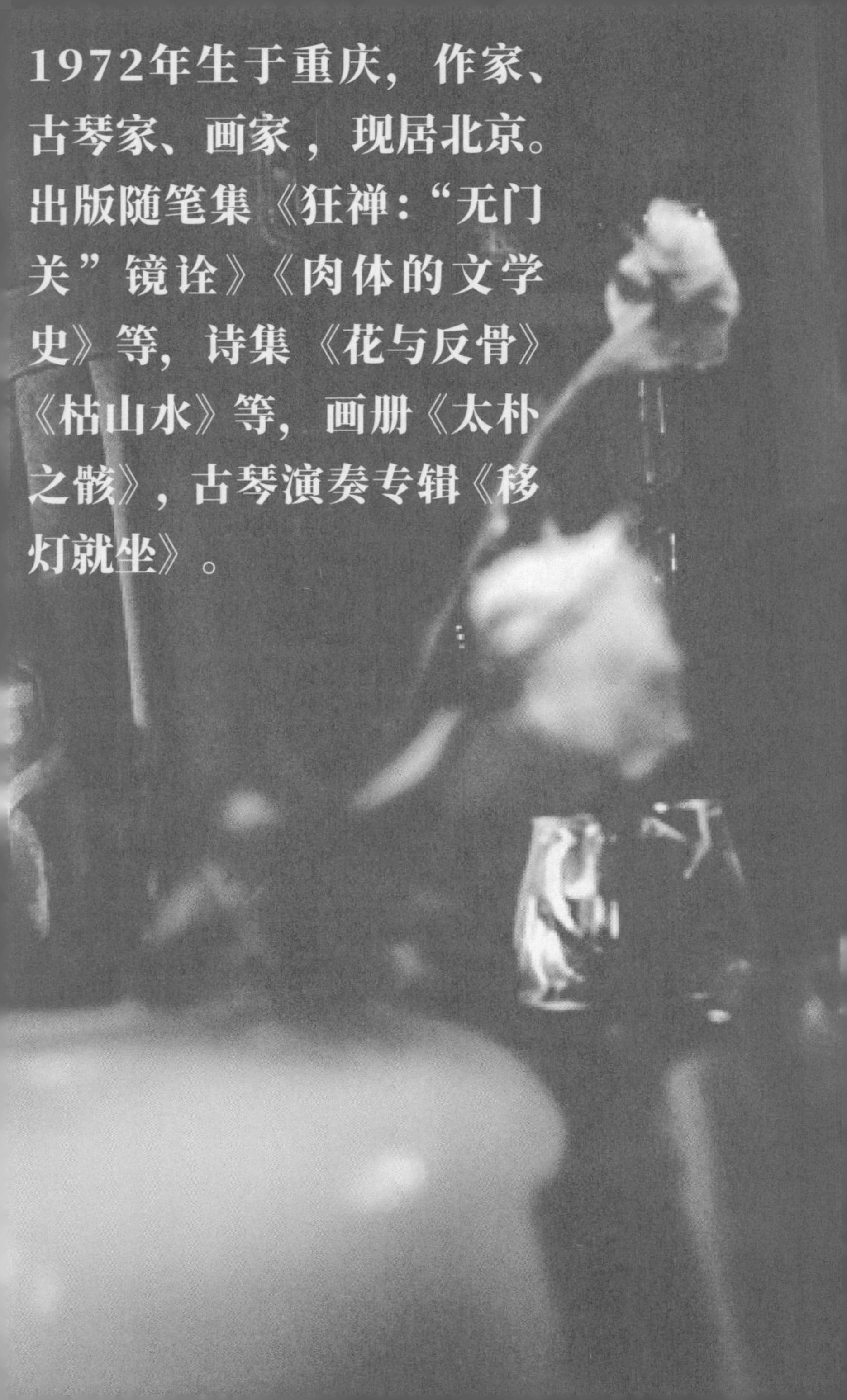

是，我就是你们曾一直渴望出现的/那个诗人。我的心可能比古文尚书更晦涩/而阅读秘籍就在于：爱憎分明

——杨典《伊斯兰尚书》

可我这个人/除了诗/鬼、古籍和酒/什么也不信

——杨典《脑袋》

画

父亲是音乐家（原中央音乐学院作曲系教授），母亲是小说家，杨典的艺术生涯却是从绘画开始的。

杨典的父亲1957年被打成右派，那一年他从中央音乐学院毕业，被分配到了重庆，在重庆歌剧团的食堂里洗碗切菜。杨典的童年是在重庆歌剧团的

大院里度过的，大院以前是重庆公安局的院子，有着许多曾拘留过犯人的小房间、阁楼和库房。杨典出生后，那里已经住着形形色色的人，歌剧院的演员、导演、音乐家、画家，医生、厨师、裁缝，摘帽右派、混混儿、贼、疯子、怪人、奇人……杨典就成长在这大杂烩一样的环境里。

整个重庆也是一个大杂烩。重庆是杨典“诞生后看见的第二个子宫”，是一个滋养怪杰的地方。重庆旧时是袍哥的天下，现在还遗留着帮会的耿直和江湖气。

嘉陵江和长江在重庆遇合，全国各地三六九等的人从重庆的水运码头上经过，使得重庆鱼龙混杂，既多骗子、坏人、野人，也有仗义英雄、文化怪杰。重庆的特色一是民风野，满街都是吃火锅打架的人；二是个体化的人多，不结群，这都在杨典的性格里埋下了因子。

在杨典的童年记忆里，父亲是人们眼中的一个“疯子”。他“不修边幅、不梳头，裤腿也总是一高一低地挽着”，而且“走路、吃饭、办事或上街游行时，都会一个人摇头晃脑、哼哼唧唧、忽笑忽唱的，不知在想什么”。但是杨典发现，疯疯癫癫的父亲有很多崇拜者，家里总是出入着许多慕名而来的陌生人。内行的人知道，父亲自言自语时，不是在作曲，就是在配器。有人告诉杨典："你父亲是个著名音乐家。"

作为著名音乐家的儿子，杨典从两岁便开始学小提琴。他的耳边总是放着一个半导体收音机，整日向他灌输音乐。父亲可以在屋里一边做饭，一边作曲，再一边监督着杨典练琴，稍微有点音不准、姿势不对，便会立刻发觉并发怒。反复的练习对于一个孩童来说实在是太枯燥了，窗外的一只麻雀、一片落叶，远处操场上的叫喊总是吸引着他的注意力，他也就没少挨训。有时候被父亲训得急了，杨典便一边哭一边拉，眼泪落到琴面上，然后再流到小提琴的"F孔"里去。

或许如杨典后来在回忆文章中写道的："对重复父亲的行为和天才有一种恐惧，恐惧产生叛逆。"或许只是一个孩子单纯对枯燥训练的厌烦，杨典总是哭闹，终于有一天父亲也不耐烦了："你不想学就算了，反正我也没时间教，你爱学什么学什么吧。"大概六七岁的时候，父母同意杨典不再拉小提琴，而是去学画画。

在杨典住的歌剧团大院里，穿过食堂有一条胡同，胡同最深处有一扇小门，透过门缝可以隐约看到里面的情景。杨典跑到胡同里玩，扒在门缝上，看到里面摆着一个石膏像，不知道是食堂的厨子还是谁，在对着石膏像画素描。杨典觉得他画得很好看，就走进去，站在旁边看着他画，看着看着杨典说："我也想学画画。"

父亲给杨典找的美术老师是一个刚从监狱里放出来的老右派画家。老师的私人画室在重庆一个菜市场附近的胡同里，班上有不少学生，杨典是年纪最小的一个。屋子的中间拉一个帘子，老师在里面睡觉和做饭，帘子外面就是教室，很多人围着石膏和一个骷髅画素描。那是杨典第一次看见骷髅，是老师从医学院买回来的一个真的人头骨骷髅。杨典才七岁，坐在画室里对着石膏和骷髅，进行着枯燥的素描基础训练。

几年后父亲工作调任，杨典开始随着父亲在重庆、上海、北京三地迁徙。从小学到中学的十一年间，他一共转过七次学，搬过九次家。几乎每过一两年，他都会当一次插班生，每所学校的进度不一样。杨典的学习用自己的话来说，是"一堆垃圾"，尤其是代数，上课已经不知道老师在讲什么了，考试只能乱写。在一次次短暂地进入新环境又离开的过程中，杨典习惯了做一个陌生的边缘人。

每到一个地方，父亲都会给杨典请一位油画老师。1987年后，杨典家彻底定居北京，父亲为杨典在笔管胡同附近的大杂院里租了一间屋子，潜心作画。此时杨典已是一个少年，披着长发，裹着一袭从重庆带来的旧军大衣，浑身是颜料的色点，“觉得自己是某个被命运埋藏在帝国胡同里的鬼才，大踏步走在北京大街上”。他和一个同学约好，一起到中央工艺美术学院上绘画考前班。初二那年冬天，他每天早上5点半就起床，顶着寒风坐一个小时的公交车去上课，经常冻得手指拿不动画笔。那时，他像很多青年一样，中了“梵高之毒”，认为艺术应该是一种苦行。他画面上的物体全都被扭曲的色点搅拌在一起，他认为绘画就是“一种宣泄、一声喊叫”，是“用色彩反抗生活的苍白”。

杨典报名了中央美术学院附中的考试，但是考试那天他没有去参加，他突然不想画画了，想写诗。于是他与成为一名学院派的专业画家的机会擦肩而过。

25年后的2012年，杨典的工作室出品了画册《太朴之骸》，选录了他百余张架上的绘画作品。在前言中他写道："为此，我觉得整整等待、消耗和磨损了半生。"这是对少年时代热爱绘画的还愿。在当代艺术与商业和政治纠缠不清，行为、装置、影像艺术喧嚣不已时，杨典坚持认为架上绘画依然没有穷尽新的可能，他一度陷入迷茫，直到领悟了"太朴"一词。

如明清之际的画家朱若极在《画语录》中所言："太古无法，太朴不散。太朴一散，而法立矣。法于何立？立于一画。"太朴，是"在将画未画之时的懵懂之感，是对图像的意会"。它也是一个大杂烩，是"一道透析万物、影射万物又能混淆万物的X光"。杨典所取法的，既有朱耷、徐渭等水墨画的传统，也有博伊斯、克莱因等西方后现代艺术的技法。山水、鬼怪、人体器官、几何图形并存在他的画面里。他所从中汲取养料的，还有中医针灸图、人体解剖图、古籍小说的绣像、色情浮世绘或植物学图谱……

一切都可以成为综合材料，一切入一。在杨典的诗文中，我们也可以看到这样的特点。

诗

1984年底，因父亲回到中央音乐学院任职（杨典的祖父和祖母在20世纪五六十年代也都是央音的教授），杨典便跟随父亲来到北京，住在中央音乐学院里。那里原是醇亲王府，50年代后成为鲍家街43号，杨典的整个少年时代在此度过。不论是中央音乐学院，还是之前住的重庆歌剧院，家里来往的都是艺术家，在这样的氛围里，杨典从来没有想过除了文艺这个世上还有什么别的东西可以做。“没有想象过以后搞科学、学经济或者学什么别的实用的东西，已经被屏蔽掉了这些，家里觉得我长大了就只能搞文艺，琴棋书画反正选一个。”

但是当1987年的夏天，杨典提出要做一个诗人时，父亲还是吃了一惊，随即大怒。对于父亲来说，音乐和绘画都是正常的职业，写诗岂能算是一门手艺？“全中国也才只有六个职业作家，写诗能当饭吃吗？你以为你是谁？”父亲问道。杨典便跟父亲整天掐，父亲说自己是艺术家，杨典便说：“我是天才。”最后父亲无可奈何：“那就真是没法管你了，你自己混吧。”

杨典没去参加央美附中的考试，在音乐学院附中读了几年高中后，他就辍学了。他跟父亲说，不喜欢上学，不想上了。父亲说好吧，你自己选的路，遇到什么困难自己承担。二十年后韩寒以辍学反体制蜚声社会，但在当时杨典的字典里，非但没有“反体制”，连“辍学”这个词都没有。“就是不想上学，要写作、到处玩，我的思维反正从小也比较跳跃，为什么人一定要上学？我爸他们那辈也有很多人不上学，我身边有很多人也不上学，不是照样都是艺术家？”

杨典不喜欢对自己过去的行为进行阐释，一切都是“随性”，“现在有一种很虚假的自我分析方法，就是把自己现在的思维直接放在过去，这是绝对不可能的。少年是很直观地凭感觉去做事，把自己的思想诠释得那么仔细，那就不是孩子了，也就没有锐气了。”

20 世纪 80 年代是一个诗歌的年代，在杨典看来，在 80 年代，诗歌“是一个很变态的事情，它被推到一个不恰当的高度，就像 90 年代的摇滚一样，有一阵是全民式的”。那时杨典身边几乎人人都在写诗，不管是搞音乐的、搞画画的，还是本身就是诗人。现在的很多所谓“第三代诗人”都经常出入杨典家，杨典十三四岁时，身边的朋友大部分是中年人，包括诗人子午——“第三代”这个词的第一个提出者、《第三代宣言》的起草人。

1987年15岁的杨典和诗人子午成为了挚友，子午是杨典投入写作生涯之后，在精神上遇到的第一个朋友。那年子午要去海南工作，杨典也和子午一起出发，“我只感到我也要写诗，要飞，要云游天下”。那时的海口天高皇帝远，是“诗歌公社”和“文学共产主义的食堂”。杨典彻底开始了少年诗人的生活，一种“每天自称‘天才’的荒诞生活，暴饮暴食，抽烟，对莫名的事物狂笑不止”。

从海南回来，杨典更不能自已地读书、写诗。子午给杨典开了一份叫做“捷径”的书单，让杨典在最短时间内，把世界文学和中国古代诗歌中一些重要作品“洗”了一遍。当时阅读的西方诗人中，就有杨典后来一直深爱着的里尔克、兰波、博尔赫斯、艾略特、马拉美和曼德尔施塔姆，子午也是第一个提醒杨典注意中国传统典籍的人。

杨典十五岁写出了自己少年时代第一批意象密集的抒情诗，有两首发表在了《星星诗刊》上，其中《辫子》是一首写性的长诗，另一首《天亮以前》，是清晨起床时写的一个“梦记”。杨典几乎陷入一种走火入魔的状态，他可以从早上一睁眼就读书、写诗一直到深夜，不洗脸，不出门，两三天只吃一顿饭，一度觉得“若是20岁还写不出伟大的诗篇，就死了算了”。

17岁之后，杨典就没再跟父亲要过一分钱。辍学后不久，一个音乐学院的朋友喊杨典去拍纪录片。20世纪80年代末台湾制片人凌峰来大陆拍摄纪录片《八千里路云和月》，这是第一部台湾人拍的介绍大陆各省份风土人情的系列纪录片。音乐学院的一个朋友接上了这个活儿，找了五六个做音乐和写作的朋友进入摄制组，其中就有杨典。杨典在纪录片的组内当编导和撰稿，一起负责制片的则是后来因《白日焰火》一片获柏林金熊奖的导演刁亦男。杨典进入了纪录片行业，收获便是有了收入，以及跑遍了全国大大小小的地方。

杨典做了七八年的纪录片编导，其间还在北京电视台做过三四年的外聘编导，北京电视台的领导想把杨典留下来，被杨典以出国为由拒绝了。“要不然我就会一直在体制内某个单位待着，我经历过很多单位，什么杂志啊、报社啊、电视台，但是没有一个单位我会留下来。”

1997年杨典去了日本，也是一时随性，想出国看看。他在日本一边学语言，一边打工，想着日后再学学建筑。他做过“蜘蛛人”，挂在城市的高空擦洗高楼玻璃，在塑料瓶厂机械化的流水线上做过工人。他本想在这里感受古典东方之美，却失望地只看到了现代资本主义主导下日本人生活的空虚和疲劳。他感到自己需要文化归属感：“你觉得这里整个环境跟你没关系，我还是比较传统落地生根的那种，虽然精神上很叛逆，但是好像离不开汉语，离不开中国菜。”不到两年杨典就回了国。

杨典十几岁时在20世纪80年代的文学热中更多地沉浸在西方现代派和形而上学的思索中，二十岁之后，他的阅读越来越多地转向了中国传统典籍，而他的诗歌中，也越来越多地出现中国传统的元素。2002年杨典独立出版了首部诗集《花与反骨》，收录了他十五岁到三十岁创作的诗歌。随后他搁笔几年写小说和随笔，2008年重新拾笔，近十年又井喷式地写下了千余首诗，其中得以正式出版的只有《女史》和《随身卷子》中的一部分，独立印行了《禁诗》《七寸》等几部诗集。

如果说《花与反骨》还有很大一部分是抒情的，到了《禁诗》，杨典说自己的诗歌里只剩了“脾气”，再到《女史》和《随身卷子》，“脾气”都没有了，而有了更强的叙事性。自始至终，杨典不认为自己的诗歌有明确的风格，“我的风格就是没有风格，只能说是我的性格。”杨典诗歌气质一如其人：狷狂、不拘一格、爱憎分明。他的诗，自由与格律夹杂，白话与文言夹杂，信手拈来典故与笔记，不时出现脏话、黑话，甚至图像诗、无字诗。在他看来，汉语是一门空前复杂的语言，“古代汉语是一片原始森林，你不可能不利用，进去走一圈总有收获。现代汉语从民国以来一百多年有太多东西了，到现在网络语言、黑话、俚语、方言全是汉语，你不知道哪个能代表正宗的汉语，所以你可以都揉进来，问题是你有没有这个本事。”

杨典几乎从不出现在主流诗坛的种种流派和论争中，远离热闹的诗歌运动和“圈子”，他从小就旁观了太多诗歌界的人和事。“我对这套已经很反感了，80 年代有一句话，诗歌界就是黑社会。诗歌界的人是很乱的，有些人很脏，像浑水似的，他们开各种各样的会，很多当年很好的人就退出，现在也这样，年轻上来的人也不见得好到哪去。”他说道。

杨典不认为现在的某些“先锋群体”与第三代诗人对抗就是先锋，写古代的符号就是传统，口水与白话就是叛逆。在他看来，“先锋”不存在方向，只要跟周围的环境和时代相反，就是先锋。“如果现在全是现代的，我就以保守主义为先锋，最传统最落后的就是我，如果现在都是落后的，可能最激进的就是先锋。历史上古今中外先锋都是这样，现在你看辜鸿铭挺先锋，当年他们觉得他最落后，还留辫子。”

琴

2002年秋，杨典游说一些琴友，带了七张琴、十九幅画、两套琴谱，从北京奔赴江南，在上海汾阳路音乐学院的街边开办了一家古琴馆。

琴馆背靠上海音乐学院，有一条小路可以直接进入学校，这里也是杨典11岁时第一次来上海住过的地方。1983年冬天父亲调任上海音乐学院，杨典就随父亲住在上海音乐学院图书馆下面一间四平方米的斗室里。那时父亲正在将古琴曲改编为小提琴曲，每天在家里一边放着音乐，一边给杨典讲聂政刺韩王、嵇康奏《广陵散》等古代音乐家的传说。

父亲从大学时起便开始致力于小提琴民族化的探索，曾将《关山月》《十面埋伏》等许多中国传统曲目改编成小提琴曲。从杨典五六岁时，家里就整天萦绕着古琴声，吴文光等古琴家与父亲合作研究古琴曲的改编。那时候古琴即使在音乐学院的圈子里也是一个很酷的东西，民间更是知之甚少，中央音乐学院的古琴专业几年招不到一个学生，在 20 世纪 50 年代，全国只有五十余人会弹古琴。那时古琴也是一个极其高雅冷僻的事物。后来杨典开始正式师从吴文光先生习琴。

二十年后重回上海音乐学院故地，杨典成为中国第一个敢在大街上开古琴馆的人。“当时空怀一腔傻帽似的激情，觉得传统应该推广，应该出来呼喊一下。”他的设想是在上海创设一个江南地区古琴的雅集地，同时开门招收学生，向社会推广古琴。琴馆屋顶铺着百十来斤干草，屋檐下悬挂着杨典自制的巨大麻布灯笼，庐内置匾额、书籍、毛笔、怪石与茶饮。杨典昼夜住在琴馆内，白天，不少琴人来琴馆里品茶、抚琴、闲聊；夜里，杨典对着一盏孤灯，在一张破败的折叠木床上和衣而卧。

正当杨典醉心于琴馆生活之美时，琴馆却因朋友的“背叛”而陷入危机。那年冬天，琴庐亡散，前后只维持了四十七日，这成为杨典当年最大的伤心事。为排解忧闷，他只身一人去杭州灵隐寺烧香，坐在西湖边发呆了整个清晨。

回到北京，杨典又与古琴艺术家巫娜一起在天安门附近开办了“离骚琴馆”，举办各种传统文化讲座、古琴讲座。巫娜当时正与窦唯的“不一定乐队”合作，探索古琴与现代实验音乐的融合。窦唯有琴馆的钥匙，每天早上第一个到琴馆，整天坐在里面喝茶聊天。与窦唯的交往中，杨典也尝试着玩了一下即兴，在“不一定乐队”的电声与古琴即兴合奏专辑《佐罗在中国》中担任了其中一首曲子的古琴演奏。但听到录制好的专辑后杨典很失望，古琴轨道的分贝十分微弱，古琴的音色完全被轰响的电声遮蔽了。

后来由于租金昂贵等种种原因，北京的琴馆也散了，杨典彻底放弃了在大街上开琴馆的想法。这时古琴恰恰热了起来。2003 年，古琴成功申请为世界文化遗产；2008 年，古琴登上了北京奥运会的开幕式。制作开幕式上所弹奏古琴的斫琴师王鹏，在北京大兴创办了古琴制作基地“钧天坊”，占地一万多平方米，每年出产几千张琴，带动了整个制琴的行业。一夜间全国各地的古琴馆、古琴社纷纷冒出来，当年整个上海只有杨典一家琴馆，如今大概几百家不止。

古琴热起来，杨典却回了家。“当你发现你的想法所有人都在想的时候，你就知道你错了。”当满大街都是古琴班，杨典发现以前推广古琴的想法错了。中国传统文化是讲传承的，学生选老师，老师也要选学生，如今大街上古琴的师徒关系成了纯粹的商业行为，老师学了两三年就敢开店，学生交了学费就可以来学，会弹几个曲子就算学会了。“他们把古琴本身很幽静的美感、很山灵的气质破坏了。它本来是一门让人觉得很高古的绝学，现在变成一个酒馆茶坊的东西，那就恶俗化了，我心中的古琴不是这样的。”

“我以前认为推广古琴就能够将它发扬光大，后来发现发扬光大就是它的毁灭。你会发现一些文化一个很典型的现象就是毁于传播，一旦它变成了人人都可以去折腾一下的东西的时候，它就越来越浅薄。所以我自己还弹琴，但是不能变成一个社会行为。”后来当崔健通过朋友联系到杨典，想请他为自己弹前奏时，杨典婉拒了。“我不觉得这对古琴来说有意义，我去了就是个道具，是崔健的陪衬，那怎么行，必须得是他陪衬我才行。”杨典笑道。今年有好几个演出邀请，也被杨典推掉了。现在杨典只在自己家中成立的“啸”琴画工作室里自己弹琴，不公开对外招生。“知道我的人来找到我，我觉得看得过去，可以教，就教一下。”

彼　岸

“琴之所以有如此大的吸引力，不仅仅是其音乐的典雅绝伦，更重要的是在千年的古琴史中充满了无数惊世骇俗的事件，以及无数跳脱不羁的天才。”杨典曾经在散文《琴之杂学》中写道。不管是聂政刺韩王，还是嵇康死前弹奏的一曲《广陵散》，重要的都不是琴本身，而是琴背后的行动。

在中国传统中，琴不仅仅是一种乐器，它是“乐”的核心，是礼乐文化的象征。

禅宗有一种说法叫“舍筏登岸”，谓佛法如筏，既已渡人到彼岸，筏便无用，不可再执。在杨典看来，古琴对于古人来说就如同“筏”，弹琴是为了渡到彼岸，上岸之后“筏”就可以舍弃。对于西方人来说，他们可以从做一个作家或一个艺术家本身找到生存的意义，但杨典仍然像一个中国传统士人一样牵系着彼岸。“现在我们是职业化了，只要在某个领域里做成什么就达到了人生最高成就，古人的精神里是没有这个概念的，古人是必须做出来的，要去治理，要去做一件大事，改变这个社会，哪怕你是失败的。”

对于古代士大夫，乃至民国一代的读书人来说，“彼岸”是修齐治平的理想，然而这个理想随着历史的变迁很快破灭了，现在我们所处的是一个没有彼岸的时代。“你说彼岸是钱吗？也不是。你说彼岸是传统？是西方文化？是民主？你会发现，都没有精神归属感。”最后杨典发现，自己只能待在船上。“舍筏登岸变成了在筏上待着，我只能做文艺或者搞创作，很迷茫，这个筏子在水里漂，漂到哪儿算哪儿。”

杨典从来不愿意把自己归入某一种身份，无论是“作家”“画家”还是“古琴家”。今年9月的《幸存者诗刊》第三期“跨界”栏目刊选了杨典的画和诗，但杨典其实觉得“跨界”这个词也没有意义：“跨界，传统里没有这个词，本来没有什么界限，你非得给他分个界限跨着，然后再说我两边都做，我牛逼，我跨界了。古人全是跨界的，非常自由，他想干什么就干什么。”

杨典近年来在写作上的实验也可以称为“跨界”，无论《随身卷子》《女史》抑或《懒慢抄》，都有意地在继承“类书”这一传统。在《随身卷子》的序言中，杨典追溯了中国这一“爱写残篇断简的传统”：自唐五代笔记、宋元札记，再到明末顾亭林《日知录》，一直延续到钱钟书《管锥编》，“笔记琐话不仅为文人写作之滥觞，也是一种秘密的诗学”。它可以打破界限，无所不包。《随身卷子》有千余条目，囊括杨典的读书所得、冥想杂念、游记、批评，乃至家常食谱；《女史》则是以诗的形式书写百余位古今女性，来自史书典籍、社会新闻和市井八卦。书中的笔记与诗后的注释都是其中的有机组成部分。

最近出版的《懒慢抄》则是笔记体志怪小说集，在杨典看来，笔记体小说是极简主义，它可以在很短的篇幅内具备小说所有的性质，它不像一般的小说，有起因、高潮和主题，容易染上说教味，写笔记体小说只需享受它的可能性和节奏。它的节奏是最古典的节奏，无论是《庄子》里的“寓言”还是六朝的《搜神记》，笔记体志怪小说是中国小说真正的传统。它又是最当代的节奏，在当代社会的时间观念和碎片化的阅读习惯下，它的短小恰恰又成立了。

杨典写过一部《肉体的文学史》，它也不是一本严格意义上的“文学史”，而是一本有关文学的随笔集。在杨典看来，文学史是荒诞的：一方面，每一个阅读的人都可以有自己心中的文学史；另一方面，几千年来中国文学源源不断，但作为一个历史的民族，中国有“二十四史”，有砚台史、风筝史……但从未见有人写过“文学史”。因为中国人从不认为文学是一个“东西”，它就是每天的日常生活，没有人会想过在里面求得一个地位。

在想当作家的童年时代，杨典曾跟父亲争执，父亲觉得艺术一定要得到社会的承认，就像他上台演奏一曲小提琴曲，要获得台下观众的掌声。杨典反驳说："我的书现在没人看怕什么，就是500年以后才有人看也没关系，我的书是能够传世的。"现在，他觉得这些想法也很可笑："传世很好，不传世也是正常的，都是小事，天地万物间，个人存在的性质和非洲原野上死了一头羚羊是差不多的。"

"我们从小受的教育是长大了要做一个对社会有用的人，"杨典说道，但他始终游离在社会体制之外，"现在我的理想就是可以做一个无用的人。"

问题问答

界面文化：你最欣赏的外国作家是谁，为什么？

杨典：没有最喜欢的，都挺喜欢的。小时候有两个国家的作家对我有影响：一个是俄罗斯，一个是法国。俄罗斯主要是白银时代那批诗人，从曼德尔施塔姆到帕斯捷尔纳克，还有别雷。20 世纪 80 年代荀红军译的《跨世纪抒情》对我影响很大，是俄罗斯白银时代的诗选，别人的译本都没有那么好。法国的话，是从 19 世纪到 20 世纪的象征主义，以巴黎为中心的文学。少年时代有两本西方小说我印象比较深，一本是《日瓦戈医生》，另一本是黑塞的《纳尔齐斯与歌尔德蒙》，这本书按现在的分法叫做晚期浪漫主义，它不是很现代，讲的是师徒两个人，一个是在学院里面的大教授，另一个是唐璜式的美少年从头至尾跟各种女孩谈恋爱，最后两人合二为一，他们变成一个人。其实它就是一个 19 世纪的唐璜故事，少年时代不就是整天想谈恋爱嘛，肯定看那个书受感染。

现阶段其实我谈不上喜不喜欢，因为已经喜欢不起来了，就是看一下，知道他是怎么回事，怎么搞法就行，不像十几岁的时候读本书到处跟人聊，那时觉得喜欢，现在谈不上。

界面文化：你最欣赏的中国作家是谁，为什么？

杨典：算古代的话那肯定是司马迁，真正没事就想翻出来再看一看的可能只有《史记》这本书，其他的四大名著什么的可能没有必要，因为太熟了。《史记》就是我们聊到的士大夫的彼岸的那个东西，我认为《史记》是历史书里头的头一本，是唯一能够上升到“经”的高度，甚至超越了《春秋》的历史书。《史记》很杂，“列传”第一次关注到了帝王将相之外的人，像《滑稽列传》《刺客列传》，包括后来的《货殖列传》，完全把最底层的人全部翻出来了，它是个大杂烩，就是后来咱们说的“跨界”，《史记》就像小说一样，它是一个百科全书式的东西。

《金瓶梅》也可以翻出来看，它肯定是最伟大的中国小说，这是毫无疑问的，因为它是中国古代小说中唯一具有现代性的。虽然它的结构是古典的章回小说，但是它直面现实，有点存在主义，有点黑色幽默，又有点后现代的意识。其他小说要么就脸谱化了，要么就是英雄主义或者神话，还是属于古典传统的概念。只有《金瓶梅》里面，好人坏人你没有办法去判断，他们跟普通人是一样的，这一点，很现代，而且它对修辞的讲究完全不低于包括《红楼梦》在内任何一本书，所以它应该是最好的。

界面文化：你的社交圈里是否有许多作家朋友，或者是否认为写作应该进入某个圈子？

杨典：作家朋友肯定有啊，当然有，我的很多朋友都是作家。

写作不需要混圈子，写作就是个人行为，你写不写得好，跟圈子没关系，相反圈子可能还影响我。我就最不爱混圈子，什么圈子都不想进，不想进任何集体，但实际上完全不进是不可能的。人还是一个社交动物，没有办法，你自己一个人可以写作，但是你没有办法去生存。

界面文化：你写作的习惯是什么，是否会在固定时间写作？

杨典：不会，从来没有，我想什么时候写就什么时候写。除非写长篇，那可能不得不固定某些时段，要不然坚持不下去。我写东西不需要订计划，因为我的产量已经很大了，只需要削减计划，少写点。这几十年一直在写，而且我手比较快，小说可能慢一点，诗和随笔这种东西可能就很快。

界面文化：除了写作和阅读，你还有什么爱好？

杨典：爱好太多了，画画、古琴都是爱好，但是也都是职业。原来喜欢到处跑，现在不喜欢到处跑了。喝茶算爱好吗？练太极拳算爱好吗？电影？这不算爱好，这是人人都做的事。但是电影还跟我有点关系，因为我原来也一直在写剧本。这都不是爱好，我分不清楚爱好和要做的事。

界面文化：如何看待影视和文学的关系？

杨典：它们不要互相代替就没什么问题。比如说文学，我认为一本书如果能拍成电影，这本书就不好；拍不出来的书，比如《红楼梦》怎么拍也代替不了它。如果说看完电影这本书可以不看了，那这本书就失败了，你的语言可以被另外一个艺术种类代替，变成一段音乐、一幅画、一部电影，那你就完了。电影也同样，如果电影完全可以写本书或者写一篇文章把要说的说清楚，那还拍什么电影？现在有些新闻电影，比如说徐静蕾的《梦想照进现实》，完全是一篇文章，或者一本对话录嘛，为什么非要让我在那蹲两个小时，听你们俩说话呢，那还有什么意义？包括贾樟柯的一些电影，像《二十四城记》，我觉得都是用报告文学就可以代替的，很节约成本，也比较环保，你非得弄那么多钱，弄出胶片来，就没有意义，拍点照片放在书里就行了。

界面文化：我们谈论一部小说的时候会说到语言、结构、节奏、故事等，对你来说你最在意其中的哪个部分？

杨典：肯定是语言和细节。过去可能觉得故事讲得精彩相对来说重要一些，你看翻译小说它有什么语言呢，都是翻译成白话的，感觉不到它的母语，主要不就是看它讲的故事吗？哪怕它的比喻、意象很精彩，都不是语言，语言是没法翻译的。汉语里面的东西是没法翻译的，比如语气助词、用字，一个字可以用另外一个字代替，翻译成这个字和翻译成那个字是两个感觉，这个道理受过民国传统教育的老人都明白，我不知道现在 90 后明不明白，因为看翻译的东西太多了，我们这代是后来补课明白的。汉语是字的文学、字的艺术，不是词语和意象甚至是故事的艺术，如果说写作的人真正具体到字了，就是成熟了，张爱玲非常讲究字，民国那代人都非常讲究字，但是 20 世纪 80 年代以后的作家其实非常不懂这个。他们觉得用自己生活中说话的语气把东西写明白或者写精彩，就好了。我认为这是不懂文学，只能算会讲故事，写的东西很精彩很刺激，但是没有语言的。如果我们现在的写作中经常注意这个问题，文体就会大变，但是没有人这么做，一般都是注意要写什么，或者要说什么事。

界面文化：写作的时候你会想着读者吗？

杨典：肯定不想，可以没有读者。除非你要写那个东西的目的性在动笔之前已经很强了。就像你去接剧本一样，你可能想电视剧谁去看呢；文学完全是个人行为，如果想着别人那还怎么写。写作是个很随意的习惯，你觉得你达到你所要的那个感觉了，然后自己欣赏一下就行了，你说诗又不挣钱，诗没有任何经济效益，为什么要浪费时间写那么多诗？还不就是为自己。

界面文化：你觉得作家是否要关注政治和公共性话题，并且应该将这些关注反映到作品里？

杨典：可以不反映，但是我觉得好像本能就会关注吧，很难有一个人不关注。那也太没心没肺了，你是一个四川作家，你们家地震了，你还不关注？不可能。作品可以不反映，你有权不反映；你反映也没有什么，但有反映也不能说明有良知，你不反映也不能说明你没有良知，这不能成为道德批判的理由。不要把一般意义上我们说的作家和公知当成不可分割的关系，你可以做公知，中国需要公知，但是现在公知变成“公猪”了，就不好说了。

界面文化：你觉得未来小说的读者是更多还是更少？

杨典：我相信读《懒慢抄》的读者会多一些，因为笔记体短，我觉得短的东西的读者肯定不会减少，因为它不会浪费时间，就像《随身卷子》，随时可以翻一下，上厕所读一段也行，手机里面翻一段也可以。现在是一个居伊·德波所谓的“景观社会”，大量的无用信息堆积，其实我们现在出的书，包括我自己的书也参与到这里面。这个世界不需要这么多书，哪怕都是好书，再说还有90%不是好书。其一，看不完，其二，一个人哪有那么多的精神去消解这些东西？我还不上班呢，我都消解不了，现在还在不断地大量生产，不仅是书，还有电影、网络、信息。所有让眼睛和耳朵全部堵满的东西，就像太多的美食一样，吃多了人只有生病。

读文学的人会更多还是更少，这个没法预测。任何东西都是三十年河东三十年河西，谁知道古琴会突然热起来，没准哪天诗歌会红，电影会死。人是会玩疲的，玩一二百年，烦了就换了。最近20年可能还是现在这个样子，我接触的人还是读书的多，哪怕是读Kindle，或者在手机上读，只是不拿纸书而已。我接触的包括90后、00后读书的孩子还是挺多的，可能我接触的人群有限，不知道社会整体的统计数字。

界面文化：你是否认为作家和评论家应该保持距离？

杨典：私人关系我认识几个，但是没有什么保持距离这一说，无所谓。批评家，我还想批评他呢（笑），开什么玩笑，没有人敢批评我。我很少写批评，老有人找我写评论，不管是评画还是评文学，我都说我不会，其实不是不会，比较文学和批评我很擅长，但是我不去评，顶多网上骂两句。

“中国最缺的就是别林斯基”，20 世纪 80 年代就有这句话，现在还适用，中国批评家不是太多，而是真正的批评家太少，因为中国的批评要么是带着水分的乱说，要么是裙带人情关系。连美术界、当代艺术界都是这样，胡说八道，任何一个莫名其妙的东西，他都给你贴上各种各样深奥的标签，本来你能看懂，来个批评家给你乱说一阵你就看不懂了。好的批评家自己必须是创作者，如果只做批评，那就是站着说话不腰疼，或者就是乱说，要不然就是把各种学术的东西揉进去，你就更看不懂了。我觉得批评家的职责就是应该说坏话，而且得是准确的“坏话”，所谓“批判即伟大的偏见”。意有所指、言之有物的才是好的批评家，好话不用批评。

界面文化：你在写作这条道路上对自己未来的期许是什么？

杨典：出书嘛，我的书都是闲书。写的方面，我希望把长篇赶快弄完，长篇有两个到三个，有些是要改的存稿，但是我不知道有没有这个时间和精力，长篇是我的心病，必须得把它完成。写作风格方面我没想过，还是自然而然，我只是注意到细节，比如说语言和细节上怎样更接近汉语的本身的魅力。

我只感到我也要写诗，要飞，要云游天下。

11

史杰鹏：

猥琐是生活最真实的一面

采写 程衍樑

1971年出生于江西南昌，现居北京。历史小说作家，古文字学博士，原北京师范大学古籍与传统文化研究院副教授，出版小说《亭长小武》《楚墓》《刺杀孙策》等，网络常用名为“梁惠王”，现为独立撰稿人。

在北师大教书的时候，史杰鹏开过一门音韵学的课程。音韵学很有趣，也很难，二十多年前，史杰鹏报考北大古文字专业研究生时，音韵学差点儿就成了他的“拦路虎”。

在课上，他好几次被好奇心旺盛的学生追问：“如果学好音韵学，比如把《广韵》整个背下来，穿越回古代能不能和古人对话。”

史杰鹏告诉学生，这是不可能的，即使是如今网络上流行的上古拟音系统，被录制成了音频材料，也绝非古人谈话时的真实发音：“他们如何说话，除非有录音，否则今天的人无法精确复原。”

这个答案让学生大失所望，史杰鹏脑海里却突然闪现出一个被音韵学串起来的模糊故事：一个古代的楚国大巫，机关算尽利用巫术与歌谣走了一步通向遥远时代的大棋，最后却功亏一篑，因为他没料到语言读音在未来的变迁。

日复一日，这个念头在史杰鹏头脑里挥之不

去。太迷人了，他想，人是可悲的东西，对很多事情其实无能为力，这种无力却又散发出充满遗憾的美感。他决心要为这一缕灵感写出一部小说。

童年：农村不是诗人笔下的田园牧歌

据老同学回忆，学生时代的史杰鹏能整段整段地背诵《汉书》，很有点名士气象，对此，史杰鹏本人反倒谦虚起来，表示记忆已不真切，并毫不避讳透露自己儿时生活惨淡，父母也不幸福，几乎可以和穷困潦倒画等号。

提起在南昌郊外的童年，他常说的一句话是："其实我小时候的生活，和汉代下层人民的日常，并没有太大不同。"如果非要说出不同，那就是古人生活更为凄苦。

"你看《史记》里，讲到某某纵横家，路上被强盗抢走了一口锅。人们读到这里会觉得很好笑，但细想一下，背后是秦汉时代人出远门的艰难：不仅要自己挑粮食，还得自带炊具。商店、旅馆想都不要想，即使有也不是普通人能消费得起的。"

一年吃不上十顿肉，使用牛与犁耕田。幼年的史杰鹏往来自己在南昌郊区的亲戚家，会瞧见悬挂在房梁上的竹篮，里面装的是上一顿没吃完的食物——挂在房梁上，老鼠就不容易偷吃。在没有冰箱的年代，中国南方农村家庭的储餐习惯大多不外如是。直到成年后回忆起这类细节时，史杰鹏才琢磨出这种储存方式必然为食物带来大量亚硝酸盐，从前的人，恐怕多少都已为此付出了健康的代价。

对一个出生在1971年的知识分子而言，这样的童年生活绝谈不上愉快。在史杰鹏的眼里，农村不是诗人笔下的田园牧歌，而是赤裸裸展示丛林法则的地方，他甚至体会不到太多亲情的美好。只有一点他是自小就看透了的："猥琐是生活最真实的一面。"

在大学，史杰鹏见到了更多来自全省不同地方的学生，他惊奇地观察到许多乡村出身的同学都有类似特质，甚至连艰难生活带来的烙印都很相似："易怒，为了一点点小事就会觉得自尊心受辱。"多年以后，当他投入到一系列汉代题材的小说创作时，乡村经验和伴随农村户口一道长大的敏感心灵，反倒成了他发挥想象力时的重要倚靠。

2003年，史杰鹏通过互联网发表了小说处女作——长篇历史小说《亭长小武》，用细腻的笔触描绘了一个汉代豫章郡小吏借势爬上高位却最终走向悲剧的故事，前半段宛如侦探小说，后半段则加入了历史典故中的政治阴谋。为了方便叙事，史杰鹏把故事的发生地设定在自己的家乡。

“写一个在南昌发生的故事，我纯粹是为了寻找一种温馨的感觉，尤其是写到环境方面更加真切一点。”

《亭长小武》至今仍是他最畅销的作品，十几年来反复加印，史杰鹏自嘲后来在结构技巧上的探索很少受到读者认可，反倒是《小武》这类“种马小说”，脍炙人口，一版再版。

我被“种马小说”的提法逗乐了，史杰鹏却一本正经说，小武的故事是符合实际的：“汉代存在这样的社会现象，当时的人要改变命运，一部分会选择熟读律令，成为一名小酷吏。汉代不少丞相、御史大夫，就是从乡干部、派出所所长一步步做起来的，小武正是这样一个人。但做酷吏需要机遇，没有这种机会，就只能靠不顾一切的闯劲和钻营了，所以我后来写了和小武很不一样的《赌徒陈汤》。”

中央与地方豪强对立严重的武帝时代，一度是史杰鹏反复描摹的对象。他为之创作了《亭长小武》和《婴齐传》，稍后的《赌徒陈汤》尽管发生在宣帝年间，故事文本却与武帝时代有千丝万缕的联系。史杰鹏对帝王将相的故事兴趣不大，他更希望观察一个小人物，了解他们在那样的时代怎么去改变命运。

这篇小说诞生后，一位学生告诉史杰鹏，自己看完感到非常失望："这样一个人渣，怎么能当历史小说的主角呢？"史杰鹏没有多做解释，在他心里，历史上真实的陈汤说不定人格更糟糕，自己的小说已经有拔高他的可能了。

"常有人说我小说里有种冷酷的世界观，其实那是我读《汉书》的感受。所以我说千万不要穿越到汉代，否则你都不知道自己怎么死的：可能一个和你有点关系的亲戚被牵连了，你也得莫名其妙陪着被杀。你知道汉代腰斩是要先把犯人衣服剥光的……"

史杰鹏会忍不住描述其中的细节，仿佛赵忠祥解说《动物世界》，听者偶尔意识到这些都是两千年前真实发生在其他人身上的残酷往事，不自觉便毛骨悚然。

民众热衷追忆古代的帝王伟业，对充当背景布的普通人的际遇缺乏兴趣。史杰鹏感到滑稽："我认为，历来老百姓崇拜的英雄人物，大多是残害百姓的人渣。"

一个典型的例子是史杰鹏刚刚完成创作的新小说《刺杀孙策》，这是一部不折不扣的反英雄小说。"我的历史观和很多人不一样，孙氏家族在江东，巧取豪夺，非常残暴，以不讲信用著称。基本是个没什么文化的家族。"史杰鹏想通过这部小说来阐述他对三国人物的看法。

为了创作《刺杀孙策》，史杰鹏从湖南走马楼出土的吴国简牍中提取了不少基础信息，涉及孙吴时代的统治方式、基层官吏的运转模式。虽然故事出于虚构，但史杰鹏自信在历史感上，会比当下流行的三国题材创作好很多。

历史感一直是他的文字追求，缺乏历史感，则一切小说都只是作者对时代做出强硬设定的当代小说。史杰鹏明确表达过对人气小说《大秦帝国》的厌恶，表示看到"白雪"这种人名就不想看了，因为作者并无还原历史场景的能力；他也因为《故事新编》中"小穷奇""小丙君"一类的人名，表示过对鲁迅古文功底的认可。

“我的理想，其实是写出一部完全不涉及上层斗争的历史小说，彻底的平民视角，一个古代版的《户口本》。但文献材料还支撑不起这个构想，也许过几年我会尝试一下。”

《户口本》是史杰鹏的自传体小说，描写他自江西农村长大过程的所闻所见，出版于2016年。很多读者说，这是他最好的作品，一部完全意义上的当代史和个人史。史杰鹏想，倘若能写出一个古代版的《户口本》，这大概就是历史小说的极致了吧。

求学：从菜农之子，成为大学者的传人

为了写小说，特地去释读出土的竹简，这听上去完全不是小说家应该做的事，但史杰鹏的写作与秦汉文献渊源颇深。在小说《亭长小武》诞生时，竹简就帮过他的大忙。那时，史杰鹏正在研读一批出土于湖北张家山的汉简，汉简中透露的某些信息让他兴致盎然。

“我这个人呢比较感性，张家山汉简对汉代人的生活细节披露非常详细，我看了就觉得那些人非

常可怜。汉简里面讲了一个刺杀的案子，特别生动，我把它照搬进了《亭长小武》，也就是小说第一章的故事。它是汉代真实发生过的故事。”

一开始，史杰鹏只打算就这个刑事案件卷宗写一个短篇小说，他将故事发表在自己和好友檀作文合办的BBS论坛“生于七十年代”上，架不住网友纷纷说好看，史杰鹏干脆顺着故事写下去，中途将连载阵地换到了天涯社区，点击率一路暴涨，最后竟虚构出了三十多万字。

“可能这种小说以前没有出现过，里面关于汉代律令的描写，要有专业背景。”小说出版后，中影也找上门来买下了影视改编权。2008年，中影再次找上史杰鹏，邀请他为吴宇森导演筹备的历史电影《赤壁》提供剧本创作，合作者是刘震云。

“我执笔，刘震云作为指导。写完第一版，刘震云觉得非常好，说就该这么写，但最后吴宇森没有采用，拍电影的时候用的还是自己的理念。”自己的创作最终没能被搬上银幕，史杰鹏有些遗憾。但他也明白剧本与小说对于技巧的要求天然不同，对他而言，前者带来收入，后者则满足创作欲望。当然，还有古文字学，那是他的本业，也是吃饭家伙，同时也是他热爱的一门愿意以之为志业的学问。

对古文字的兴趣源于《红楼梦》，史杰鹏高中时是完全意义上的文学青年，他热衷诗词，并对《红楼梦》中毒颇深。上大学后，在江西师范大学中文系的图书馆里，史杰鹏翻遍了每一本解读《红楼梦》的作品。有天，他从一本编写于“文革”期间的汇编资料中读到了王国维的文章，以叔本华哲学思想分析《红楼梦》，史杰鹏顿时感到五体投地，他对这个原本仅被与《人间词话》联系在一起的前清遗老刮目相看，顺理成章地了解到了王国维的本业之一：小学。

古文字学，亦称“小学”。究其本意，指的是秦汉时代的字词句。这些文字的书写、读音在历史中逐渐变得面目全非，最终，原本真的是连小学生都知道的文字知识，变成了大学者才有能力解读的艰深学科。史杰鹏发觉自己进了一个全新领域，且兴趣不减。

“对小学产生兴趣，很重要的一个原因是不希望自己看古文的时候要依靠别人的注释，因为注释总会出错。”

20 世纪 90 年代初的江西师大显然不是一个适合研究小学的地方。随着自学的深入，史杰鹏知道了裘锡圭、李学勤这些古文字大家的名字，并以他们的作品为纲，对古文字领域的教材进行系统性的阅读。

“裘锡圭有篇文章，叫《谈谈怎么学习古文字学》，我按照他的说法，看了郭沫若的《卜辞通纂》《殷契粹编》，还有一些音韵学的著作。”读的书多了，史杰鹏冒出了追随这些大师进行学术训练的想法，他开始向裘锡圭写信，表达有意报考北大古文字专业的愿望，在信件的地址一栏，史杰鹏填上：北京大学中文系。

不久后，裘锡圭亲笔写的回信真的来了。信中，裘锡圭告诉这个对古文字深怀兴趣的江西青年，自己已经不带硕士研究生了，但北大的另一位学者李家浩同样学识深厚，他或许愿意接纳新生。没过几天，李家浩的信也来了，他只是谨慎地对史杰鹏说，这年学校的确希望他招一位硕士，如果史杰鹏实在有兴趣，可以试试。

收到两位学界大拿的回信，史杰鹏受到了极大的鼓舞，他几乎把全部时间都花在接下来的备考过程中。从结果看，史杰鹏的自学效果不错，他顺利通过了1994年的北大研究生入学考试，通往学术世界的大门被撬开了。

“考研的时候，有道音韵学问题我答错了，后来李家浩老师问我这事，我就很老实告诉他，书看了好几遍，确实没弄懂。因为音韵学真的很难。”史杰鹏继续作出解释：“古汉字本身并不是绝对指代特定意思，更像一种记音的语言，同音字之间可以通用。我们今天叫通假字，当时人其实不觉得，汉字对他们就是记音符号。所以如果不知道某个字当时的读音，就很难确定他指代的是今天的哪个词。不懂音韵学，研究古文字就瘸了一条腿。”

李家浩是研究战国简帛的专家，在20世纪90年代中叶，中国出土的竹简规模还不大，可解读的文献有限，简单的信息早已被破译，没人做的课题大多很有难度。史杰鹏选择1987年出土的包山楚简作为研究对象，他把想法告诉裘锡圭，裘锡圭想了想，提醒他：“这个题目有点难哦。”

“要在他们手下过关，是很难的。但最后我拿出了七条札记，两万多字。”史杰鹏毫不掩饰自豪，无论是李家浩还是裘锡圭，对待学问和作品都极为严格。史杰鹏另一次印象深刻的褒奖，是在自己的散文随笔集《旧时天气旧时衣》出版后不久，接到李家浩的电话："你里面有些文章，写得挺有意思，知识面也丰富。你知道我这人平时很少夸人。"

三年的硕士生活，给史杰鹏的未来带来了巨大的改变，他从一个菜农之子，成为了大学者的传人。1997年，硕士毕业的史杰鹏打算找份工作，在北京扎下根。同一年，北师大创办了国学研究院，负责人听说李家浩今年有个待就业的学生，立刻向他发出了邀请。史杰鹏近水楼台先得月，顺利加入了北京师范大学，他在这所学校完成博士阶段的研究，导师是王宁。

"王宁先生的老师是陆宗达，陆宗达师承章太炎、黄季刚，所以我的博士导师是章黄学派传人。章黄都是我景仰的大师，虽然其严谨性不如清代的王念孙、段玉裁这批人。"说起小学，史杰鹏立刻与小说话题无缝切换，滔滔不绝："王国维、郭沫若的学问虽然很好，但思维还不够严密，对文字的释读多数还是猜测。这也是自古的传统，比如郑玄在讲古文的时候，经常不顾语法，认为一个字可以在任何位置使用，所以他解释出来的东西很多是不可靠的。裘锡圭这派在老一辈基础上大大进了一步，引进了西方语言学的思维方式和语法观念。”

“很奇怪的是，这种想法在清代的王念孙身上产生过。王念孙在讲一个词的用法的时候，会引用很多遵循相同语法的例句，说明他意识到了这个问题。”

史杰鹏在北师大一待就是20年，白驹过隙，国学研究所早已换成了古籍所，史杰鹏也成了副教授。在这期间，他写写停停，从小说、剧本，到评论专栏，均有涉猎，直到在那节音韵课上和自己苦等多年的题材相遇。

但史杰鹏没能一挥而就，这个由音韵学串起来的楚国故事折磨了他整整三年。

写作：赤裸裸地展示生活的猥琐

“要承载这样一个故事，肯定得找到恰当的结构才能将作者理念表达出来，但就是一直找不到。”

史杰鹏不想重复自《亭长小武》以来的历史小

说套路，早在写作《赌徒陈汤》时，他就已经在小说里加入新的技巧，尝试让不同的人物回忆同一个角色，以碎片式的段落拼接出完整故事。这次，他想在结构上再大胆一点。

构思主线故事期间，史杰鹏仍在坚持读小说。一天，他胡乱翻开胡安·鲁尔福的名作《佩德罗·巴拉莫》，鲁尔福是马尔克斯的偶像，也是享誉世界的拉美文学代表人物。史杰鹏看到一半，忍不住一个激灵，心里梦寐以求的故事结构和讲述方式，瞬间豁然开朗了。

"《佩德罗·巴拉莫》对我有不小的启发，很散，嬗变式的小说。我的写法是分了章节，他不分，读起来更绕。但他的时间线不是很长，我在《楚墓》里的设定是几千年的故事。"

《楚墓》问世后，史杰鹏的读者群发生了严重分歧，一部分认为史杰鹏突破了过去历史小说的局限，文学性在他的个人写作中被推到一个前所未有的高度，尤其是小说中间插入的一篇训诂论文，以及结尾处节外生枝的一章，都被看作神来之笔。另一部分读者则完全不买账，他们抱怨《楚墓》的故事杂乱无章，颠三倒四，且逻辑上极不可信。

除了偶尔在微博上打打笔仗，史杰鹏没有过多纠缠于争论，他开始全身心投入下一本小说的创作。这是一部来自江西农村少年的个人史，史杰鹏早已为它想好了名字——《户口本》。

“户口本这个东西，在20世纪70年代对中国人的影响之大，现在可能无法想象。如果你户口是农村的，基本就是二等人。所以它对我当时的心灵和后来的性格也有影响，让我小的时候很羞涩、敏感、自卑。”史杰鹏在这部小说里倾注了自己自童年以来对于人性、家庭、乡村社会的观察和体认，据他描述，小说中的大部分故事都来自他的亲身经历，偶尔会加入同龄朋友们的回忆。

“我从一开始就想用一种比较别致的方法把过去的细节展现出来。写的时候受巴别尔《骑兵军》影响比较大，他对环境的描写让我很受用。还有查尔斯·布考斯基，他的小说人物形象卑微猥琐，《户口本》里的人物大多也都这样。”

但史杰鹏真正感受到对这篇小说拥有把控力，是在看完了库切的《青春》和奈保尔的《米格尔街》之后。“我当时想了很多种方法，绞尽脑汁，最后采取每章构成一个独立小短篇的方式来展示我的整个生活环境，写到一半，看了奈保尔的《米格尔街》，感觉就像遇到了知音。算是和大师不谋而合吧。库切影响到我的，是他对自身挖掘的力度，他连从前诱奸自己表妹的事情都写出来了，我想这一定是真的，西方人自我剖析的力度确实很有冲击感。不看他的小说，我肯定不会像这样挖掘自己，看完他，我就觉得，应该这样写作。”

《户口本》的出版为史杰鹏带来了道德困境，他在小说中将身为“铁公鸡”的父亲和菜农母亲卑微的形象展示得一览无余，同样的待遇也被施加到每一个史杰鹏想得起来的亲友身上。早在散文集《旧时天气旧时衣》中，史杰鹏曾有过不少关于过去记忆的描写，但那时笔调依然饱含温情，在小说《户口本》里，史杰鹏选择赤裸裸地去展示生活的猥琐。

一个身在南昌的堂姐读完《户口本》后非常气愤，通过微信痛骂了史杰鹏三次，然后再也不和这位堂弟说话。“她怪我把自己写得猥琐就算了，还把她爸妈也写得这么猥琐。但实际上，在我眼里，他们都是这么猥琐，但他们不愿意承认。因为农村就是很猥琐很卑微的生活方式嘛。我大伯伯家的女儿也看了书，她也说有很多地方不舒服，但他们能理解我，而且有些段落回忆小时候的生活细节，他们会来告诉我，说写得蛮生动的。”史杰鹏向自己的微博关注者们展示了自己和堂姐的微信截图，对被刻画者的主观感受，他走向了彻底的不关心。

《户口本》的故事只写到史杰鹏十八岁为止，对于此后的岁月，他说自己依然有提笔的欲望。史杰鹏在十八岁后就离开了从小生活的南昌城南郊区一带，并在4年后北上，在北京落地生根。

“如果继续写下去，就是我离开家乡以后的事情了，那么，我希望能写得更加不温情。”一想到这种可能，史杰鹏忍不住笑起来。

去职：在北师大工作20年，离开只用了不到20天

2017年夏天，史杰鹏46岁了，他第一次尝试用安眠药改善自己的睡眠质量，在朋友家做客的时候，他看到了几盒三唑仑，顺便问朋友讨要了一盒。在那之前，他已经连续好几天睡不好觉了。

睡眠问题困扰了史杰鹏很多年，他自小神经衰弱，失眠时有发生。刚进北大读研的时候，史杰鹏的上铺住着古代文学专业的同学檀作文，檀作文床头摆着一个闹钟，每到深夜，滴答声不绝如缕，直沁耳膜。没几个月，史杰鹏濒临崩溃的边缘。他一言不发地从海淀市场买回一个没有滴答声的新闹钟，平静地向檀作文提出交换的要求。

后来，史杰鹏把这段往事当做笑料写在网上："当时檀作文应该庆幸自己接受了交易，否则歹徒梁惠王拿回来的就不是闹钟，而是一副哑铃。"

"梁惠王"是史杰鹏更响亮的花名。那是在21世纪初，他和檀作文共同在诗词论坛上厮混，檀为自己取了网名"周穆王"，史杰鹏翻了翻《孟子》，顺手就选了梁惠王做自己的名字。"每次都有人问我为什么要叫梁惠王，我就说觉得他这个人挺不错的，老被孟子骂，也不发作。"他停顿了下，然后挥挥手，说那些理由其实是扯淡，"就是随便选的，没有原因。"

几个月前，史杰鹏失去了他在北师大的教职（古籍所副教授，副高七级）——他在北师大这里工作了20年，离开只花了不到20天。

现实摆在他眼前，他的工作，没了。

解聘影响到的不仅是他个人，还有跟着他研究甲骨文的研究生们，“北师大搞我这个学问的老师没几个，我一走，好几个学生都得去改论文选题。”

史杰鹏的睡眠质量在此后剧烈恶化，甚至彻夜难眠，终于到了不得不求诸安眠药的地步。比起丢掉工作，这件事给自己家人带来的错愕更让史杰鹏难过，而且这也很可能让其他大学对他避之不及。史杰鹏有点后悔自己从前在社交网络上的口无遮拦了。

“别人都觉得我爱骂人，但实际上我不适合这种交流方式。我2011年开始用微博，当时网上很热闹，说话很大胆，但我发现经常有不认识的人疯狂来骂你，不知道怎么回事，让我非常震惊。我一度不想上了，后来有朋友劝我说网上不就是这样嘛，习惯了也还蛮好玩的。所以我继续用了，我想我骂人的风格可能也是微博培养出来的。”

生活中里史杰鹏，远没有那般激烈。他的学生们耳闻了老师在社交网络上的形象，反倒觉得有点萌，私底下也开始叫起他“大王”来。

“我性格比较刚直，受不得委屈，现在想来，这样的性格往往会受更大的委屈，代价很大。”史杰鹏说，他最在意的是没有把现实身份和网络 ID 切割开来。

“我并不愿意让别人知道自己是史杰鹏。但当时开通账号的时候，我是受邀请用户，账号信息已经由工作人员注册好了，实名，还备注了我是北师大副教授。等我自己修改成历史小说作者后，已经有很多人知道我的真实身份了，由不得我。”

末了，他只好叹了口气，“中国人就是这样，因为你的一些说法，就去你的工作单位告状，给你穿小鞋。这样的结果，都是长期互相不宽容带来的恶果吧。”

短暂的沮丧过后，史杰鹏又恢复了梁惠王的神情。现在他开始专心经营自己的微信公号“梁惠王的云梦之泽”，并尝试制作面向大众的古文字学线上课程。对于学术，史杰鹏仍未放弃相关研究工作。

“我最近两三年的论文都是关于秦汉简的，原先不是，我毕竟对包山竹简很熟悉，但因为我博士研究的是训诂学，在词源学方面下了很深功夫，所以后来一直在作词源学研究。现在秦汉简大量出土，我发现利用词源学研究可以解决秦汉简不少问题，这两年写了十多篇文章，但生性懒散，一直没有修改发表。”

“古文字研究的成果，没有专门的期刊供你发表，但你可以发各个大学的学报，原来古文字的文章必须手写，出现电脑照排之后可以剪切上去，就好办多了。但你知道，学术圈存在很多人情稿，我可以肯定地说，那些有刊号的期刊里，很多学术文章质量比不上本行当的集刊，但它们在考核上有便宜，因为有刊号。”

未来：创作一部以 20 世纪历史为蓝本的小说

在国学复兴的时代，史杰鹏无疑是个满脑子离经叛道思想的异类：他是古文字专家，却丝毫不认为需要对中国的历史和文化传统保留所谓的温情；面对甚嚣尘上的文化复兴热，他总是泼出一碗碗冷水，提醒跟风者不要脑子过热；身为学者出身的小说家，他对欧美小说的熟稔程度和对文学性的追求，在历史题材写作者中显得格外醒目。

他曾经完成过一篇《卫鞅》，看过的人都说，那是他最好的中篇小说。他还说，自己最大的野心是创作一部以20世纪历史为蓝本的小说作品，他希望把故事背景放到战争时期，从人性和人权的角度出发，让现代价值观介入故事，更直白地展示冲突。

“你熟读《汉书》，又对汉代律令了如指掌，假如把你扔回汉代，你觉得自己能活下来吗？”听到这个问题，史杰鹏沉思片刻，声调降低下来，说：“估计活不了吧。”

他反问我：“孔融、祢衡这些人，难道就不懂祸从口出的道理吗？其实就是性格使然，一时激愤，把命丢了。我知道很多道理，可我做不到。”

问题问答

界面文化：你最欣赏的外国作家是谁？为什么？

史杰鹏：太多了，查尔斯·布考斯基、弗兰纳里·奥康纳、伊萨克·巴别尔，我还特别喜欢契诃夫、蒲宁、海明威。我过去几本小说，受过明显影响的还有库切、奈保尔。

界面文化：你最欣赏的华语作家是谁？为什么？

史杰鹏：我喜欢刘震云。也喜欢苏童的一些短篇小说，他的长篇我不喜欢，形式上有点幼稚。现在我已经好久不看国内作家作品了，看了也不喜欢。

界面文化：你的社交圈里是否有许多作家朋友，是否认为写作应该进入某个圈子？

史杰鹏：我没什么作家朋友，也没有加入作协。如果有一个圈子的话，可以互相砥砺，但如果没法跟圈子里的人和谐相处，只能不加入了，因为性格使然。写完一部小说后，我会给朋友或出版社看看，比如《楚墓》当时有出版社看了就不想接，认为太文学了，建议我投文学类期刊，但我也没有认识的人。

界面文化：除了写作和阅读，你还有什么爱好？

史杰鹏：我会打两盘射击游戏，打两把就不打了。没其他什么爱好，要做家务、照顾孩子啊，时间有限。

界面文化：你认为作家和评论家是否应该保持距离？

史杰鹏：我觉得应该吧。

界面文化：你写作的习惯是什么？是否会在固定的时间写作？

史杰鹏：我会有专门的创作状态，每天写两千字左右。每次写完小说，我都想修改十几遍，但总是做不到，能修改三五遍就很不错了。

界面文化：如何看待影视和文学的关系？

史杰鹏：好久没看过电视，家里的电视机都不开了。有段时间我看过《大明王朝1566》，还不错，至少有对生活细节的描绘，其他历史戏很少对生活细节有细致描写的。我曾经做过剧本《西楚霸王》，刚开始对方很兴奋，但没过多久，电视台就要开播《楚汉风云》，陈道明演的。我交剧本的时候，对方提醒我要脸谱化一点，只有脸谱化才有辨识度。影视和文学的另一个差别是生活化的细节，剧本里不需要多写，老百姓不看的，你只要写冲突就行了。

我会去读好剧本。我写过一个电影剧本《天山之战》，写耿恭的，我就看了一些战争题材的剧本，比如《拯救大兵瑞恩》，想写好剧本还是得看好莱坞电影剧本才行。但还是很难完全把它和中国的故事嫁接起来。

界面文化：你觉得未来文学的读者会更多还是更少？

史杰鹏：我觉得纯文学的读者可能少了吧，因为看网文的人很多。但网文我真的看不下去，前些年有一部很火的爱情小说，里面有个角色叫“玉面小飞龙”（应指《致我们终将逝去的青春》），我妻子告诉我说她的朋友评价这部小说“太完美了”，我就在 Kindle 上下载了看，发现这什么玩意啊，太扯了，完全看不下去。

界面文化：我们谈论一部小说时，会说到语言、结构、节奏、故事等等，你最在意其中的哪个方面？

史杰鹏：结构。我个人的看法是结构更重要，一个故事如果找到一个很好的结构，就可以非常完美地表达出来。我为了给《楚墓》寻找结构，等了三年。文字技巧当然也很重要，但那是第二位的。

界面文化：写作的时候你会想到读者吗？

史杰鹏：不是完全不考虑，我会想想读者会不会觉得合理。但如果我想表达我的价值观，就不管那么多了。

界面文化：作家是否应该关注政治话题，公共性话题？

史杰鹏：我认为应该关注，作家写到最后不是拼文学修养，而是拼思想境界。如果一个作家完全不关心政治，我不认为他的思想境界会高到哪里去。最终你还是得思考这些东西，关注这些话题不仅是应该，还是必须。

12 康赫：

论“野生”，我应该毫无悬念第一

采写 傅适野

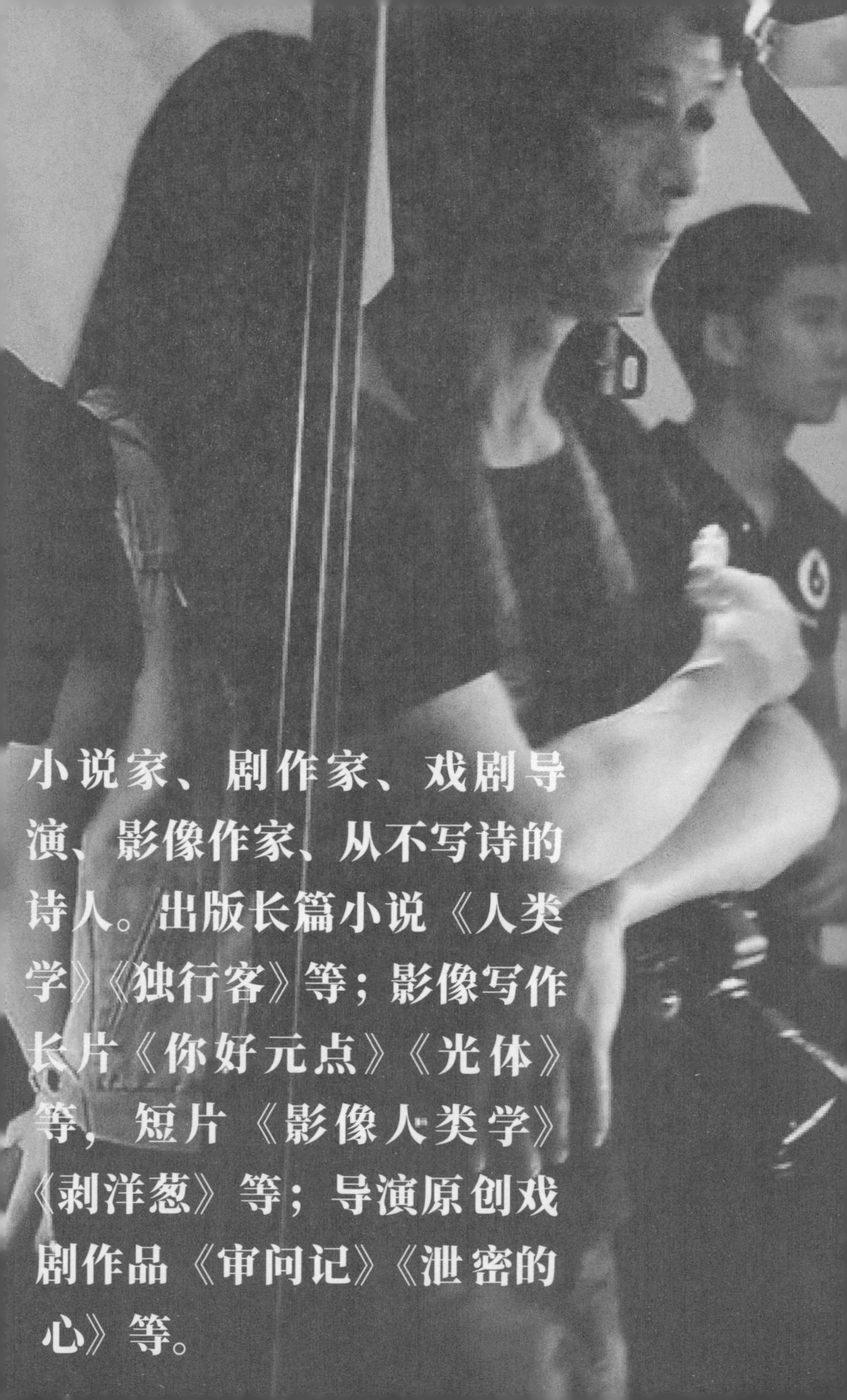

小说家、剧作家、戏剧导演、影像作家、从不写诗的诗人。出版长篇小说《人类学》《独行客》等；影像写作长片《你好元点》《光体》等，短片《影像人类学》《剥洋葱》等；导演原创戏剧作品《审问记》《泄密的心》等。

联系康赫，在微博上找到他，发私信，介绍来意，附上“野生作家”系列的几篇稿子，等待回复。康赫回得也快，带有不加掩饰的坦诚：

“你们的问题好呆板，经历从头到尾来谈也谈不动。”

我们暂且将这两句话，看作是之后访谈的一个伏笔。

和康赫见面后，他在“同题问答”环节，再一次表达了对于问题设置的质疑：“既然是野生作家，为什么有一些一样的问题呢？用一个模式去套太奇怪了，一定要去追求他们的共性，何必呢？”

而后来将近三小时的访谈也证明，康赫的第二句话说得没错，信息极度密集的三小时依旧只是触碰到他多面生活中的一些小局部、小皮毛。

作家孙敏健在一次活动上这样形容康赫：“康赫这个人，他的精力是牲口级别的……在他认为，这些别人不能承受的事情都是可以承受的。”可能正因为这种奇怪的、充沛的精力，使得康赫多年来出入于不同领域。一方面，他曾尝试过许多职业：国企员工、家庭教师、地理杂志编辑、日报记者、时尚杂志作者、美食杂志出版人等等。另一方面，他写小说、排戏、拍摄影像、从事声音实践。

在采访中，康赫说：“如果要按你们意义上的‘野生’PK其他所有作家，我应该毫无悬念第一。第二和第一之间的距离可能是AI和聂卫平老师之间的距离。”

沙地·梅城

在康赫长达一百三十多万字的小说《人类学》的扉页，有这样一句自我介绍：“康赫，浙江萧山沙地人，垦荒者和流浪汉生养的儿子。”

沙地是位于钱塘江以南的一片广袤的沙质平原，是民国初期围海造田产生的沙质地，盐碱含量大，因此这里的土地是白色的，也被叫做白地。这种盐碱地最初无法种庄稼，只能种植咸蓬、络麻和棉花等拔盐作物。

络麻细腻、小、容易糜烂。每年八月中下旬，正是康赫放暑假的时候，第一批络麻被一捆捆放到河里，河水慢慢变臭，鱼虾浮头，众人去抓鱼虾，河里挤满了人。半个月后，络麻变烂，麻皮与麻筋自然分离，打捞麻筋，晾晒。直到上初中，康赫还能在学校附近的桥边看到晾晒的麻筋，“雪白一大片一大片”。

沙地靠近绍兴，最早的时候，居民中的大部分都是去垦荒的绍兴人，因此今天这里的居民大多是绍兴移民的后代，他们说绍兴话，延续绍兴的习俗。康赫的太爷爷是流民，康赫的父亲九岁就带着两个弟弟出门、看庙、流浪，解放后才定居沙地。而康赫的外公外婆也是第一批从绍兴来沙地垦荒的居民。因此，康赫称自己为“垦荒者和流浪汉生养的儿子”。

在康赫的一些高中同学看来，他那时是个不起眼的男同学：害羞，不太说话，存在感极低。他也喜欢发呆，班上有哪个漂亮女生，他就盯着一直看。可看着看着就走神了，等人家走了之后，他还盯着之前的地方看，同学们才意识到他不是在看人，而是在发呆，在萧山话里，这叫做“打呆顾”。

康赫唯一一次在学校“出名”，是高一的一个课间，他盯着教室里的广播喇叭，思考用鸡毛掸子打中喇叭的可行性，“等我反应过来，发现那个喇叭已经被我戳得稀巴烂了。”那次事件之后，康赫的名字通过更大的喇叭传出，在全校通报批评。第二天出早操的时候，他被要求站在操场前的石头台子上，当着全校师生面读他的检讨书。

康赫没有活在同龄人的现实时空中，他活在文学的时空里。文学真正开始对康赫产生影响，是高二上学期。家里那会儿一个月给他八块钱伙食费，他用这些钱的一部分，在新华书店买了彼时极为昂贵的、五毛钱一本的莎士比亚作品《仲夏夜之梦》《尤利斯·该撒》和《安东尼与克柳巴》——都是曹未风的译本，绿色封面，有铜版纸的插画，非常精美。这些书，康赫保留至今。

康赫的哥哥当时在家里的自留地里种了苗木，家里花了很多钱，为了防止苗木被偷，家人在苗木旁边搭了个看守用的帐篷。母亲节约怕费电，拉了一盏不足十五瓦的电灯到帐篷里。就是在昏黄的灯光下，康赫开启了他的《仲夏夜之梦》《尤利斯·该撒》和《安东尼与克柳巴》阅读之旅。帐篷离隔壁人家的豆腐作坊不到两三米，康赫常常看书看到三四点，四下寂静，只有那个豆腐坊里传来嘎嗒嗒嘎嗒嗒的声响，那是赶早市的人在辛勤劳动。平日里，康赫特别烦噪音的干扰，但他偏偏喜欢豆腐作坊的声音，空旷幽静田地里有节律的声响，像是他深夜阅读的一种陪伴。在苗木旁、在漆黑的夜里、在微暗的灯泡下，他第一次感受到了文学的力量。莎士比亚对于康赫来说，不是刺激，也不是冲击，而是一种出乎意料——“那么大名头，居然是个文风轻快华丽的作家。”康赫喜欢这种轻快华丽，尤其喜欢莎士比亚笔下的那些小丑。

到了高三，康赫突然变得“对文学没感觉了”，开始迷恋哲学，他读《关于费尔巴哈的提纲》，读《共产党宣言》，读《形式逻辑》，心想，原来有比文学还厉害的东西。也不知道是不是哲学在暗地里帮了忙，原来在班上成绩倒着数的康赫，在高考时变成了年级前十几名，如愿考入杭州大学哲学系。那是1985年。

从高中到大学，康赫“像是彻底换了个人”。杭州大学的混乱混合着青春的荷尔蒙和虚妄的勇气，为康赫打开了新世界的大门，也为他日后的小说创作积累了诸多素材。康赫说，当时人尽皆知，在浙江最疯狂的高校就是杭州大学。“学校里到处有人打架，有校内不同院系之间打的，也有校内和校外人士打的，为了女人，也为了钱。”在康赫毕业的前一年，杭州大学一口气开除了36个学生。原因是学校里的几个温州学生找了宿舍楼五楼的一个空宿舍，搬来好多沙发，在里面聚众赌博，“和女生乱搞”，和社会人士打架。那次大开除轰动一时，新闻上了《光明日报》头条。而这些被开除的学生，则成了同学眼中的英雄。离校的时候，宿舍楼里的同学在楼道上敲脸盆，放鞭炮，欢送他们。敲脸盆似乎是杭大的一个“保留节目”。康赫还记得有一次学校里四栋男生宿舍楼的人在楼道上一起敲脸盆，“敲疯了，就有人顺着墙面倒汽油放火”，形成了一条火龙。也有人直接把宿舍里的凳子扔下去，凳子径直落在宿舍楼底下的自行车棚顶上，发出巨大的声响。

如今回想起彼时的岁月，康赫特别庆幸自己的大学时光是这样度过的，“何等疯狂，何等阳光”。他认为与当时学校里那些打架赌博的男生相比，自己太平庸，但也算是长了见识，也正是因为自己经历过那种“疯狂”的时光，康赫不相信现在的大学能培育出什么有意思的文学人才。如果要追问他原因，他便会回答说：“不知道，不回答这个问题。”末了又补了一句：“艺术家可以圈养出来的吗？”

北　京

1991 年，大学毕业的两年后，康赫第一次来北京。那是个秋天，和杭州的潮湿暧昧、空气中透着水分的情况完全相反，北京“秋天风大，沙子也大，打在脸上疼，但天非常蓝，杨树叶哗哗响”。康赫热爱这样的北京，想着要离开杭州来北京居住。“没有几个熟人，是最爽的。想左转就左转，想右转就右转，没人管你。”

大学毕业前，康赫曾考过一次同济大学的哲学研究生，他最为得意的西方哲学科目只得到了 28 分。那次考试“太疯狂了”，有六道题（或者是十道题，康赫记不准确，同时他也认为准不准确无所谓，全是脑子里的东西），他只对其中的两道有点把握，而其他的几道，连基本内容他都没听说过。“为什么来考我托马斯·阿奎那的某个我认为毫无意义的观点。我听都没听说过，怎么评价？”康赫觉得十分荒谬，他热爱哲学，学习得也颇为用心，“我也不是笨蛋，他们居然来考我这些，后来就不考了，再没考。”1989 年大学毕业时，他逃掉了照毕业照，直接去玩儿了，同学们都找不到他。

毕业后，康赫被分配到浙江当地的物资局，是国有企业，在里面负责钢材生意。康赫对于这份工作完全没有兴趣，四年之后，他辞职，来到北京，想成为一名作家。在大学期间，他也零零散散地写。从大一开始他就在做意识研究，观察别人的意识、自己的意识和别人的梦境，他杂七杂八写了一些“好像是诗歌但现在看起来也不是”的东西。不过比起心愿，摆在他面前的首要问题，是生存。

那是一段如今罗列起来好丰富的经历，从 1993 年到 2009 年，康赫先后做过家庭教师、外企中文教员、时尚杂志专栏作者、北大新青年网站主编、演出公司项目策划、地理杂志编辑、日报记者、美食杂志出版人、影像摄影师、样态设计师。他在工作与写作两种模式之间来回切换，觉得工作成为写作的阻碍时，就辞职专心写作，写到没钱的时候，再从书斋里走出来工作。

从南方到北方，从江浙小城到北京，这种转变以及对南方和北方不同社会形态、地理风貌、语言习俗的体察和对比构成了康赫创作的基石。康赫已经完成了三部长篇小说：1997年近40万字的《斯巴达：一个南方生活的样本》、2003年的《独行客》以及2014年130多万字的《人类学》。大多离不开一个潮湿的南方城市梅城，以及北京。

在《斯巴达》中，康赫用39万9千字描绘了南方梅城中十六个小时里的生活场景。小说的主线是北京公子哥李得儿勾引糊涂虫郭龊的妻子吕蒂蒂，并犯下一系列风流韵事。与此同时，康赫也由这十六小时展开去，勾勒出梅城及时行乐之风以及浑浑噩噩的情色生活。

南方梅城，对于康赫的创作来说极为重要，后来在《人类学》中，梅城又一次出现，它是对于南方的一种指代，也承载着康赫对于家乡、对于年轻时生活经验和记忆的一种特殊情感。在《斯巴达》中，康赫曾这样描写南方的潮湿："永远有没完没了的雨水从屋顶、树梢、伞面上渗下来，在地上积起一个个水坑，一出门就溅你一身烂泥。侥幸哪一天有了一团灰乎乎白糊糊的阳光从云层里透出来，就会更加蒸笼般地郁闷难耐。"

从《斯巴达》开始，康赫的创作就极具野心。用将近40万字描绘一座南方城市十六小时的生活场景，这很难不让人想到乔伊斯。康赫认为乔伊斯对他的影响是大学期间留下的。那时候还没有《尤利西斯》的全译本，只有袁可嘉选编的《外国现代派作品选》里的乔伊斯片段。康赫认为自己大学期间做意识研究的经验，让他“清楚乔伊斯写作的所有奥秘，很快就能知道，不用多想”。

除了乔伊斯，《斯巴达》中还有莎士比亚、陀思妥耶夫斯基以及中国传统戏剧的身影。在小说的最后，是一篇名为《语言、文体、史诗及中国古典戏剧——斯巴达创作前的一些读书笔记》的文章，其中，康赫多次谈到这些名字。直到今天，康赫也丝毫不回避这些作家对于《斯巴达》的影响。“你会发现《斯巴达》是一个愿意向前辈致敬的作品，没有那么在乎自己作为一个相对独立个体的创作，向很多人致敬：巴尔扎克、乔伊斯、汤显祖、司马迁、陀思妥耶夫斯基、莎士比亚。因为里面有些段落就是有意模仿他们的。”

写完《斯巴达》的那一年，康赫29岁。他曾经给自己定了一个目标，受别人影响的作品要在30岁之前结束。“我把我的学徒期定在30岁以前，所以我29岁必须写完，实际上也是29岁写完，写了三个月，改了四个月。”

而《斯巴达》之后的《独行客》，是康赫为《人类学》做的一个小型实验。在写《斯巴达》的时候，康赫已经有了创作《人类学》的想法——写《斯巴达》结束后的事情，地点从南方梅城转移到北京。起初，康赫想写一个地狱结构的故事，一个人穿过五环去市中心找他的妻子，景象是末日式的，北京的一场大地震后，主题关于末日里的爱。但北京太大了，康赫一直没有想好该怎么写，从哪里入手。于是他找了个小城市T城进行实验。但后来写着写着，“变成了另外一个东西”，康赫索性写下去。《独行客》的主人公是少年郭龈，和《斯巴达》中的那位妻子被人勾引了的糊涂虫同名。在康赫的豆瓣小站上，他这样介绍《独行客》：“我要讲的是少年郭龈在T城当游侠的故事。他独自穿越这座黑暗之城，去见自己心爱的女人布比。由于心灵长久受制于城市和自己丈夫施放的魔法，布比丧失了爱的能力。郭龈决心将她救出T城。”而当最后《独行客》完成之后，康赫发现它“根本不是那么回事，跟《人类学》毫无关系”。

可这并不妨碍康赫对于《人类学》的继续探索。《独行客》教会康赫的是，之前想的结构可以抛弃不用，于是他又继续想，写北京是写一个月呢，还是写一年呢？康赫一直觉得“不行”，不仅仅是形式，还包括语言、构造法，总而言之，他不知道如何把一个大如北京的城市呈现出来。直到2006年，在《华夏地理》当编辑的康赫开窍了，突然就知道应该怎么写了——每个月写一章，写九个月，总共九章。每一章有一个相对独立的主题，有一群相对独立的群体，他们在章节之间进进出出。这样一来，章节之间，主题在流动，人物在流动，节气也在流动。这个想法让康赫兴奋不已：他终于找到一种将东方小说的流动性和西方小说的立体构造法融合在一起的方法了。他又一次辞掉工作，专心写作：十个月，六十万字，粗略地描画出这部最终长达130万字小说的最初轮廓。

九十年代

在一次和实验音乐家颜峻的对谈中，康赫谈及

20 世纪 90 年代："我对整个 90 年代一直都保持了强烈的兴趣，做了大量记录：精神暧昧，雾气重重，持续下行，但没有彻底堕落。没有什么时代比中国 90 年代更适合来观察人类了，也没有什么时代比它更适合由我这样的作家来处理了。我不喜欢处理大变动大动荡的时代，人类会因为时代的特殊而变得特殊，他们将借此掩盖自己的丰富和多面。"

在康赫看来，八十年代有种扑鼻而来的浪漫气息，而如今则是更加明朗的状况。相较之下，90 年代比较模糊不清，灰蒙蒙一片。总体而言，90 年代精神已经开始走下行线，但肌理的层次很多，都混合在一起，无法肯定简单的定论。这种复杂和微妙吸引着康赫。

康赫构思许久的《人类学》就在这样一片模糊、微妙的氛围中展开。很难用几句话概括《人类学》的内容。在这本书的封面左下角，写着"南方梅城"，右下角靠上一点的位置，写着"北方北京"，而在封底上，有这样一段描述：

"小说展示了文学书写最广为人知的野心，语言的、叙事的和文学史的。它以连续九个月里，上百人缠根错节的谱系，从历史与当下的结合点，深入时代废墟，以复合声部勘察动荡的人心。在这幅波澜壮阔、透迤幽深的意识画卷里，我们的时代无处藏身。”

用康赫的话来说，这部长达一百万字的小说，怎么解读也不为过，因为作为作者的他考虑的永远比读者多得多。成书的过程并非一帆风顺，康赫辞职之后的那六十万字，写得飞快，除了很多错别字之外，还缺乏大量的细节和局部修饰，“只是按照已经想好的构造方式，像做雕塑一样先把它们堆成一些石块”。但康赫心里清楚，这六十万字仍然存在巨大的问题，不仅是结构，还有语言、构造法和细节。在那个时候，恰好他的积蓄也花得差不多了，再次面临生存问题，于是，他选择把《人类学》的草稿先放一放，重新开始工作。

2009 年，作家出版社的编辑李宏伟来找康赫，李得知康赫手头正在写的《人类学》后，希望康赫能够改出来，由他负责出版。康赫再一次辞职，他说这也是他最后一次辞职。辞职后的头两年，他进入《人类学》资料收集和完善的工作，在原有六十万字的基本构造法之下做一些局部的调整。要调整的细节很多，要收集的材料也很庞杂，“涉及历史、哲学、市民生活、某个人的命运、某个陌生群体的生活状况”。

为了还原20世纪90年代北京的生活场景，康赫做了大量采访，为补充一些生活细节：比如在那个年代，在某种特定的情况下，一个人会用什么样的杯子，喝什么饮料，会怎么说话，再比如90年代一个卡拉OK厅的布局和状况是如何的。康赫像是一部电影或者舞台剧中的制景师，试图还原一个时代的物质和生活风貌。除此之外，他一直以来的日记和“收藏”在写作过程中也帮了大忙。康赫有收藏杂七杂八信息的习惯，他称之为一种“与生俱来的嗜好”，关于90年代，他保留了大量的文字记录和报纸杂志。与此同时，在他的笔记中，也有许多和“面相学”相关的记录——分析一个人的脸，以及这张脸背后可能的遭遇和说话的状态，这些在后来都成为《人类学》90年代图景的一部分。

2014年，康赫终于完成了《人类学》的写作，在七年的时间中，最初的六十万字被扩展为130万字。2015年在接受采访时，康赫将《人类学》的创作过程比作攀登珠峰。在那次攀登中，他发现了自己的身体潜能：“我走得特别快，后来中科院的人给我测了一下，他们说，你的心跳不对，完全不能以这样的速度走路……我那时候认识到自己的体能，我知道不用去做个普鲁斯特式的作家，老流虚汗，躲在一个角落里写，尽量逃避消耗。”在《人类学》最终完成之后，康赫感到特别特别空虚，不想见任何人，把自己埋在游戏里，这样过了半年。

对于这一部耗费了如此多心力和体力的长篇小说，康赫颇为重视。他在微博上发起读《人类学》的活动，读者读完后会在微博上@他，告诉康赫自己读完了，而康赫则转发微博，并为每一位读者分配一个编号，像一个接力活动。如今已有64个人读完了这部小说。在康赫看来，这些读者越过了很多障碍来接近一本书，或者是写这本书的人。这样的努力让康赫感到熟悉，因为他也曾经花很多时间、很多功夫去接近一个自己喜欢的作家。因此，认真读《人类学》的人，在康赫眼里和其他读者不一样，他们更像是亲人。“我知道他们很多人在一起玩，很多人还谈恋爱了，也有一些人辞职，去一个人独自行走。”

如今回看，康赫不再认为《人类学》只属于90年代了。“归根结底，《人类学》所反映的还是一种中国的状况，再过二三十年，中国差不多也这样。”对康赫来说，《人类学》是“入城记”，也是“离城记”。一方面，它讲的是一群“外地人”在北京的故事，另一方面，如康赫前阵子在微博上所言：“《人类学》最初的名字真的就是《离城记》，当时考虑的是这些人从市中心慢慢搬到五环外。写了几年就不成立了，因为五环也算成市里了。通县变成了通州，大兴、怀柔昌平都不再是县而是区了。”

声　音

“g—a—？”上门补课的五年级学生危坐在贴墙的沙发边沿，两脚并拢，半个屁股悬空，双手插在裤裆间，风纪扣紧箍着细脖子。

啊。元音中的元音，丹田宗气推送万音之母无阻无碍回旋于蟹壳空腔。疨，啊，嗯嗯嗯，被喉咙深处干涩发痒的小巴扇附近冒出的一小串粗糙的摩擦音意外打断。

上面两个片段，分别是《斯巴达》和《人类

学》的开篇，都和声音有关。实际上，这两部小说中，都有大量关于声音的描写。有一些是对声音、发声方式以及声带的摩擦震动过程的描写，也有一些是对声音的物质化描写，写某个元音或者辅音的质感和物理特征，比如《人类学》开篇提到的元音中的元音，比如在第四章开头的那声猫叫：“呃——混合着元初的恶声讹遏愕厄噩扼饿挨近柔软的喉咙向潮湿的腭顶，颤动。”

还有一些是声音场景的文本化呈现，集中在《人类学》第六章：鞑子桥胡同、东四十四条、西四北三条、地坛公园、后海银锭桥边、安定门永恒胡同、前门大栅栏、亮马桥海上花洗手间、东大桥沿路、西上坡双井 11 号、鼓楼西大街、北京站、北京地铁一号线、天安门、崇文门马路市场、公主坟。康赫用文字的方式，呈现了一张北京的声音地图。

在 20 世纪 90 年代到来前，康赫就开始注意声音了，他注意一个人的声音和性格之间的关系。他觉得，声音和性格是一回事，和长相也是一回事，它们都透露一个人的信息。换言之，声音是性格的局部，声带的构造意味着个体和世界的某种关系。

康赫的声音不算浑厚，也不算响亮，他说话时，大部分时间像在喃喃自语，而并非面对一个特定的对象传达自己的想法。有时候，他会突然提高音量，用略微急促的语调传达他的不理解或者是不耐烦。他语速快，也不太按照通俗习惯断句，就像他书中出现的大量不带标点符号的段落一样。他的发音，仍保留着绍兴方言的味道——鲜有前后鼻音的区分，儿化音也并非一种自然的吐露，听上去总像是被临时安放在某个字的末尾，摇摇欲坠。

如果说对于声音的关注和无意识的收集始于早年，那么2010年在澳大利亚墨尔本的一个声音展览，让康赫从对声音模糊的迷恋转变为系统的分析。为了那个展览。康赫收集了很多声音样本，领袖的声音、马路的声音等等。也正是这个展览，启发了康赫，让他开始为《人类学》的创作进行声音样本的收集。

除了声音，还有方言。其实从《斯巴达》开始，方言便一直在场，构成康赫创作中不可或缺的一部分。而在《人类学》中，康赫将这种方言发挥得更加极致，让方言成为了一种写作的方法论。但方言的插入也给阅读带来了巨大的障碍，常常是大段大段的绍兴方言，掺杂着很多未曾谋面的生僻字，一直打断读者的阅读。这种中断，是康赫的意图之一，方言和普通话之间时而融合、时而排斥的关系，正是康赫记忆中90年代的北京——方言随地域和人际关系发生反复变化。

为了还原20世纪90年代的声音和方言图景，康赫做了大量的采访。他到胡同里去，了解北京大爷大妈的说话方式和语言习惯。而对从南方或者其他地方来到北京的外地人，康赫则会根据人物的性格、习性以及在北京生活的时间长短来安排他们的语言使用状况，从而使他们的发声方式、用词方式体现出语言和语言之间的斗争与融合。“如果这是个偏执的人他可能更多地保留自己的方言习惯，如果这个人是开放的、喜欢飞快地融入当地生活，他可能有意识地要去模仿当地人。”

同时，由于一些声音样本采集于2009年之后，康赫面临的另一个挑战是如何将这些声音样本还原到90年代的语境中，即什么词汇和用语要出现，什么不要出现。

从这个意义上来看，或可将《人类学》视为一种语言学上的尝试和探索。从语言的角度窥视熔炉般的北京，窥视带着不同语言印记的人如何在北京碰撞、交融、抵抗或者接受。

2014年，康赫将《人类学》中的一些部分改编为《北京杂音》的剧本，分别在2014年北京国际青年戏剧节和2015年乌镇国际戏剧节演出。《北京杂音》是一部关于声音的戏剧，也关乎从声音的角度去理解北京的社会和精神状况。其中有老太太的絮絮叨叨自言自语，有主角小彭在小耳房的床上嘟囔屋顶的老猫，也有开服装店的女孩向小彭念叨的开店宝典。其中大段的台词来自《人类学》，可又随着演员自身的方言和习惯做了调整。从观众入场到表演结束，多次出现一个麦克风带无线发射器收录观众和演员的声音，再从半导体播放出来。

实验音乐家颜峻曾经说，噪音（作为音乐的元素，或者作为音乐的替代者）逐渐在20世纪90年代成长起来，以它的无意义、琐屑，以它的颗粒组织，从集体无意识的混沌中醒来。“我对《人类学》的解读，也基于这样的认识：从20世纪90年代以来中国人语言的混乱中，提炼出知识、技术、逻辑，再将它们遣散到更大的碎片中去：一种清醒的疯狂。”

戏剧

在20世纪90年代，康赫察觉到国内作家和戏剧创作分离的趋势，“导演中心制，导演出题目，写手写，似乎文学创作和戏剧创作变成了两回事”。他认为在这一点上，应该向传统作家学习，把戏剧创作视为写作内容的一部分。2003年，康赫开始准备自己的第一部戏。

这部叫《审问记》的戏，改编自康赫的小说《睡虫》，取材自康赫老家20世纪80年代流传的关于“文化大革命”的故事：村里死了一个人，村长怀疑凶手是村里一位游手好闲的未婚男士，开始对他进行审问。由于大家都是邻居，所以审问累了，大家就玩一会儿，玩着玩着又开始审问。后来，被审问者开始胡编乱造，招供他“行凶”的时间和地点，为的是换取一些睡眠时间。

用康赫的话说，“当时年纪小，就想要耸人听闻，觉得做戏剧应该有口号，有一些解释，所以提出了‘偏离十五度，半’的概念”。康赫特地强调，在十五度和半之间的那个逗号，一定不能落下。在他看来，“十五度”是从一切现有的精神倾向和理论模型偏离的基本角度，“半”度是对“偏离”自身的“自由反动”，即“偏离十五度”只是一个基本态，而非确定态，在偏离之后，仍然存在微妙不可预测的自由反动。简而言之，康赫的戏剧、舞台和表演，都是自由奔放的。再说得简单一点，就是康赫的戏都特别难排：“首先要偏离，然后还要有自由反动，所以大家也搞不清楚我到底要什么。”

在这种“自由反动”的氛围中，《审问记》的排练和演出有着诸多乐趣。舞台上的道具都是演员自己做的，有一次歌手小河亲手做了挖地的锄头，供李红旗演的角色使用。李红旗那时候没有舞台经验，他真的用锄头锄地，锄了几下，锄头就断了。李红旗于是背对观众，开始装锄头，装着装着觉得不对，就转过来继续演。还有一次，有一位演员在舞台上等戏，老是没他的戏，于是他睡着了。轮到他说台词的时候，一束光照在身上，足足有半分钟，他才醒来。

除了这些演出趣事，观众们的反应也让康赫印象深刻。在《审问记》的开场，小河不间断地敲了十分钟锣，之后开始把舞台上一个箱子里的东西一件一件往外扔，边扔边报数。当时陈丹青也在场，他看到这里，扔下一句“什么破玩意儿！”就走了。而观众也被吓跑了不少，在没有被吓跑的观众里，有一部分睡着了。康赫笑称：“所以从那个时候开始，我就不怕我的观众睡着了，因为我第一个戏观众就睡着了。”

在那之后，康赫又排了十多个戏，他参加过几次乌镇戏剧节，2015 年是他最后一次参加戏剧节。在断断续续从事戏剧工作的这十几年里，康赫发现像小河这样有天分有悟性的好演员越来越难找，稍微有悟性一点的演员都去拍电视剧或者电影了。从那之后，他就不再排戏了。“现在对戏剧一点眷恋都没有了，这个事情对我来说都过去了。”

但戏剧经验对于康赫来说十分重要，因为戏剧意味着一个实际的空间，在排戏的过程中，康赫感觉到戏剧为自己的写作提供的那种新的契机。在康赫看来，十多年的戏剧导演经验造就了他和其他作家的区别：“在中国，同时写小说写戏剧自己偶尔还导演一下的，这样的作家可能并不多。如果没有亲身实践过舞台，写的东西真的挺幼稚的。”

影像写作

1993年到北京后，康赫曾经报过一个英语班。本来一年的课程康赫上了一学期不到就不去了，但课上的两个美国外教认为康赫能力不错，鼓励他申请纽约电影学院。有了大学那次考研经历后，康赫打定主意绝不考托福，“反正没人有资格可以来考我”。在外教的建议下，康赫给纽约电影学院写了一封信，介绍自己是谁，表明自己不考托福，但是想上电影学院，也想拿到奖学金。外教也帮康赫写了推荐信，并且鼓励康赫，美国就喜欢有才华的年轻人，所以他很大概率会被录取。

“结果，屁，根本没回音。”

但这个小插曲并没有影响康赫对于影像的热爱。他认识了两个电影学院的学生，入学时，他们是数一数二的学生，出来时，一个没有拿到毕业文凭，一个直接被开除了。康赫的这两个“哥们儿”，外加一个画家，组成了“观影小分队”。他们有时候一起看电影，有时候分开看，然后喝酒、讨论、争吵。在争吵中抛弃了一些东西，也在争吵中对文学和影像的关系有了更加清晰的认识。

当时影片资源特别稀少，像费里尼、戈达尔、安东尼奥尼的片子，大家都自己藏起来不愿意外借，因为借出去就回不来了。康赫还记得当时自己特别想看的一部电影是意大利导演安东尼奥尼的《扎布里斯基角》，他的两个朋友一直不让他看，直到期末他帮俩人完成了作业中的剧情大纲，他才如愿看到了这部电影，“没有字幕，图像也很模糊，但还是挺震撼的。”

再后来，康赫开始了自己的影像实践。

在一个他早期用家庭录像机完成的影像作品《镜花园——一个影像书评或一个读书纪录片》中，他尝试用摄像机镜头完成阅读行为。影片一开始，首先映入眼帘的是胡昉《镜花园》的书封和书脊的一部分，占据了画面靠右部分三分之二的空间。镜头推近，推近，再推近，最后定格在《镜花园》三个字上，镜头切换，画面变为自然状态下散开的书页，有光从顶部洒下来。之后，便开始镜头对于书的阅读。摄像机扫过书中的内容，用不同的角度，不同的速度聚焦纸上的文字。在这个长达24分钟的影像作品中，康赫完成了对于一本书的阅读。他一边说话，摄影机一边扫过书页的正反面。“在光下面，纸会像演员一样富于变化，会出现语言。”

2011年初，康赫开始拍自己的父亲，拍了四天半，最后剪成一部九十分钟的影片《你好，元点》，在广州维他命空间做展览。而这四天半的素材，也被康赫用在了《人类学》的写作中。

让康赫印象深刻的还有2015年一次醉酒后的拍摄经验。当时他为了喝一口汉墓酒，去为一个文学青年站台。后来康赫喝得大醉，不仅和邀请他去参加活动的人打了起来，还骂了在场的一位评论家。之后他醉醺醺地坐地铁回家，手里一直端着相机拍坐在对面的一个男孩。相机上装的是一个135 mm的老镜头，特别重，康赫就把镜头端在手里，摇摇晃晃地拍。第二天酒醒了看回放，康赫发现被拍的男孩生气了，康赫自己还说了一句“哥们牛逼！”这段素材，后来被剪进了《你好，元点》中。

在《你好，元点》的自述中，康赫坦言，当他拿起相机拍摄的时候，没有把它当作摄像机，而是当作一支笔，尽管这支笔用起来有点陌生。康赫将自己的影像作品区别于纪录片，“有人挖空心思要把真实拍得更真实，有人则喜欢把虚构拍得像纪录，我的工作并非与他们相反，非要把真实拍得像虚构，我只想说，一切真实均始于构造，就此而言，真实于我同时存在于虚构与纪录之中。”

康赫将这种对于影像的探索称为“影像写作”，在将来的时间里，他将继续写作的事业，只不过手中之笔，变为了摄像机。而在康赫看来，工具的改变并不会影响写作的本质。

同题问答

界面文化：你最欣赏的外国作家是谁，为什么？

康赫：这个没法回答，最欣赏的作家太多了，要把整个文学史报一遍。年纪更小的时候可能更清楚一些，现在界限变得越来越模糊，很难说清楚具体受到谁的影响，但肯定是受影响了，而且是广泛地受影响。这就是回答。

界面文化：你最欣赏的中国作家是谁，为什么？

康赫：鲁迅。我欣赏他是因为他彻底，他的语言里通常有一些说不太清的拓扑关系，所以他的语言会变得非常奇妙，很难简单把他某句话归结为某个意思。他的一句话里经常有好多层次，他可能是比较早触及语言复调的一个作家。他呈现的两方面一般作家很难同时实现——一方面很彻底，一方面很微妙，这不能概括为一个简单的辩证或者是一个决绝的姿态。

古代有很多我最欣赏的作家，又是一个漫长的书单，说不清楚，说了也啰嗦。通常都是那些大作家，大家都知道的，不光是对我一个人产生影响，对别人也产生影响，因此在我身上没有显得很特殊。我喜欢的人里面，最欣赏的可能是司马迁。

界面文化：你的社交圈里是否有许多作家朋友，或者是否认为写作应该进入某个圈子？

康赫：我的交往比较复杂，但一般来说我跟人交往的时间比较少，独自的时间比较多。我的交往特别杂七杂八，什么圈子都涉及，像游击队一样，碰一下，但不会特别深入地交往，比如美食、时尚、地理、诗人朋友、外交官以及戏剧圈的朋友，你说我是哪个圈子也说不上。现在还有当代艺术，这个我刚刚接触。我平时没有固定的圈子，也不太喜欢在圈子里。

写作进入某个圈子？我不知道这是个什么问

题。文人圈子对我来说完全没有意义，我比较排斥它，没有为什么，我就是觉得它没意思、不好玩。圈子也是种体制，有些门道、路径，在一个圈子你能够获得照应，但同时要照顾圈子的说话方式、表达方式。我对体制比较拒绝，对于圈子也比较拒绝，不大适合，也适应不了。

界面文化：你写作的习惯是什么，是否会在固定时间写作？

康赫：我的节奏非常混乱。我有一次连续一个月什么都不写，不想写。家人为了我的写作专门搬到老家去了，我一个人在北京写。所以有时候也会自己觉得有点过意不去，把老婆孩子赶走自己打游戏，而且一打打一个月。我真不知道这几年是怎么过来的。我家人特别吃惊，问我："为什么老看你在玩儿，最后能写出来？"我自己也不知道。有时候写到特别晚，有时候一天不写，发呆闲逛，睡觉打游戏。我可能太在意了才会这样，因为不在状态写了干吗？会有无尽的苦恼。当有无尽的苦恼的时候，我就打游戏吧。有时候也会有奖励，觉得今天写得特别爽，写两行就不写了。并不是满意这两行，只是在状态特别好的时候停下来，知道下面怎么干了，之后我就狠狠地写两天。

界面文化：除了写作和阅读，你还有什么爱好？

康赫：做饭。我做家常菜，自己乱来的做法，但得到的评价还是挺高的。做菜有点像写作，我知道有些食材是好的，辅料、配料没有搭配过，但觉得这两个东西放在一起应该会有意思，所以想去尝试。我有一次给颜峻做过一个炒三丝，他在一个艺术机构里驻地，大家去看他，每个人要带一点东西，我就带了一个菜。炒三丝好像是肉丝、姜丝和茶树菇还是杏鲍菇，都是三分之一。因为一般来说不会大量用姜，但是很好吃。

除了做饭，就是拍东西、闲逛。现在闲逛也少了，以前特别多，因为互联网越来越发达，在街上闲逛和在网上闲逛差不多。以前打游戏比较多，现在打游戏也少了。打游戏确实废了特别多时间。我玩儿角色扮演的游戏，竞技也玩，策略也玩，但那些游戏都比较老了，都是三五年前的游戏。我现在不玩了，也跟不上最新的游戏了，像英雄联盟我就没打过。

现在拍东西的时间增加了，拍的时间也是闲逛。

界面文化：如何看待影视和文学的关系？

康赫：影像语言和文字语言的载体不同，所以它们的表达方式和句法也不一样。很多人不太清楚这一点，包括很多很有名的导演，我认为他们在做的是文学的工作，离不开讲故事、渲染情绪。只有少量的导演在拍摄的时候在做影像，影像有自己的句法，影像和影像之间的句法，就像语言和语言之间的句法一样，得尊重这样的东西。文字语言是这样的关系，影像语言是那样的关系，很多人不注重它们的区别。

影像语言的句法指的就是影像和影像之间的关系，有多少种文字与文字之间的关系就有多少种影像与影像之间的关系。如果过多地在影像里投入故事和情绪就会变得非常文学化。塔可夫斯基的一些作品就非常文学化，帕索里尼也更多地偏重文学。更多地投入影像本身的导演是另一种方式，比如爱森斯坦、科波拉，以及库布里克的某些电影。你看到的是影像本身在诉说而不是硬要告诉你一个故事、一种情绪。影像和影像之间有种蒙太奇关系，但文字语言的蒙太奇和影像语言的蒙太奇是不一样的。原则上我认为伟大的文学作品是无法改编成电影的。希区柯克等导演通常将三流的作品改编成电影。

界面文化：我们谈论一部小说的时候会说到语言、结构、节奏、故事等，对你来说你最在意其中的哪个部分？

康赫：都要考虑，没有哪种最在意的。作为一个作家，你必须考虑所有的一切。这也是作家应该去做的工作，不存在哪个最重要哪个不重要，都重要。而且它们从来都是一起出现，一起得到解决的。没有说那个部分先解决了，再去解决另一个。这样对我来说是一个很奇怪的写作，在这样的写作中我肯定会停下来。我必须等到某一刻似乎全部问题都得到解决才行。我从来没有区分过这些部分，他们都是一起来的。

界面文化：写作的时候你会想着读者吗？

康赫：没有。并不是我不重视他们，而是说我会尽量自己读。作为第一判断和最后判断，我会反复地读，读到我觉得舒服为止。如果读出来的声音或者是脑子里的声音我觉得不舒服，那肯定是写作有问题。所以声音对我来说非常重要。读出来，看节奏与感觉对不对，语言是不是有意思。我会去全方位感受这些东西。

读者的反馈往往在出版以后。一般来说我不会给别人看，个别特别近的朋友可能会看一两小段，我会听他们的意见，但是没有那么重要。这种意见有时候会变得重要，比如他确实提到了某个点，提醒了我一些事情。但这样的读者比较少。我会注意比较亲近的读者、朋友的意见。不是说我会采纳他们的意见，而是我进入了一种新的工作状态，因为我觉得我认可的朋友的阅读意味着另外一种声音，这个声音和我原来的声音有一种关系发生，我能够发现原来的声音里是否有某些缺陷。这不仅仅作为某种意见，因为从根本上来说，所有的语言必定是要被阅读的。这是已经假定好的，你不可能完全无视阅读。你可能在某个时间段、某种程度上无视读者，但是你无法无视阅读。所以语言必定是要被阅读的，很多快感也是建立在被阅读之上的，这个是没有任何侥幸的。我可能是自己的第一读者，我也会假定一些别的读者，我比较注意这种阅读关系，而并不仅仅在于这种意见。我会考虑读者在什么情况下发出这种声音和意见，这个意见意味着什么，意味着我的作品和他发生了某种关系，这种关系是否是有意思的。阅读肯定是写作的一部分。

出版以后事情就变得比较简单，就是有人吹捧很高兴，有人批评你去判断一下是不是说得有道理，但无论是读者还是我都无法改变这个作品，所以这也无所谓了。

界面文化：你觉得作家是否要关注政治和公共性话题，并且应该将这些关注反映到作品里?

康赫：是不是需要反映到作品里我不知道，但我觉得应该关注。我们的生活被别人左右了，得知道是谁在支配我们的生活。我们被淘宝左右了，我们得知道淘宝怎么左右我们。我们被政治左右了，我们得知道政治怎么左右我们。如果一个作家不去关注这些，他能关心什么呢？这些是很重要的。

界面文化：你觉得未来小说的读者是更多还是更少？

康赫：我觉得小说作为一种技艺可能在衰落。我很难想象后人为什么需要小说？没有意义。如果从阅读端来说小说就是一种阅读，而从创作端来说它就是小说。我们现在越来越习惯于无所谓小说不小说，反正我是无所谓了，我拿起来一本书只会在乎有意思还是没意思，我不会在乎它是不是小说，对我来说哲学、历史和小说，我反而觉得小说更差一些。可能哲学和历史的文字反而比小说好一些。因为确实现在写小说的人水准会下降一些，但是做历史研究或者关于电影的探讨的人写作能力可能更强。所以如果单从写作的技艺来说，可能真的无所谓是不是小说。小说创作是一个非常成熟的领域，也出过伟大的作品。这样的一个技艺系统，早已做得很透彻了，以后最多有作家在某个局部打成平手，没有可能也没有必要超越。

我觉得20世纪30年代前小说已经做完，之后没什么发展了。如果这门技艺一百年没有发展的话，那肯定意味着它在走下坡路了。就像唐诗到了晚期还是很好，但是从唐诗本身来说已经在走向衰落了，杰出的人越来越少，与众不同的人越来越少，能够写出好作品的人也越来越少了。

界面文化：你是否认为作家和评论家应该保持距离？

康赫：我不知道，我和评论家没什么事前的联系。事后作品出来了会有一些评论，我没有去找过他们。所以我的评论基本上不是评论家写的，偶尔有一两个，也是不认识的，后来才慢慢认识了。我没有跟评论家有过什么来往，但这对一个人的成名非常重要，也是非常有效的一种社交，都在他们的生态圈内。这对很多人来说感觉是非常重要的，我则尽量避免。有一些评论家我觉得他们写得不好，我要写的话能写得比他们好，我为什么要和他们有过多的交流呢？对我来说评论写得不太好可能会被我骂一通，所以大家有时候为我的作品写评论会比较怵。

界面文化：你在写作这条道路上对自己未来的期许是什么？

康赫：现在没有期许了。我暂时也不想写小说了，十年以内不想再碰文字写作了，顶多写一些笔记。另外，我不是那种期许能够得到实现的作家。我曾经是有期许的，希望能够通过写作改善自己的生活，但这是完全达不到的。写作没有改善我的生活，反倒让我把别的钱贴进去。所以连这个都实现不了，那别的期许根本就没有了。我写作的意愿已经完成了，当初就是自己想写，就去做，做了当然有时候会有期许，想说要有回报吧，经济上面让我不要那么辛苦吧。但它也没实现，那也没办法，也得继续写，直到把整个意愿、整个能量释放掉。我觉得差不多的时候就停下来，这个事情就结束了。

13 胡凌云：

很多东西在现实中实现不了，只能用文字去实现

采写 潘文捷

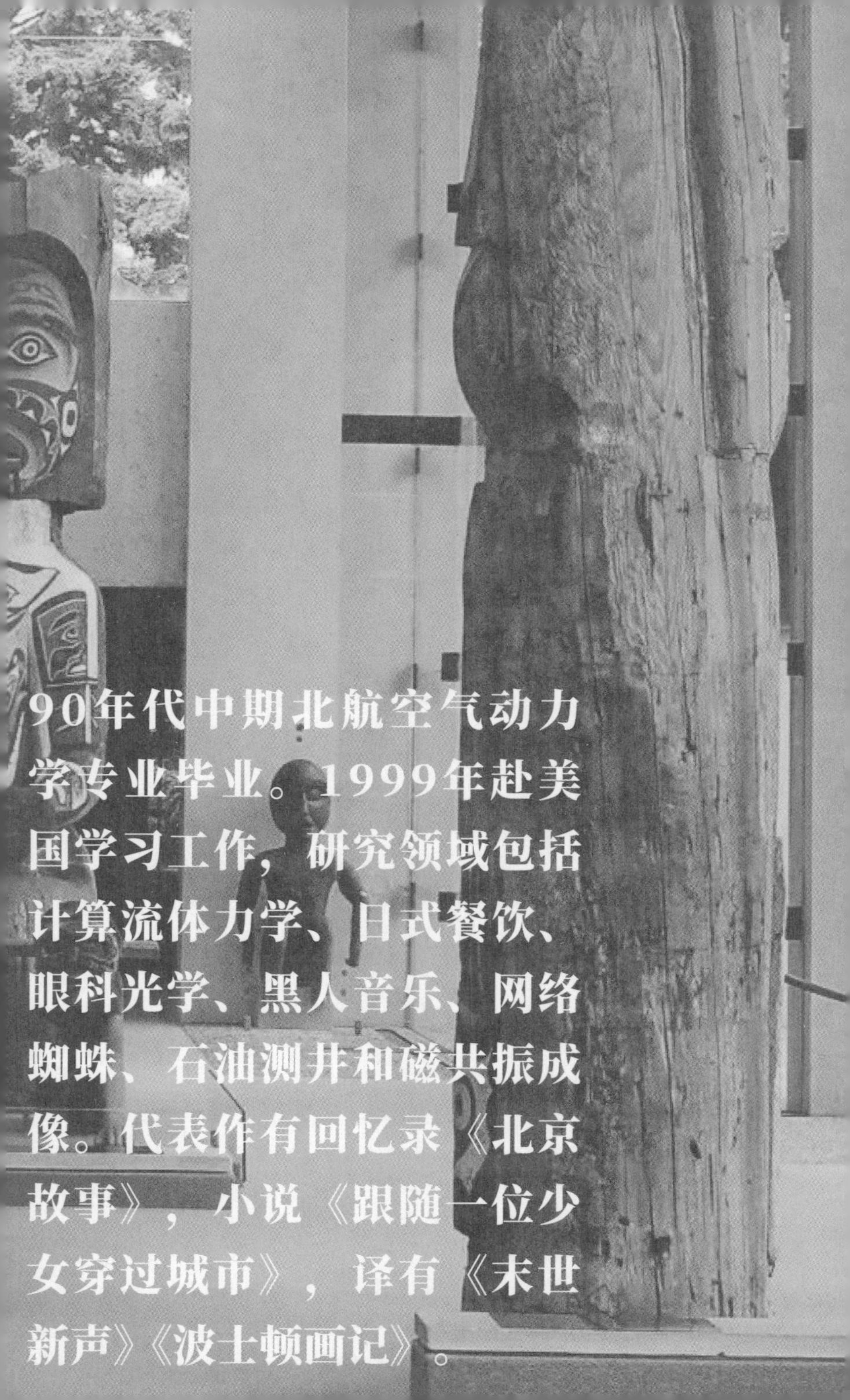

90年代中期北航空气动力学专业毕业。1999年赴美国学习工作，研究领域包括计算流体力学、日式餐饮、眼科光学、黑人音乐、网络蜘蛛、石油测井和磁共振成像。代表作有回忆录《北京故事》，小说《跟随一位少女穿过城市》，译有《末世新声》《波士顿画记》。

真是有志青年，您要看什么书？

了解世界的书。

——胡凌云《跟随一位少女穿过城市》

到底什么是外向？晓野兔子歪着头问。

就是开朗自信，对世界友好，从不觉得自己是另类。

——胡凌云《跟随一位少女穿过城市》

科学：真正的英雄人物都是工程师

父亲是北京人，母亲是云南人，胡凌云却出生在“地无三里平”的贵州。

20 世纪五六十年代，随着中苏交恶、美国舰队进入台湾海峡，中国政府决定将大批原先位于大城市的工厂和人才引入西部山区，全国几百万人开进了“三线”。1966 年，上海光学仪器厂八百多名内迁员工来到贵阳新添寨，在刚竣工的新添光学仪器厂创业。其中，就有胡凌云的父母。

按照“靠山、分散、隐蔽”的三线建设方针，仪器厂的周围都是山，平地很少，人们要先炸山，再建楼。上小学的时候，胡凌云坐在教室都能听到远处传来爆破的轰隆巨响。职工宿舍也建造在两座山之间狭小的平地上。胡凌云一家住在一楼的角落，挤在约二十平方米的屋子里。旁边的一道陡坡形成了天然围墙，父母利用地势辟了个院子，种些向日葵、西红柿。

和周围小孩一样，胡凌云很多时间都在山间游戏探索，了解周围的世界。他记得有一次和同学一起，举着自制火把，走到山洞的尽头，看到脚下是无底深渊，下面有一条地下河，据说地下河里游来游去的，是没有眼睛的透明鱼。

母亲是装配工人，月底常常要通宵完成出厂指标，胡凌云便跟着去加班，帮忙做事。父亲是做仪器设计的工程师，更是一个“永远都在加班的人”。在父亲那里，胡凌云接触到一些新技术，小学时候就用小电动机和旋翼等部件做小型直升飞机和固定翼飞机。父亲还不时带着胡凌云和哥哥去单位玩当时还很先进的IBM个人电脑。20世纪80年代中期，父母花了好几个月的工资给他买了一台学习机，胡凌云就用汇编语言做赛车游戏玩：画出一条路，指挥一辆赛车，设置一些障碍，游戏就运行了起来。

小学高年级和初中时期，胡凌云开始大量阅读，“看书的主题主要是未来的世界和想象中的世界”。从识字开始，他就对家里几本凡尔纳的小说着了迷，接管了父母在单位的借书卡后，更是三天两头跑图书馆。他把图书馆里凡尔纳的作品借了个遍，翻来覆去地看。“我一直觉得凡尔纳写的不是科幻，说探险类的都不是很准确，他写的就是正统的文学，只不过和科学有点关系。”

在职工子弟学校初中，胡凌云虽然显现出写作的天分，但他认为考试分数不错就可以，对一些额外的活动不太积极。在这个时间，写作并没有成为他职业想象的一部分，早在阅读凡尔纳的过程中，胡凌云就认识到，真正的英雄人物都是工程师。“他们什么都懂，排除万难，领导着其他人赤手空拳地在严酷的环境里创造出一种文明来。”

他对科学的兴趣越来越浓厚。“生活在闭塞的环境中，希望能够有某种方式获得自由。”胡凌云特别喜欢坐汽车、火车，每次和母亲回到云南老家，见到很多做司机的亲戚，和他们出去玩都觉得特别开心。但这些爱好慢慢被对飞行的想象取代了，“因为航空航天是科技的前沿”。

在贵阳一中念书时的一个中午，家在城区的同学们回到教室，叽叽喳喳说“终于打起来了”。这是1991年1月17日，美国战舰上发射“战斧”巡航导弹，空袭巴格达。海湾战争让胡凌云第一次在电视上看到战争场面的直播。“精确制导武器完成了大部分战斗任务。”空中力量的优势给他留下了深刻的印象。

中学期间，胡凌云把美国飞机设计师凯利·约翰逊的自传《我怎样设计飞机》反反复复读过好几遍，还提前阅读了《飞机设计》等大学教科书。在高考志愿上，他集中填报了航空航天类的大学：北航、南航、西工大。“北航是第一志愿，我觉得报了这个就肯定上了。”

艺术：音乐和小说都是世界上另外一个地方发生的事

生活在没有娱乐的地方，音乐是和外界接轨的方式。胡凌云记得，在那个不足二十平方米的家里，时常矗立着一架大提琴，装在墨绿色帆布的大袋子里，比自己还高，让童年的他有点儿害怕。除了大提琴外，父亲还会小提琴、长笛、小号和单簧管。

“我对世界的想象建立在音乐上，对各种欧洲国家的想象最早就来源于各国的作曲家。”父亲曾经打印出一张柴可夫斯基的照片，在墙上挂了很多年。照片上的老柴眉头紧皱、面色阴郁，不苟言笑的样子和胡凌云眼中的父亲差不多。只有吃饭的时候，醉心于工作的父亲才会坐下来和家人一起度过轻松的时光。这时候，父亲会用单卡座单喇叭的爱华牌收录机播放巴赫、亨德尔或者维瓦尔第。巴洛克音乐给小小的屋子带来宫廷或教会的气息，让胡凌云感到放松和温暖。到多年以后的大洋彼岸，它们依然能够带来家的氛围。“对我来说，巴洛克音乐就是家的声音。”

父亲总是会用很多钱去买磁带，这让母亲不

满，觉得那是不必要的消耗，但胡凌云能理解父亲“闭塞的世界里，那个时代和地点造成了人对这些东西有精神需要”。到了高中，胡凌云整天带着随身听，从父亲喜欢的古典，到哥哥常听的流行，以及自己喜欢的摇滚，他什么都听。有想听的磁带时，他就会省钱去买。父亲也支持胡凌云听一些流行音乐，迈克尔·杰克逊的专辑就是父亲从同事那里帮忙翻录的。

1992 年，胡凌云如愿考上了北京航天航空大学空气动力学专业。但大一还没上完，胡凌云就感觉到，很多同学并不是凭兴趣选择了这个专业，学得最好的同学也没有对这个专业表现出真正的热情，而自己竟然是全班唯一购买《国际航空》杂志的人。就在对学术环境逐渐感到失望的同时，在 20 世纪 90 年代国企改制的浪潮中，父母所在的单位破产了。“父母得到的待遇和作出的贡献完全不相称。这样一个体制里没有凯利·约翰逊的容身之处，也不可能造就他所领导的那些奇迹。就这样，在 20 世纪 90 年代，我对搞科研有了更清晰的了解。”

认识到了理想和现实的差距，胡凌云逐渐无心学习，转而把时间都投入到音乐当中。起先，他喜欢的都是国外音乐，后来对北京原创音乐也有所涉猎，结识了一些本地音乐人和乐迷。“他们考虑的是和中国有关系的东西，但当时我没有成熟到那样的地步。”对于胡凌云来说，在大学期间热衷音乐一是因为离家在外，需要音乐缓冲成长中的冲动和焦虑，另一方面是出于对世界的好奇：同龄人在想什么东西？不同国家的音乐是什么感觉？

这一时期，他还常读亨利·米勒和卡彭铁尔。对于胡凌云来说，外国音乐和卡彭铁尔的小说并无本质区别，都描绘了“世界上另外一个地方发生的事”。

怀着对音乐的热爱，胡凌云卖起了打口。所谓打口，是国外出版商生产过剩的正版音像制品，其中很多在销毁的过程中以废塑料的名义进口到中国，由于价格低、音质好而受到音乐爱好者的喜爱。打口从南方成箱成麻袋地运送到北京和天津，通过经销商流入音乐爱好者之手。胡凌云卖打口的初衷不是为了赚钱，而是要“以带养带”，“只做消费者，就买不了多少，要不断地进，不断地出，才能够听到足够的音乐”。他时常在重要的打口交易场所转悠，“手上有好东西想卖个高价，就去中图。想要快速处理掉手上的流行音乐带子，就去天桥卖给普通大众。”除了买卖，他还负责修理，要把断掉的带子接起来。某些磁带没有螺丝，纯粹是胶接，最考验技术，要把磁带撬开再粘上，保证外面天衣无缝。

在《北京故事》中，胡凌云记录了那时他的生活情况：宿舍的床上贴满了条形码，还有“Super Saver”（特惠）、“No Censorship”（未经审查）、和“Parental Advisory Explicit Lyrics”（内含暴力、粗口、情色等内容，请在家长指导下使用）之类的字样；他还在床头用八寸的扬声器打制了一对音箱，后来又加上个十二寸的低音，由四组共二十个大容量蓄电池并联驱动。宿舍有个给学生装行李的大柜子，胡凌云的柜子里塞满了磁带，不会少于一千盘，全部都听过。甚至有一段时间，床底下也堆了几百盘打口CD。那段时间胡凌云也“极为外向”。身披点缀着骷髅头的皮衣，或者一身纯黑牛仔服，去上大课，同学们都盯着他看。

有了上千盘磁带之后，胡凌云想把它们分享给大家。在大二或大三的时候，他和同好们占据了北航英文电台，做起了校园DJ。他常常泡在三平方米的外语系隔音间里录制节目，每期60分钟。“做一些音乐介绍，发表一些高论。”当时没有互联网，胡凌云和朋友听着碟扒歌词，遇到不明白的就去找班上的英语老师一起讨论，英语成绩突飞猛进。电台还创办了《音速青年》，这份台刊出了四期，每期印五百份，从门缝塞进每个宿舍里。

对于胡凌云来说，真正写乐评开始于给《音乐生活报》投稿，主要是国外最新流行音乐专辑的介绍，偶尔会写一写自己观察到的北京流行音乐市场。北航英文电台和五道口的杰克逊迪厅合办了“鲍家街43号”的现场，演出极其火爆，很多观众进不了场。最终，迪厅给每个买了票却进不去的观众赔了十倍的钱。胡凌云在门口站了几个小时，观察双方如何解决这个问题，写了一篇报道登在了《音乐生活报》。

死机与重启

胡凌云的毕业设计是翼梢小翼的水洞实验，这也是他在大学期间最认真完成的学习任务。水洞实验室冰冷潮湿，导师经常穿着军大衣，和她相处让胡凌云想起父母，想起他们的一生如何默默奉献给了这国家。

在《轻型飞机翼梢减阻实验研究》被推举去参加优秀论文评选时，胡凌云没有去毕业分配的单位，而是到《音乐生活报》上班了。他后来得知，杰克逊迪厅事件的那篇报道得到了报社副社长欣赏，跨专业找工作才会这么顺利。

对北京原创音乐的热爱催生了他对这座城市的感情。“一个人和城市能发生比较好的关系就是从事记者这个行业，可以观察自己的周围并把它们记录下来。”和小学时在山上转悠一样，大学期间，胡凌云游荡在北京各个艺术家聚集的地方和大学生交换音乐的圈子，那时他就一直在思考自己和北京这座城市的关系。

进入报社以后，胡凌云觉得自己和城市的关系更密切了。“特别是强迫我做和音乐无关的内容之后，比如吃喝玩乐。”他常被派去做一些不感兴趣的报道甚至做营销推广，只有“乐海导航”这个专门讲音乐的版面让胡凌云舍不得离开，他采编和撰写的文章常常能占据半个“乐海导航”版面。“我当时终极的想法是做一个真正的记者，做文化上促进音乐传播的人，但发现在当时的气氛下这是不被鼓励的，自然就知道自己没有什么强烈的原因待下去了。”渐渐地，胡凌云大概想明白了北京这座城市不能给自己带来想要的东西。他开始在报社表现得沉默寡言，最终，在“乐海导航”的方针变得非常保守之后，胡凌云辞职了。

“人生处于基本上要死机的状态，干脆就重启一次吧。”他决定奔赴新大陆——美洲，这个被凡尔纳定义为“介于已知世界和未知世界之间”的地方。

从报社辞职后，为了挣够在北京的房租，胡凌云很长一段时间每天都在拼命给音乐媒体写稿，但这时他只写自己喜欢的东西。开始准备 GRE 考试之后，在北京乐评圈当中活跃的胡凌云整个人几乎消失了。

一年后，胡凌云申请到了奖学金，距离出国只剩几个月的时间。出版人欧宁来到北京，约几位作者写一些北京的文化场景。胡凌云在家写了三天，一字没改交了稿。《北京故事》基本是一篇自传，“没有当作文学作品来写，而是一个纪实”。欧宁看到那篇文章可能有点儿意外，但他还是把它放进了书里，作为一个对北京的个人记忆。

这本叫做《北京新声》的摇滚画册定义了北京新出现的摇滚音乐文化现象，并第一次提出了“打口一代”这个词，从此，“打口青年”“打口文化”成为20世纪90年代文化记忆中不可磨灭的部分。而对于胡凌云来说，学院路37号、清华园火车站、新兴西巷一号、东塔楼8010、复兴庄8楼7单元501、永泰东里3号楼4门102、万寿路、木樨地、中关村、西客站、首都机场……这些见证了自己青春时代的地标，渐渐在视野里淡去。

1999年，“道路追问天空，一只轮子寻找另一只轮子作证”，胡凌云来到了美国。

关怀：跟随一位少女穿过城市

学校坐落在密西西比州的一个小镇，这里是布鲁斯音乐发源的三角洲地带。待了不到一年，胡凌云就明白了研究航天航空的中国人在美国并不好找工作。他放弃了本专业提供的全额奖学金，决定到休斯顿念计算机科学专业。

考虑到未来要自付学费，胡凌云决定利用暑假赚尽可能多的钱。他在日料店“打厨房”，负责洗碗、剥虾皮、搅拌寿司米饭、挖冰激凌、倒垃圾……因为有爱人的陪伴，胡凌云记忆中的这段时间带上了玫瑰色的滤镜。正如他后来在第一部长篇小说中所写：“在白惨惨的日光灯下连续工作十二小时后，走到星空下是令人快乐的。大街上的车水马龙突然变得可亲。夏夜的风依然滚热，穿透围裙，从裤管里上升，能让人飘飘然。那种时刻，胡熊总想把自己放倒在地上。还想有个姑娘。从姑娘眼中看见星光。这想法让他感到自己复活了。”

如何在姑娘眼中看见星光，而这星光又如何黯淡下去，胡凌云不愿意过多谈论。但没有这段经历，可能就不会有《跟随一位少女穿过城市》。2007年，开始整理往事的胡凌云决定自己开始创作小说。小说的第一部分是主人公胡熊和晓野兔子在饭馆打工的片段，取材于作者在日料店打工的经历。这是他人生中难得的纯体力活工作，而两个人为生活共同努力，也是这段感情中最难忘的片段。小说中的另一位男主人公结巴是胡熊的同学，他留学的目的是追随一份没有传达也得不到回应的爱情。

“说起来所有人都不相信，我从来没有写过任何文学习作，哪怕一小篇拿来练手的文章都没有写过。第一篇大家看起来稍微像文学的是 1999 年的《北京故事》或 2010 年的《跟随》。”写作《跟随》时，胡凌云没有长篇小说的概念，只是想写一个圆满的故事，“很多东西在现实中实现不了，只能用文字去实现”。

全书分为四个篇章，篇名分别是书中四位主角的名字：晓野兔子、胡熊、Nora、结巴，胡凌云说他们分别代表着关怀、科学、自由和艺术。每个篇章各以一段歌词为开篇，依次是 R.E.M 乐队的《站在》（*Stand*）、弗雷德·尼尔（Fred Neil）的《每个人都在说话》（*Everybody's Talking*）、红房画家（Red House Painters）的《恩典教堂公园》（*Grace Cathedral Park*）、张楚的《太阳车》。故事发生在美国，主人公们在高速公路往来奔驰，穿城而过，驶向心目中的爱情。

小说没有大纲，全部都是记忆的碎片。书中的许多人物与场景也都是素材拼贴。“某角色的脑袋来自 A，身材来自 B，举止来自 C，口音来自 D，家庭背景来自 E，兴趣爱好来自 F。场景也是如此。”到了某个地方，或者听到一段旋律，想起过去的某段场景，他就记录下来，再把这些部件进行组装，直到它们变成一个故事。

小说完成之后，胡凌云联系了几家出版社，有的编辑表示感兴趣，但是选题没有通过。随后，胡凌云在20世纪90年代结识的乐评人王小峰把这本小说推荐给了自己的编辑——世纪文景的王玲。最终，王玲和出版社的编委会都认可了这部小说，王玲承认："尽管仍会被问到对未来市场的预期，但仍有大部分同事认同这是一个好故事，好故事没有通不过选题的。"

为小说取名的过程也一言难尽。据王玲回忆，取名风格游移在理性、多情、低调与忽悠之间，在如"情商是如何炼成的""我可不会主动给你打电话啊！"等书名之后，胡凌云翻开十一年前出国随身携带的《西川的诗》，读到了这样的诗句："我跟随一位少女穿过城市/我踩着她的脚印/却并不踩住她的影子。"这首诗无论是情节还是意境都与小说暗合，而西川文字上的轻盈透明也是作者本人追求的。于是《跟随》有了现在的名字。

《跟随》出版后，熟悉胡凌云的人常常惊讶为何他，一位科幻爱好者和摇滚青年竟然写了这样一本“感情小说”。有人问为何小说如此干净和纯情，胡凌云说：“我并没有追求某种风格，是故事里的人们带着咱们来到了林间空地。”

胡凌云把《跟随》献给了母亲——“世界的原点，爱的故乡”。在刚刚完成《跟随》时，胡凌云认为自己下一部作品可能会是后启示录风格的科幻小说，或是以现代城市为背景的南方哥特式小说。但随之而来的两件事改变了他的创作。一是他和家乡同学取得了联系，一是母亲的去世。这些让他感觉到，自己必须写一写父母与自己这一代人的命运。

这部书名暂定为《803》的小说还在寻找出版机会。故事中，803 是基地的代号；现实生活中，803 是中国制造第一台潜望镜的工程代号，该工程正是胡凌云父母单位内迁的原因。而对于自己这代人来说，从小学开始，周围同学就分成了不同的类型，上海籍职工的后代大多数从小努力念书，目的是回到上海；本地小孩大多不会远离贵州；而其他家庭背景的孩子未来不是特别明朗。譬如胡凌云自己，就成为所有同学里距离故乡最远的人。“地点”依然是创作的关键词，只不过这部小说既是环游地球的故事，也是关于家乡的故事。在远离家乡的每个地点，胡凌云都会重新思考自己和家乡的关系。

自由：还债式的写作已经结束

日料店的打工结束以后，胡凌云找到了在大学医院做研究助理的活儿，这样不仅免掉了学费，每月还会多得一些补贴，“从此之后没有过经济紧张的问题”。他的工作内容是开发用激光分析猴子眼球晶状体形状的软件，这期间他“见到了很多猴子”。接着，胡凌云又找到了校外公司石油测井的活儿，研究勘测工具的纯整数算法，那段时间挣得不少，只是一边上学一边去公司上班，每天来回一百千米，很累。

毕业时，正值美国网络经济泡沫破灭，经济萧条的情况下，很多大公司不招聘外国人。在 OPT（专业实习）签证满一年之后，他在德州医学中心找到了一份核磁共振基础研究的工作，获得了 H－1B（特殊专业人员/临时工作签证）和合法的身份。这以后，他的职业一直与医学研究相关。如今胡凌云在密歇根做与制药相关的工作，内容包括核磁共振、正电子发射计算机断层扫描、生物发光和免疫组织化学等医学成像技术，还拓展到使用人工神经网络自动识别脑肿瘤，属于时下热门的人工智能领域。

目睹鼠心每分钟跳四百次，观察老年痴呆症在大脑中形成的微小斑块，和读凡尔纳、听迈克尔·杰克逊一样，都是了解世界的重要渠道。但胡凌云还是更愿意把到美国之后的工作定位为“谋生”。“谋生给日常人生提供着一种冷静，防止我陷入对精神境界的迷醉”，“也有一种追求踏实生活的含义，先得有这个基石，才能构筑自己的瞭望塔”。

在“谋生”不再成为问题，终于可以自由地做想做的事情之后，胡凌云决定把逝去的时间追回来。2004年毕业之后，他重拾了“促进音乐传播”的理想，与义务帮忙的撰稿人、设计师等人办起了“掘火网刊”。“掘火”名字来源于Pixies（小妖精乐队）的作品*Dig for fire*（掘火），讲的是一位老爷爷和一位老奶奶的故事。别人问他们是不是在挖金矿，他们说，不是，我的孩子，我在掘火。胡凌云喜欢这个故事代表的离奇的探索性。而创刊时，恰逢 Pixies 解散多年后重组，因此它也象征着重拾理想。

自由不仅来源于经济上的独立，也来源于与家的远离。胡凌云把自己的人生总结为探索世界的旅程。“人生最初感受的是窗外发生的事儿，大学来到外地城市，出国后探索整个世界。”同时，他也感到自己一直在探索世界的渴望与亲情的羁绊两者之间挣扎。“家”很难限制住他。“经常想着回来，但回家又有一种疏离的感觉”。

在母亲去世以后，胡凌云去了大西北，从西安开车到吐鲁番，一路思考家在什么地方。“过去想去而不能去的地方，如今都可以去了。”他感到自己获得了自由。

如今，胡凌云把时间都投入到创作和“掘火档案”（原“掘火网刊”）的管理上。2018 年 1 月他翻译的《波士顿画记》由世纪文景出版，近期可能还会有两部译作面世。在“掘火档案”，他包办前后端，兼任运营编辑。多年来，这里聚集了其他影音平台难以寻找到的深度影音稿件，最近的话题包括了欧洲自由爵士、小津安二郎电影的形式美学、后摇滚音乐、伯恩斯坦贝分析等。

不少家人朋友都担心他未来是否有保障。“现在有点儿不顾一切”，胡凌云觉得，如果有了二人世界，就不会有这么多的时间做事。“不知道这个情况会在什么时候发生，现在多写一点是一点。”

在写完《803》之后，胡凌云感觉自己终于到了一生当中可以自由创作的时候。“之前都是还债式的写作，不得不写出来。”他科研做了很多年，工作的时候也常常思考科学的意义是什么，人类已知和未知的分界线在哪儿。除了拥有很多写科幻小说的素材之外，胡凌云也想写下自己对美国的观察。

在胡凌云密歇根的家里，他桌边摆放着航天飞机模型，书架上堆满了CD和文学作品——那些都曾经是他的“另一个世界”。如今，胡凌云的家人是一只黑猫，二者是爷爷和孙女的关系。每天出门前给“孙女”带上项圈和进门后看见她叫着冲过来的时候，胡凌云都会想起小时候和母亲所经历的同样画面。

同题问答

界面文化：你最欣赏的外国作家是谁，为什么？

胡凌云：凡尔纳是我自己作品中唯一引用过的作家。对自然的好奇和对科学的敬意是我的生活主题，这和童年读他有很大关系。但他的作品在我的世界里当然不属于青少年科幻读物。它们满载着人类的进取心和面对困境的毅力，和时常流露的同情心一样，都是我人生中不灭的灯火。我最近又重读了《神秘岛》和《机器岛》，确认前者不仅是一部缩微的人类史，也是对美国移民的致敬，而后者则预言了美国走向瓦解的一种可能——左舷与右舷决裂。

界面文化：你最欣赏的中国作家是谁，为什么？

胡凌云：老舍是唯一能够让我落泪和笑出声的

作家。他不动声色地把普通人的命运写成了悲天悯人的故事。他完美刻画了他们与亲友邻居之间的关系，与他们生活的胡同、城市、国家之间的关系，这些关系在一个绝不算盛世的中国艰难前行，但却透着温情和骨气。他本人和他的作品一样真实地活在中国历史中，直接穿透历史。

界面文化：你的社交圈里是否有许多作家朋友，或者是否认为写作应该进入某个圈子？

胡凌云：“掘火”有作者创作小说和诗歌，但我不曾记得和他们交流写作。比起他们，我的作品太少，从未总结过创作理念，阅读量也很小。创作者们当然可以互为读者，我认为停留在这个层次就挺好；而坚持独立出版的他们对我的创作是一种精神鼓励，这比技术上的探讨和启发要高一个层次。我的新长篇据说很像日记，也许是因为写作对我的全部意义只是记录，而在这个前提下，我的身份完全不重要，也无需在某个圈子里获得认同、归属感及其他。

界面文化：你写作的习惯是什么，是否会在固定时间写作？

胡凌云：每天清晨三点左右开始，直到上午七点多出门上班，下班回家晚饭后再开始。但因为我还负责一个网站，假如有新的文章和电台节目要推出，或者需要维护，可能就会耽搁一阵。假如需要在翻译上赶进度，我会安排在晚间，因为相对原创来说，翻译认真细致就好，不需要太多的追忆和想象去进行构思。白天工作脑力消耗大，晚上的思路往往不够敏锐。写作时会听些音乐，但都是清淡音乐，没有强烈地域风格，更没有演唱，以免把我带入一种明确的地点或者心情中去。

不过某些特定章节需要特定音乐来伴奏，因为音乐依然是保留记忆的容器和放飞想象力的工具。无论是清晨还是夜晚，“孙女”都会在身边陪着，虽然大部分时间都在睡觉，提醒我要珍惜时间，也提醒我有很多美好事物还等着被描述。

界面文化：除了写作和阅读，你还有什么爱好？

胡凌云：写作、翻译和网站建设基本上占用了大部分时间。听音乐、看电影、读书这类每个人都做的事算不上是爱好。我喜欢一些户外活动，但不算运动型，只是到世界另一些角落去看看。我的新长篇里有很多这样的描述，还有一节专门讲述滑雪对我的意义——并不是为了强身健体。我的爱好背后基本上都是对世界的认知和感受——毕竟人生除了文字，还有很多，而文字的功能只是记录它们。我虽然没有消遣、娱乐类型的爱好，但肯定不是那种放松不下来的人，打字的手经常停下来去摸摸睡着的“孙女”，这算是没有目的的纯爱好。

界面文化：如何看待影视和文学的关系？

胡凌云：我正在译巴拉德的《撞车》，但进展缓慢，因为这是他最纠缠文体的一部作品。这种文体在柯南伯格导演的电影版中无法体现，但电影中可以流动着金属的光泽和碰撞的闷响以及人们对视的眼神，这些是文字难以精确送达的，需要读者代入自己的联想，随声光引发潜意识活动。多媒体提供了更完整的场景和更丰富的感觉，但它消灭了文字给客体的精确定义，提供了更多道具，并将它们所暗示的文化意义和“人—物”或“物—物”之间的心理关联一起留给观众去处理。出色的导演能够传达这类信息，但不是所有观众都会留意。影视和文学都是描述现实或虚拟现实的稀疏矩阵，但存储方式不同。

界面文化：我们谈论一部小说的时候会说到语言、结构、节奏、故事等，对你来说你最在意其中的哪个部分？

胡凌云：在我的世界里，语言、结构、节奏都是为故事服务的。如果必须选一个，自然是故事了。对我来说，创作的动力当然不是为了练习和表现自己的技术，而是讲故事的愿望，其他一切都是包装它的方式。我在书店看小说，首先看的必然是故事主题和梗概。然后才会快速翻翻内页，粗略感受一下文笔。小说本来就是叙事的艺术。在未来的岁月中，读过的小说在记忆中被老年痴呆症融化时，形销骨立的最后印象肯定还是故事。

界面文化：写作的时候你会想着读者吗？

胡凌云：读者都是独特的个体，在同一部作品中触动他们的角色和情节可能完全不同，想着他们中的谁呢？所以完全不会去想。最近看到“掘火”作者肥内写的年终总结里有一行“还是要把写作调整为‘不为任何人’的写作”，感觉这就是我一直的方向。

“不为任何人”就是为了所有人。社交媒体时代的危险之一就是创作者和公众之间难以保持足够距离，而创作者一旦在意点击量，创作便成了一种表演。我到目前为止每部长篇都耗时多年，这样的好处之一是即便受到外界影响，被冲动驱使，也早已冷静下来。在漫长岁月中沉默着引导自己的还是个人终极的价值观。没有人知道我在写什么，而我也不知道它会被什么样的读者阅读和喜欢。每部作品都需要自己去寻找命运中的读者。“掘火”的每篇文章也是这样。

界面文化：你觉得作家是否要关注政治和公共性话题，并且应该将这些关注反映到作品里？

胡凌云：自然科学作家和儿童文学作家似乎没有关心它们的必要。而日常生活中的人，是否关心这些是个人自由。

比起关注这些话题本身，我更关注的是人们对这类话题的反应。这些反应赋予这些话题生命。至于是否将它们写进作品，取决于是否真能沉淀下什么。探讨人的境况是文学的一种终极境界。要去那个方向，不可避免地要走一条途径现实的路。这条路很漫长，作家不应该随时拍案而起，而是要在敏感和审慎中积蓄力量。

界面文化：你觉得未来小说的读者是更多还是更少？

胡凌云：应该更少，因为人类更倾向于接收多媒体信息，注意力也会变得有限和短暂。不过，虽然小说看似是一种比特率极低的串行流媒体，但我们在阅读过程中能够体会到一种线性的张力，而文字本身的确定和抽象这两重属性也会刺激我们各自的想象力，构建自己定制的画面，包括构图和景深，这种独特的乐趣依然会被人类喜爱。

界面文化：你是否认为作家和评论家应该保持距离？

胡凌云：“掘火档案”本身就是以艺术评论为主的平台，所以我对评论肯定不会反感。能有交流的机会和意愿是一件好事，不必刻意强调自己的身份即可。作家不应将评论家和读者区别对待，而评论家的目标肯定也不是打分。

界面文化：你在写作这条道路上对自己未来的期许是什么？

胡凌云：希望能够缩短“观察—感悟—记录”的周期。到目前为止，一个周期要好多年。最早是因为年轻时存储的感觉还需要沉淀，所以迟迟没有动笔，后来则是因为没有时间，导致写作总像是还自己的稿债，把几年前自己的构思誊写下来。我希望缩短这个周期。在最新长篇的最后几节，我的笔似乎终于追上了自己。我希望文字从此可以和思想同步。

14 顾前：

像我这样一个生活在底层的人

采写 董子琪

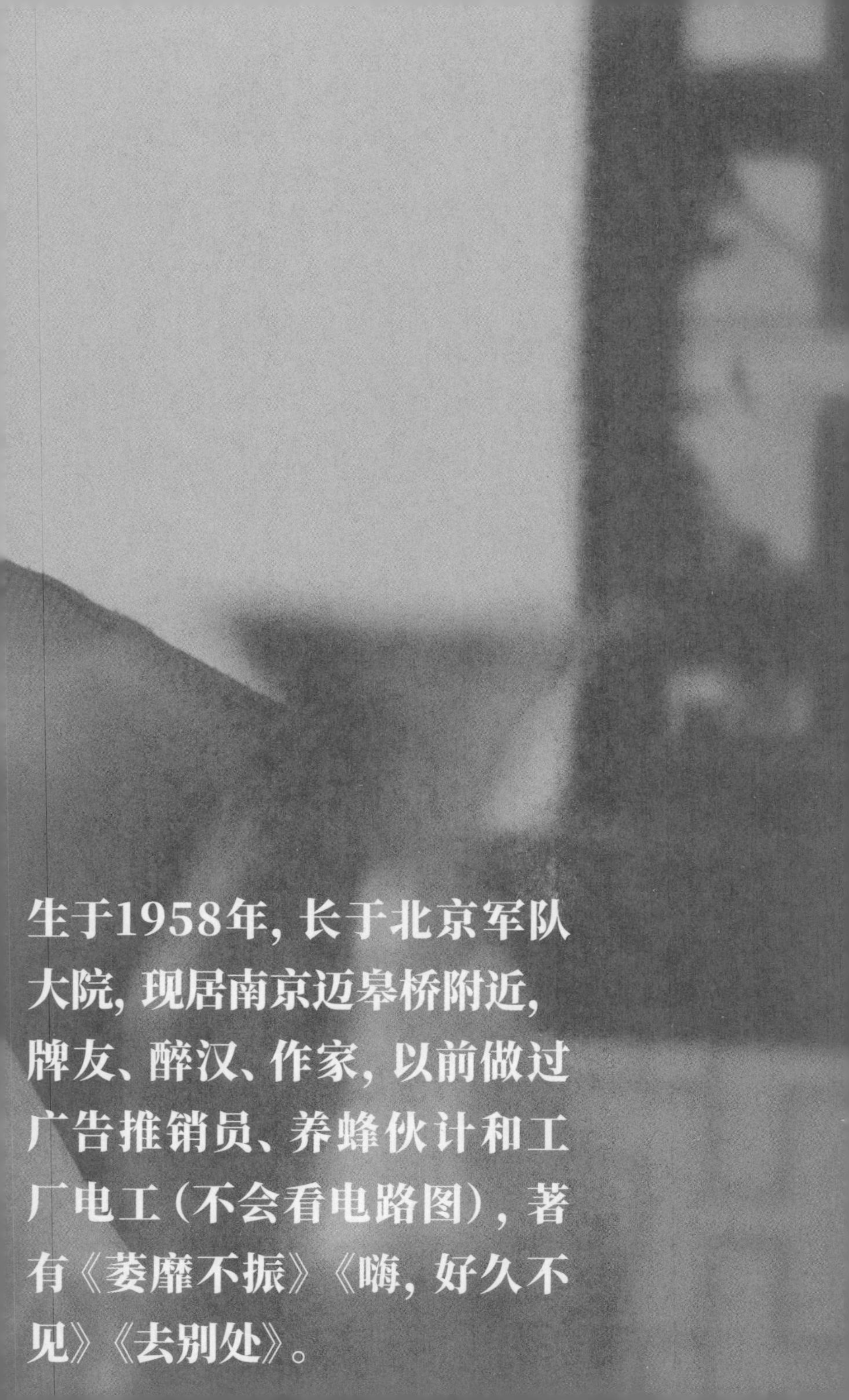

生于1958年，长于北京军队大院，现居南京迈皋桥附近，牌友、醉汉、作家，以前做过广告推销员、养蜂伙计和工厂电工（不会看电路图），著有《萎靡不振》《嗨，好久不见》《去别处》。

春节前，顾前在南京艺术学院门口，被一辆疾驰的电瓶车撞断了腿，骑车的人赔了他三千块钱。而他只得打上白色石膏，待在迈皋桥的家中，哪儿也去不了。在南京的雪还没化尽，小区里的积雪多得快要把门洞堵住的一天，朋友们来家里探望顾前。他们拎着几罐啤酒，顺便凑了两桌牌局：一桌在餐桌上，另一桌在客厅的茶几上，人们一边打牌，一边抽烟。

这是我到迈皋桥顾前家采访时遇到的情形。顾前说，这样的相聚是很经常的，一个礼拜里总有那么一两次。就像过年走亲戚一样，他们这群人从中午开始打牌，打到晚上吃饭，吃完饭再继续打。因为经常混在一起，顾前、曹寇，还有另一个朋友（在“西祠胡同”上写作的小红），以地名自封为“迈皋桥三杰”。

在顾前家，我见到了“迈皋桥三杰”其中的两位，一位当然是顾前，另一位是曹寇。这二位，年龄相差十几岁，因为生活状态一度很相似——没有工作、没有家庭、时间自由，混混酒局、还写写东西，所以走得挺近，有时候还一起相约着去周边的小县城旅游。

顾前的书房不大，放置着古董模样、年代不明的梳妆镜和琴台，这都是他的收藏之物。当然，还有一个书柜，里面的书很杂，既有《1Q84》，也有《张爱玲文集》，还有许多类型小说。我带去了他早年的两本小说，其中一本是出版于二十年前的小说集，封面是红褐色的《萎靡不振》；另一本是2017年出版的《嗨，好久不见》。顾前对前者的反应是："这本书不值一提，里面许多句子都不通。"说话的时候，他腿上石膏套的塑料袋发出哗啦啦的声音。"脚上的白色塑料袋是做什么用的？""白天到处走来走去，会蹭到地上，晚上还要睡觉上床的，怕脏了。""你没有更合脚的鞋套吗？""哪有鞋套？像我这样生活在底层的人。"顾前的态度十分爽朗，好像在讲别人的窘境，且这样的窘境由衷地可以被原谅。

自20世纪90年代从一家台湾公司离职之后，顾前就一直保持自由无业的状态，如今已有二十余年。最初，他独自住在一间老房子里，房间遍布灰尘，沙发上有一个大洞，屁股刚好可以“卡在里面”，他就一直坐在坑里，也从没想过去补上这个洞。

对待写小说，顾前也像对待沙发上的这个洞一样——虽说这么多年来他闲在家里写小说，却也从没有下过什么想要出人头地的狠劲儿。“有吃有喝，我才不写小说。”顾前说。潜台词是，这么多年若是有其他“发财”的方法，他也不见得会走到写小说这条路上。在名为“顾前”的豆瓣小组里，说明只有一行字——“希望顾前多写一点”。

“顾老师穷是穷的，但不是毫无根基的、农民工似的穷，而是没有负担、自由自在的穷。”曹寇认为，“他跟我们屌丝出身的人完全不同，他也不是想用写小说得到什么，他追求的是好玩、有趣的小说，跟收集古董、喜欢下棋打牌一样，是一种好玩。”

至于具体什么样的小说才是好玩或有趣的，顾前觉得这问题没法回答，“好玩没有标准，无聊也是没有标准的，有人觉得一些经典作品好，但我简直看不下去”。他现在一年中有几天担任南京艺术学院戏剧影视文学专业的入学面试考官，很多学生提到他们非常喜欢东野圭吾，他也不觉得有趣。虽然他原来也是彻夜不睡地读金庸和福尔摩斯，“只能说，好玩的标准不同”。

就在2017年，他又出版了两部小说集，一部叫做《嗨，好久不见》，另一部是《去别处》。隔了漫长的二十年，很长时间不出书，顾前什么解释也没有，感觉出新书只是跟读者打了个“招呼”。

依旧是什么解释也没有。顾前说，已经不记得自己第一篇小说具体写的是什么内容了，只说，第一篇好像叫做《大丈夫》，发表在《青年作家》上，但这篇对于以后的写作说起来似乎也没有什么定调作用，“我好像一直都是这么写”。

跟顾前本人的状况可以类比的是，他早年出版过的一本小说集《萎靡不振》，里面有一系列这样的人物。他们有的是怎么也推销不出去广告的广告业务员，有的是在工厂旷工胡混电路图都不会看的电工，还有很多渴望着亲密关系、却屡次失败的离婚男性。而顾前在描摹这些失意者的内心活动时，反倒充满着释然的黑色幽默感。

比如一个夜里看了球赛，第二天中午才起床的人，对自己的虚度时光，有这么一段心理独白：“我个人的看法是，足球，包括所有的体育活动在内，从根本上来说完全是瞎胡闹，其意义仅仅在于，把人类多余的精力给消耗掉。试想像泰森那样的人，如果不打拳，他会去干什么呢？”

再比如一个很久没有工作的人遇上了突然发达的熟人，揣度着对方究竟怎样才会在事业上“帮带”自己，“说实话，我对经商一无经验，二无兴趣，但如今我既然已沦落到这步田地，就再也没有挑三拣四的权利了，只要有人给我大把钞票，即使让我去当个董事长或总裁什么的，我也要硬着头皮干了”。

为什么顾前总要写未遂的志愿以及失意的人生？一些评论者喜欢将这样的小说风格评价为——对于身边“灰色人群”，日常生活、小人物的命运的情有独钟。而顾前说：“这是因为我接触的基本都是这样的人，马云我也不认识。这只能解释为，不成功的人更吸引我，我只能和不成功的人一起玩，成功的人不会跟我这样的人一起玩。像我这样的人，是社会最底层的人。挣的钱只够吃饭，工作也都是最普通的，也没有什么管理、当官的工作，只是维持生活而已。”他的一个编辑朋友李黎觉得，这个书名几乎是个“谶语”，顾前写完了之后，就真的萎靡不振了二十年。

在工厂

20 世纪 80 年代，顾前在南京的无线电元件厂里做电工，那时候，电工是很好的工种，全厂一千多人只有几个人才能成为电工。这个活计，一是受人尊重，二是特别“好混”。集体工厂大锅饭好吃，做多做少一个样，做电工就更是如此，顾前回忆中的电工形象就是，“整天扎个皮带，背着一包工具，东晃西晃哪好玩往哪去”。他自己更是如此，从来不研究业务，总是躲在某个地方打牌、睡觉——他的小说里还出现过身为电工的“我”往柴油桶里撒尿引起生产事故的桥段。

混了几年，顾前连电路图都不会看，换机床上的保险丝，他会忘记把保险丝上的瓷帽子戴上，用手抓着保险丝直接往上拧，有两次极为惊险地、被 380 V 的电压电得直接跳起来。说这话的时候，曹寇刚好进到书房里。“他是这么换电灯泡的——”曹寇一边假装拧电灯泡一边转了一个整圈，如此嘲笑道，看起来对顾前的电工生涯十分了解。

为了玩，顾前经常向工厂里“请病假”。有时候“病假”时间太长了，请病假就变成了“泡病假”。他把朋友的肝炎血液报告伪造成自己的，从单位批下来了几个月的假期，这几个月里，他跟着养蜂人去山里养蜜蜂了。

他养蜜蜂不是为了挣钱——事实上一分钱不挣，只是觉得在深山老林里很好，“我当时想，山里多好玩啊，多安静，养蜜蜂多有趣啊。听说我要去，养蜂人挺高兴的，白干活不拿钱嘛。”顾前在山里跟养蜂人住在一起。白天要给养蜂人烧饭，没别的饭菜，只有黄豆加酱油，实在想吃蔬菜了，就用蜂蜜跟农家人以物易物换点儿；晚上睡在帐篷里，这帐篷是用一根竹竿搭在两棵树上，上面再搭一块帆布构成的。睡在这样的帐篷里，头可以摆在外面，还可以看看星星。养蜜蜂久了，他经常被蜜蜂蜇伤，蜂毒又引起各种风疹过敏，最厉害的时候，头和身子都肿了起来。

但对怎么采蜂蜜，他讲得就比做电工活细致多了。“蜜蜂把蜜采回来就放在那个蜂房里，蜜在里面怎么把它取出来呢？你要把蜂框拿出来。有一个摇蜜桶，你把蜂框卡在里面、卡满。外面有一个把手，一摇里面就在转，利用离心力就可以把蜂巢里面的蜜甩出来了。等摇蜜桶里面的蜜多了，再把蜜倒到塑料桶里。”

追着花期的时候最忙。养蜂人听说滁州槐花开了，又没有雨，就要搬家了，他负责去找人拼车，顾前就在家里钉蜂箱。“蜂是一筐一筐的，卡车上、火车上一碰撞，蜜蜂会撞死的，所以我要拿小木头塞子钉在每个蜂筐之间。那么多蜂箱，要慢慢钉。”养蜂人找了另外一个养蜂的老头拼了一辆卡车，老头和养蜂人坐在车前头，顾前跟老头的两个女儿就待在车后头，为了不被车甩出去，他们三个一起被高高地绑在蜂箱上面。

后来，集体工厂愈发不景气，混日子也逐渐到头了——工厂在偏远的地方成立了一个分厂，要分配一部分工人去农村上班，顾前因为整日不务正业、无所事事，当然也在发配的行伍之中。他实在受不了这么偏远的环境，索性辞了职。

多年后，当顾前再见到那些工友时，他们都已经被遣散了，有的在自行车棚里看自行车，有的在卖报纸。昔日工友现在在卖报纸的场景，可能给了他不小的冲击，在小说《炎热的岛屿》里，“我”的好友许亮也是卖上了报纸。

去别处

我问顾前20世纪90年代去海南的情形，是不是和《我爱我家》里贾志新去海南一般，他说，“我比他还要早几年。”事实上，他跟贾志新去海南的过程都是大同小异的，听某个朋友说在海南可以发财，也不管消息是不是真实，就匆忙去投奔了——顾前的朋友是分配到海南当公务员的南大毕业生。

《炎热的岛屿》就是写这里的生活的。故事的开头说：“我不知道许亮为什么滞留在这个炎热的岛屿上，这里就像桑拿浴室中那块烧红的石头，无边的海浪哗哗地泼上去，蒸腾出永无休止的热气。”

到了海口，顾前才发现海口的混乱超乎他的想象，行车道是不分正反的，找工作也不容易。本来，他首选的工作是文员秘书类的文职，因为这样的工作“体面，不卖力气”，至少比当搬运工省力气。“我不是觉得自己有什么写作才能，写字谁都会写，我会写字。”顾前说。

他每日在海口公园的张贴栏里搜寻，当时的张贴栏里贴着许多招聘广告，找工的人之间有一个不言自明的规矩——看到中意的岗位就撕掉或者用笔划掉，免得别人过来抢。然而一天天过去，他还是找不到合适的工作，他将之归结为性别的原因：“我看人家写的都是要相貌端正、多少多少岁数的姑娘，哪里是招秘书，就跟招情人差不多。”

穷途末路下，顾前只能放弃最初的打算，干起了别的活，他接手的第一份工作是到舞厅打灯光，“需要让灯光跟着歌手走来走去”，接着他又做起了音像市场管理员，还是跟舞厅相关的，只不过从“跟班”升级成了“管理者”，工作内容就是去各个歌舞厅检查有没有黄色录像。音像市场管理员听起来像公务员，但其实不是，也就是在混乱市场里生长出来的一种临时工。顾前对于自身上门检查黄色录像的资格，并不确信：“这当然不是扫黄打非，我们自己都是盲流，还打什么？我这样的人都能当，可见乱到什么程度。”

他还为一份杂志拉过广告。比起音像市场管理员，这个工作更加不正式，不仅没有底薪，连正式的合同都没有。如果“幸运”地拉到了广告，便能有25%的提成，可问题是无资源、无人脉，怎么能拉到广告？开始的时候，他要拜访客户全靠步行，连二手自行车都买不起，他至今仍然记得“海口的大热天”。还没有工作证，只带着一摞杂志的宣传资料，推销的言语往往陷入空口白话之中，“我们这杂志是做什么什么的，你们要不要来做广告？”对方见到这样的“无名之辈”，有的直接将资料甩在地上转身就走。

如此往复碰壁，收入当然也是很少的。“多长时间不记得了，只记得有很长一段只挣了250块钱。”后来，顾前跟“前辈”探讨，倒也摸索出来了一套经验，知道上门拜访之前，应该打电话自我介绍，“至少问清总经理姓什么，要找哪个总，再约时间见面，这样显得更有身份，成功率也更高。”

不管怎么说，这段拉广告的经历算是印在他的脑海里了，他的小说里有时会出现一个拉广告时期的“朋友”，而“我”反倒向“朋友”传授起了广告功夫：“首先你要充满自信，你要想到那些所谓的厂长经理们不过是大草包，他们的威风都是靠高档办公室、女秘书、真皮沙发撑起来的；其次你要注意观察，比如你发现一个总经理是个华而不实、好大喜功的家伙，你就说看得出来他是个有魄力的改革者；第三你要有软磨硬泡的功夫，只要对方没把门彻底关死，你就一次次地找，一遍遍地盯，把他缠得没了办法，可能也会成功……”

除了检查黄色录像，给杂志拉广告，顾前还在灯光夜市里的地摊上卖过来历不明的二手衣裳，从材质、价格、款式综合看来，他推断可能是“从外国死人身上扒下来的”。最得心应手的工作还是做编辑，他曾在别人的委托下给一份财经杂志做编外的编辑，工作的过程相当轻松。他说，即使专业的内容，他看几遍稿子也就弄明白了。“还有什么比编辑的工作更容易吗？太容易了。”顾前自问自答道。

但更多时候，他在海南是没有工作的，他倒也不觉得心慌，因为那时没事做的人多得是。他们都是听说了海南发财机会多，前来撞大运却毫无收获的人，有时也在一起交流经验，有的人混不下去就回去了。他也是这样，最后还是回到了南京。

小说可是要费点事的，写多了写不动

顾前回到南京后，还做过几份工作。他给老板当“秘书”，这个“秘书”是专门给老板送碟片的秘书，老板特别喜欢看录像带，他就负责上午跑到录像点去选录像带，再把老板头天看剩下的，拿了还给录像店，唯一要记住的就是老板喜欢文艺片，获过奥斯卡那种，不要枪战片。一通儿跑完了，他回来就到公司喝茶、抽着烟“东晃西晃”。

最传奇的一段工作经历是，顾前还在传销公司里编过内刊（在传销尚且不算违法的时候）。刚进去的时候，正是传销公司发展壮大的时期，每个城市都有许多传销商，还有许多人是退休后来传销公司兼职，顾前编的内刊要在内部流通，鼓励人心。他对这个做编辑的工作，是很满意的，既省心钱也多，内刊编得还很漂亮，要不是后来换了个老板，为了件小事把他批评得不高兴，他也不会就这么回家了。

从传销公司辞职以后，他再也没有工作过。他自己也不清楚，回家待着的结果究竟是自己选的，还是别人逼迫的。“我一辈子干的都是简单的活儿。”顾前回顾半生，这样说。

即使是在家待着，他也没有憋着大劲儿写小说，小说产出得很少很少。在小说《困境》里有这么一段话，写出了他在家写作的焦虑：“刚辞职那会儿，我以为我会文思泉涌，起初也确有那么一股子泉涌的味道……接下来就渐渐地不行了。我仿佛患上了严重的便秘，常常为一句话、一个词，甚至一个字而绞尽脑汁……但我依旧在电脑前苦熬。”

没了工作以后，写作成了他收入的唯一来源，“90 年代，一篇小说稿费几十块钱，也能请人上饭店吃顿饭。”可是，顾前说，小说不能老写，写多了，也是写不动的。“相比扛大包，写作是不费力的，但相比打牌，写作就费力气了。费力跟不费力是相对而言的。我有吃有喝，为什么要写小说呢？”

为了挣钱吃喝，怎么办呢？顾前就给报纸写点千把字的小文章。他有一个名单，上面列着各家报纸编辑的联系方式，有的写好了就可以一起投，那时候各地信息不联网，就算同时发表了，彼此也不知道。纸媒景气的时候，有的报纸稿费给的还挺大方的，有的一篇就给好几百块。“深圳的报纸很大方，有的就不行了，只有一百。”顾前对稿费记得很清楚。

“小文章的好处是，可以什么事都没有坐那儿硬编，花一两个小时就能写一篇。小说可不是，小说可是要费点事，你总要构思一个像模像样的故事，不能瞎编胡扯。不像他们（指他的朋友们），我没什么才能。但这个也不能写太多了，写得多，要吐的。”

而曹寇觉得，顾前写得少，这与他的写作方式有关。“因为他的小说更多地来源于经验，包括自身的以及朋友的，他不是学者型的，也不是野心勃勃型的，所以他只能写自己知道的，只能写自己觉得有趣的。但他自己所经历的是有限的，朋友圈所能提供的素材也是有限的。”曹寇说，“韩东的一件事，顾老师就变成小说了，可能主人公名字就叫韩西。”在顾前自己看来，自己的小说里面的事情和人物都是“虚构或者胡扯出来的”，但其中的心理和情感都是最熟悉的，就比如《打牌》那篇，“我打了多少年牌嘛。你要叫我写打毛线，我就不知道该怎么写了，毫无这方面的经验嘛。”

顾前尤其喜欢讲“不知道”“不关心”。他说不关心的事情说起来简直没完没了：“我不关心时尚、潮流、科技进步。什么男女明星谁跟谁好了，谁生了孩子，什么哪部电影火了，哪个歌星复出了等等，我尤其不关心。”其实不仅如此，他是最近才刚刚用上了微信，回复邮件需要夫人的帮助。

就像苏童在顾前第一本小说集的序中所写：“在他的身上文学的欲望并不比别的欲望更加强烈，因此所有的欲望被一视同仁，哪个也不让它拥有特权。”

现在，顾前和曹寇经常玩到一起。有年冬天夜里，他突然找曹寇去紫金山上看梅花。他们背了几罐啤酒，准备赏花喝酒，没想要喝酒时却感觉冷得要命。曹寇说：“古人这么玩的时候，是有一个仆人挑着有火炉的担子。”顾前说：“那太好了，你下次就挑着担子来吧。”

除了夜里去紫金山上看梅花，他俩还会相约着去周围的小县城转转。他们不开车，搭汽车去，短则三五天，长则十天，两个人一般住小旅馆的标间。“常州金坛有家状元户，院子里有乾隆年间的牡丹花，我们专门慕名去看过。”比起名山大川，两个人更喜欢游历各种小地方。

“顾老师特别喜欢看别人是怎么过的，”曹寇说，“各地人过日子是不一样的，人家是用什么家具，妇女怎么长的，小孩怎么长的，办丧事怎么着，都是不一样的。”曹寇记得，2017 年年底他俩在浙江临安，正好去到的一个村子里正在办丧事，人家家中大开流水席，两人就站在一边看着，“我感觉顾老师就想坐进去吃一吃，只是人家是办丧事，就算了。”

不巧，这次“车祸”顾前把腿撞了，也扰了他们的出行计划，本来说好过完年两个人再去皖南的小县城转一转，一直转到池州的九华山——如今，这个计划就延后了。

问题问答

界面文化：你最欣赏的国外作家是谁？

顾前：我喜欢陀思妥耶夫斯基的《死屋手记》，喜欢写《傻瓜吉姆佩尔》的辛格，喜欢高尔基、契诃夫、卡佛。

界面文化：你最欣赏的国内作家都有谁？

顾前：中国作家多了。鲁迅、张爱玲、沈从文、老舍、郁达夫等等。

界面文化：你的社交圈里是否有许多作家朋友，或者是否认为写作应该进入某个圈子？

顾前：我觉得圈子不是必要条件，应该顺其自然。有的人没有这个圈子，也写得很好，有的人有圈子，写得也可能很差。

界面文化：你写作的习惯是什么？是否会在固定时间写作？

顾前：没有什么习惯，就是闲来无事写写。写得多或者少不叫习惯，写得少是因为懒惰。我都是没人约，也没地方玩儿了才会想到写作。

界面文化：除了写作和阅读，你还有什么爱好？

顾前：我其实看的更多的是杂书，各种宗教书，我喜欢看南怀瑾、奥修、克里希那穆提，《读者文摘》我也很喜欢看；还有一些古书，像是“三言”“两拍”还有《儒林外史》，反正不光是文学书。还喜欢看围棋棋谱，研究研究人家为什么走这步；我还在网上看围棋实况转播，阿尔法狗对战李世石我都看了。

界面文化：你如何看待影视和文学的关系？

顾前：我电影和电视都看得特别少，无法回答。看电视我只看《青铜王朝》《我从汉朝来》这样的纪录片，不看故事片。

界面文化：我们谈论一部小说，会说到语言、结构、节奏、故事等等，对你来说，你最在意小说的哪个环节或部分？

顾前：语言和故事，语言不能晦涩，故事不能太无趣。比方说，如果读到写一只猫、一只狗的故事，我就毫无兴趣。我想看动物，我不如直接去看《动物世界》，电视台里的《动物世界》我就没有没看过的，现在几乎都是在重复看。我不认为存在着一个评判作品好坏的公共标准。这当然不是说文学青年写个文字不通的东西去跟托尔斯泰比，而是说当一个作品达到一个基本的水准以后，那就看个人喜爱了。我很喜欢辛格，这就是我个人喜欢。那个人特别喜欢博尔赫斯，那是他个人喜欢。我们俩可能并不统一，但不能说谁对谁错。

界面文化：写作的时候你会想着读者吗？

顾前：从来没想过，我考虑读者干什么？我不知道谁写作的时候会想到读者。

界面文化：作家是否要关注政治和公共性话题？并且有义务将这种关注反映到作品里？

顾前：我个人不关注，也不认为有义务将这种关注反映到作品里。像你刚才说的，既然我们的生活天然就离不开政治，那还要我关心干什么，甩都甩不掉呢，是吧。我不关心政治，毫无兴趣。我关心什么？我关心能否安安静静地活到老，无病无灾地活下去。我关心基本生活，但对人类命运没啥兴趣。

界面文化：你觉得未来小说读者是更多还是更少？

顾前：这个问题我丝毫不关心。

界面文化：你是否认为作家与评论家应该保持距离？

顾前：我没想过这个问题，我认为也不重要。